O INVESTIGADOR

NORCROSS SECURITY LIVRO 1

ANNA HACKETT

Tradução:
ANDRÉIA BARBOZA

O Investigador

Série Norcross Security — Livro 01

Anna Hackett

Copyright de The Investigator © Anna Hackett, 2020.

Copyright da tradução © 2021 por Andreia Barboza — LA Serviços Editoriais.

Copidesque da tradução: Luizyana Poletto.

Capa: Lana Pechercyzk

Fotografia: Wander Aguiar

ISBN (ebook): 978-1-922414-48-9

ISBN (paperback): 978-1-922414-49-6

Título original: *The Investigator*

ISBN (ebook): 978-1-922414-10-6

ISBN (paperback): 978-1-922414-11-3

Texto revisado segundo o novo Acordo Ortográfico da Língua Portuguesa.

CAPÍTULO UM

Uma taça de Chardonnay a esperava em casa.

Haven McKinney sorriu. O museu estava fechado, e sua jornada de trabalho havia terminado.

Enquanto caminhava pela galeria Leste do Museu Hutton, seus saltos batiam no chão.

Deus, ela amava aquele lugar. O mármore suave que compunha o piso e envolvia os grandes pilares era lindo. Tinha aquele ar de grandeza calma que fazia seu coração se apertar um pouco cada vez que ela entrava ali. Mas, mais do que isso, as obras de arte que o Hutton abrigava a encantavam.

Conseguir um emprego como curadora foi sonho que se tornou realidade. Ela estava em um momento ruim na vida pessoal. Muito ruim. Haven engoliu em seco e circulou uma escultura de mármore branco deslumbrante de uma mulher nua, reclinada com um rosto perfeito. Jamais imaginou que sua vida desmoronaria aos vinte e nove anos.

Ergueu o queixo. Miami estava em seu passado. O

Hutton e São Francisco eram seu futuro. Não seria mais imprudente. Ela tinha um plano e o estava seguindo.

Parou em frente a uma exposição de pintura e caligrafia tradicional chinesa. Era uma das exposições mais recentes e foi sua ideia. Perto dali, uma tela interativa estava parcialmente montada. Nos próximos dias, a equipe terminaria a instalação. A empolgação a atingiu. Mal podia esperar para que as telas sensíveis ao toque funcionassem. Tornar a arte mais acessível, especialmente para as crianças, era a sua paixão. Ajudá-los a fazer parte dela, não apenas olharem. Para aprenderem, sentirem e desfrutarem.

A arte a ajudou em alguns dos momentos mais difíceis de sua vida, e ela queria compartilhar isso com outras pessoas.

Olhou para as lindas pinturas antigas novamente. Uma retratava uma paisagem montanhosa com belos bordos. Isso acalmou seus nervos.

O vinho também acalmaria. *Certo.* Ela precisava ir para seu escritório, pegar sua bolsa e chamar um Uber para ir para casa.

Seu celular tocou, e ela o tirou do cordão do crachá que usava no museu.

— Alô?

— Mudança de planos, amiga — uma voz feminina rouca falou. — Vamos sair e comemorar por sermos lindas, bem-sucedidas e solteiras. Estou saindo do escritório, e acredite em mim, foi um dia *cansativo.*

Haven sorriu para sua nova melhor amiga. Ela conheceu Gia Norcross quando foi trabalhar no Hutton. O irmão de Gia, Easton Norcross, era o dono do museu e

2

o chefe de Haven. O local era só um pequeno trunfo no império do empresário. Haven suspeitava que Easton era dono de pelo menos um terço de São Francisco. Talvez de metade.

Ela gostava e respeitava o chefe. Easton podia ser duro, mas valorizava suas opiniões. E amava sua irmã mandona, decidida e corajosa. Gia dirigia uma empresa de RP muito bem-sucedida na cidade e era a responsável por cuidar de tudo que se referia à relações públicas e publicidade do Hutton. Elas se conheceram pouco tempo depois de Haven começar a trabalhar no museu.

Após seu primeiro encontro, Gia arrastou Haven para seu restaurante e bar favorito e o resto, como diziam, era história.

— Acho que deixar o Instagram das pessoas bonito e impressionante é um trabalho árduo — Haven falou com um sorriso.

— Cretina. — Gia riu. — Deus, tive uma reunião com um empresário pego em uma situação... bem, vamos dizer que ele e seu assistente *não* estavam fazendo anotações na mesa da sala de reuniões.

Haven sentiu uma memória antiga e indesejável surgir. Pisou nela mentalmente.

— Não sinto pena do idiota traidor, sinto muito pela pobre coitada que recebeu mais do que devia quando entrou na sala de reuniões.

— Na verdade, era a esposa do empresário traidor.

— Oh-oh.

— E o assistente era homem — Gia acrescentou.

— Minha nossa.

— Então o cara veio à minha empresa de relações

públicas, me dizendo para limpar sua barra, porque ele está pensando em se candidatar a governador um dia. Olha, eu sou boa, mas não faço milagres.

Haven suspeitou que Gia havia eviscerado verbalmente o homem e o mandou embora. Gia Norcross tinha a língua afiada e não tinha medo de usá-la.

— O dia foi cansativo, e eu preciso de álcool. Te encontro no ONE65, e a primeira bebida é por minha conta.

— Estou muito cansada, Gia...

— Ah, não, sem desculpas. Te vejo em uma hora. — E com isso, Gia desligou.

Haven prendeu o telefone de volta ao cordão. Bem, parecia que ela ia tomar aquele Chardonnay no ONE65, o restaurante francês de seis andares que Gia adorava. Cada andar oferecia algo diferente, desde *pâtisserie*, bistrô e churrascaria, bar e lounge.

Haven entrou na galeria principal do museu e sua pressão arterial caiu para um nível normal. Era seu espaço favorito no museu. Adorava o cheiro de madeira, as luzes brilhando no alto e as pinturas incríveis combinadas para criar uma sala relaxante. Passou as mãos na saia preta justa. Haven tinha um metro e sessenta e oito, era curvilínea, assim como sua mãe. Seus seios, atualmente cobertos por uma blusa branca com um lenço ao redor do pescoço, não eram grande coisa, mas ela tinha que comprar as saias um tamanho maior. Suspirou. Não importava o quanto caminhasse ou corresse – *blergh*, tudo bem, ela não corria muito – sua bunda continuava grande.

Mesmo nos últimos meses que passou em Miami,

4

quando o estresse fez com que ela perdesse muito peso devido a tudo que estava acontecendo, sua bunda não diminuiu.

As lembranças de Miami – e de seu ex-babaca – ameaçaram aparecer, se agitando como nuvens de tempestade no horizonte.

Não. Haven bloqueou esses pensamentos. *Não* seguiria por esse caminho.

Tinha um plano e o item número um para retomar e reconstruir sua vida eram homens. Ela havia renunciado a qualquer pessoa com cromossomo Y.

Ela não precisava, não queria e estava F-A-R-T-A, ponto final.

Parou em frente à atração principal do museu. *Lírios D'água*, de Claude Monet.

Haven amava o trabalho do impressionista. Adorava as cores e os traços delicados. Esta obra representava lírios d'água e vitórias-régias flutuando em um lago tranquilo. Suas pinturas sempre causavam impacto e tinham uma sensação assustadora, embora reconfortante.

Também valia pouco mais de cem milhões de dólares.

A etiqueta de preço ainda fazia seu coração palpitar. Ela apresentou uma proposta para Easton, e eles compraram a pintura há três semanas em um leilão. Haven havia planejado a exibição em detalhes, até os rebites usados na madeira. A jovem se jogou no projeto.

Gia montou uma campanha de marketing de arrasar, e Haven, com relutância, foi entrevistada pelo jornal local. Mas valeu a pena. As vendas de ingressos aumentaram e todos queriam ver *Lírios D'água*.

Passos ecoaram pelo museu vazio, e ela se virou, encontrando um segurança uniformizado na porta.

— Srta. McKinney?

— Sim, David? Eu estava me preparando para sair.

— Sinto muito por atrasá-la. Há um caminhão de entrega na entrada dos fundos. Eles disseram que receberam uma escultura de bronze de Zadkine.

Haven franziu a testa, repassando a programação do dia seguinte na cabeça.

— Só deveria chegar amanhã.

— Parece que tinham outras entregas por perto e pensaram em adiantar.

Ela olhou para o relógio fino prateado no pulso, lutando contra o aborrecimento. Teve um longo dia e agora se atrasaria para encontrar Gia.

— Tudo bem. Peça que descarreguem.

Com um aceno, David desapareceu. Haven pegou o telefone e rapidamente mandou uma mensagem para avisar Gia que se atrasaria. Em seguida, foi até seu escritório e verificou as anotações para o dia seguinte. Tinha várias ligações a fazer para tentar conseguir algumas peças para uma nova exposição que queria lançar no inverno. Havia algumas citações de restauração para revisar e um baile de gala para sua instituição de caridade para planejar. Ela precisava descer para os armazéns e ver se havia algo que eles pudessem colocar em exibição.

Deus, ela amava seu trabalho. Muitas pessoas não ficariam animadas em remexer em depósitos empoeirados, mas Haven mal podia esperar.

Ela se certificou de que seu laptop estava desligado e

pegou a bolsa. Tirou o cordão do crachá e guardou o telefone.

Quando chegou ao fim da escada, ouviu um barulho estranho vindo da galeria. Um *pop* abafado e depois um baque.

Franzindo a testa, deu um passo em direção à galeria.

De repente, David cambaleou pela porta, com uma mancha vermelha na camisa.

O pulso de Haven disparou. *Ah, Deus, isso era sangue?*

— David...

— Corra. — Ele desabou no chão.

O medo a sufocou. Ela tirou os sapatos de salto e se virou. Precisava de ajuda.

Mas só havia dado dois passos quando uma mão se afundou em seu cabelo, soltando o coque elegante e fazendo o cabelo castanho cair em cascata sobre os ombros.

— Me solte!

Ela foi arrastada para a galeria principal e quando ergueu a cabeça, sentiu um aperto no estômago.

Cinco homens vestidos de preto, todos usando máscaras ninja, estavam ali.

Não... ah, não.

O outro segurança, Gus, estava com as mãos para o alto. Ele era mais velho, ex-militar. Ela foi empurrada para mais perto dele.

— Srta. McKinney, você está bem? — ele perguntou.

Ela conseguiu assentir.

— Eles atiraram no David.

— Eu sei...

— Fique quieta — um homem grunhiu.

Haven ergueu o queixo.

— O que vocês querem? — Havia um leve tremor em sua voz.

O homem que a agarrou olhou feio. Seus olhos azuis e frios brilharam através da abertura da máscara. Então ele a ignorou, e se virou com os outros para encarar o *Lírios D'água*.

O estômago de Haven deu um nó. Não. Isso não poderia estar acontecendo.

Um homem magro avançou, observando a moldura dourada da pintura com as mãos enluvadas.

— Está conectado a um alarme.

Olhos Azuis, claramente o líder do grupo, se virou e apontou a arma para o peito de Gus.

— Desconecte-o.

— Não — o segurança disse com firmeza.

— Não estou pedindo.

Haven ergueu as mãos.

— Por favor...

A arma disparou. Gus se ajoelhou, pressionando a mão no ombro.

— Não! — ela chorou.

O líder deu um passo à frente e pressionou a arma na cabeça do homem mais velho.

— Não. — Haven lutou contra o medo e o pânico. — Não o machuque. Vou desligar.

Lentamente, ela avançou em direção à pintura, evitando o homem magro ainda parado perto dela. Tocou o painel de segurança embutido ao lado da moldura, pressionando a palma da mão no pequeno bloco.

Um segundo depois, um bipe discreto tocou.

Dois homens avançaram e agarraram a moldura.

Ela olhou para eles.

— Vocês estão cometendo um erro. Se sabem quem é o dono deste museu, sabem que não vão se safar disso. — Quem iria contra a família Norcross? Easton, rico pra caramba, tinha muitas conexões, mas seu irmão, Vander... Haven suprimiu um arrepio. O irmão do meio de Gia podia ser gostoso, mas ele assustava Haven à beça.

Vander Norcross, ex-militar durão, era dono da *Norcross Security and Investigations*. Foi sua equipe que instalou segurança de alta tecnologia para o museu.

Ninguém em sã consciência queria enfrentar Vander ou o terceiro irmão Norcross, que também trabalhava com Vander, nem o resto da equipe de valentões da empresa.

— Olha, se vocês...

O golpe na cabeça a fez cambalear. Ela piscou, sentindo a dor irradiar em seu rosto. *Olhos Azuis* a tinha acertado.

Ele se moveu, bateu nela de novo e Haven gritou, segurando seu rosto. Não foi a primeira vez que foi atacada. Seu ex-babaca bateu nela uma vez. Foi o dia em que o deixou para sempre.

Mas isso era pior. Muito pior.

— Cale a boca, sua vadia estúpida.

O próximo golpe a derrubou. Pensou ter ouvido alguém rir. Ele seguiu com um chute em suas costelas, e Haven se enrolou em posição fetal, deixando escapar um soluço.

Sua visão vacilou, e ela piscou. Olhos Azuis se

agachou e colocou a mão no piso bem na frente dela. A tontura a atingiu, e ela percebeu vagamente as sardas na mão do homem. Elas formavam um padrão espiral.

— Ninguém me ameaça — o homem grunhiu. — Especialmente uma mulher. — Ele se afastou.

Haven viu que os homens estavam ocupados tirando a pintura da parede. Era fácil para duas pessoas a move-rem. Sabia suas dimensões exatas – oitenta por cem centímetros.

Ninguém estava prestando atenção nela. Lutando contra a náusea e a tontura, se arrastou alguns centíme-tros pelo chão, mais perto do pilar próximo. Ali havia um dos vários botões de pânico de alta tecnologia instalados pelo lugar.

Quando os homens se viraram, ela estendeu a mão e apertou o botão.

Então a escuridão a sugou.

HAVEN SE SENTOU em um dos lindos bancos de madeira que havia mandado colocar ao redor do museu. Ela queria um lugar para os visitantes apreciarem a arte.

Nunca esperou se sentar em um, segurando uma bolsa de gelo contra o rosto que latejava, olhando para a parede vazia onde uma obra-prima multimilionária deveria estar pendurada. E definitivamente não esperava fazer isso com a polícia espalhando pó preto nas paredes do museu.

As lágrimas se formaram em seus olhos. Estava viva. Os seguranças estavam feridos, mas vivos, e isso era o que importava. A polícia a interrogou, e ela contou tudo que conseguia se lembrar. Os paramédicos a examinaram e lhe entregaram a bolsa de gelo. Não havia quebrado nada, mas disseram a ela para esperar inchaço e hematomas.

David e Gus foram levados para o hospital. Asseguraram a ela que os dois ficariam bem. A última notícia que teve era que David estava em cirurgia. Sua garganta se apertou. *Ah, Deus.*

O que ela ia dizer a Easton?

Haven mordeu o lábio e uma lágrima caiu por sua bochecha. Não chorava há meses. Já havia chorado muito por Leo depois que ele enlouqueceu e bateu nela. Deixou Miami no dia seguinte. Precisava se afastar do ex e, infelizmente, apesar de amar seu trabalho em uma galeria de arte elegante da cidade, a dona era prima do ex. Foi Alyssa quem os apresentou.

Haven aprendeu uma lição dolorosa sobre não misturar negócios e prazer.

Ela estava cansada do mau humor crescente de Leo e suas explosões. Traí-la e bater nela foi a gota d'água. *Idiota.*

Enxugou a lágrima. São Francisco ficava muito longe de Miami. Este deveria ser seu recomeço.

Ouviu passos – fortes, rápidos e decididos. Easton entrou.

Ele era um homem alto, com cabelos escuros que alcançavam a gola de terno perfeitamente ajustado. Haven havia renunciado aos homens, mas ainda era mulher o suficiente para apreciar a boa aparência de seu chefe. Sua mãe era ítalo-americana e havia transmitido os ótimos genes aos filhos.

Como seus irmãos, Easton também foi militar, embora tenha se alistado nos Rangers, do Exército. Isso aparecia em seu corpo musculoso. Uma vez, ela observou as mangas dobradas da camisa quando tiveram uma reunião tarde. Ele tinha uma tatuagem interessante que não combinava com sua persona de empresário sofisticado.

Ele olhou ao redor da sala com a mandíbula tensionada. Seu olhar a encontrou, e ele se aproximou.

— Haven...

— Ah, Deus, Easton. Sinto muito.

Ele se sentou ao lado dela e pegou sua mão. Apertou seus dedos frios, então olhou para o seu rosto e praguejou.

Ela não havia sido corajosa o suficiente para se olhar no espelho, mas achou que devia estar ruim.

— Eles pegaram o *Lírios D'água* — ela disse.

— Tudo bem, não se preocupe com isso agora.

Ela deu uma risada misturada com soluço.

— Não me preocupar? Vale cento e dez milhões de dólares.

Um músculo pulsou na mandíbula dele.

— Você está bem e isso é o principal. Os seguranças estão em estado grave, mas estáveis no hospital.

Ela assentiu entorpecida.

— É tudo culpa minha.

O olhar de Easton foi para a polícia e depois voltou para ela.

— Isso não é verdade.

— Eu os deixei entrar. — Sua voz falhou. Deus, ela queria que o chão de mármore rachasse e a engolisse.

— Não se preocupe. — O rosto de Easton ficou muito

sério. — Vander e Rhys vão encontrar a pintura.

O tom de seu chefe a fez estremecer. Algo a fez suspeitar que Easton queria mais que seus irmãos encontrassem os homens que roubaram a pintura do que recuperassem a obra de arte inestimável.

Ela umedeceu os lábios e sentiu a pele de sua bochecha repuxar. Teria grandes hematomas mais tarde. *Excelente. Obrigada, universo.*

De repente, Easton ergueu a cabeça e Haven seguiu seu olhar.

Um homem estava parado na porta. Ela não o ouviu chegar. Não, Vander Norcross se movia silenciosamente, como um fantasma.

Ele tinha pouco mais de um metro e oitenta, um corpo poderoso e irradiava autoridade. Seu terno não ajudava a diminuir a sensação de que um predador havia entrado na sala. Vander não era bonito como o irmão. Seu rosto era muito rústico e, embora ele e Easton tivessem olhos azuis, os de Vander eram escuros e tão frios quanto as profundezas do oceano.

Ele não parecia feliz. Ela lutou contra um arrepio.

Então outro homem se aproximou de Vander.

O peito de Haven se apertou. *Ah, não. Não, não, não.*

Ela deveria saber. Ele era o principal investigador de Vander. Rhys Matteo Norcross, o mais jovem dos irmãos Norcross.

À primeira vista, ele parecia com seus irmãos: compleição semelhante, corpo musculoso, cabelo escuro e pele bronzeada. Mas Rhys era o mais novo e tinha uma vantagem charmosa que seus irmãos não compartilhavam. Ele sorria com mais frequência, e seu cabelo desgrenhado e espesso sempre a fazia imaginá-lo como um astro do rock segurando uma guitarra e fazendo as garotas gritarem.

Haven também estava totalmente apaixonada por ele. Sempre que ele se aproximava, seu corpo ganhava vida, seu coração batia mais rápido e seu cérebro congelava. Ela mal conseguia falar perto do homem.

Ela não queria que Rhys Norcross a notasse. Ou falasse com ela. Ou virasse seus olhos castanhos como-ventes em sua direção.

Na na ni na não. Sem chance. Ela havia renunciado aos homens. Este deveria ter um sinal de alerta gigante pendurado nele. *Cuidado, desgosto esperando para acontecer.*

Rhys foi militar com Vander. Alguma unidade especial secreta da qual ninguém falou. Agora ele trabalhava na Norcross Security – aparentemente encontrando qualquer coisa ou pessoa.

Ele também participava de corrida de carros e barcos em seu tempo livre. O homem gostava de velocidade. Ah, e ele dormia com mulheres. Sua reputação era lendária. Rhys gostava de uma variedade de aventuras e experiências.

Era sorte Haven ter renunciado aos homens.

Especialmente quando se tratava do irmão de seu chefe.

E especialmente quando também era irmão da sua melhor amiga.

Fora dos limites.

Ela viu a dupla se virar para olhar para ela e Easton.

Porcaria. Com o pulso acelerado, olhou para os pés

descalços e as unhas vermelhas, o que a fez perceber que ainda não havia recuperado os sapatos. Aqueles eram seus favoritos.

Ela sentiu os homens olhando para ela e, como se fosse atraída por um ímã, olhou para cima. Vander estava carrancudo. O olhar escuro de Rhys estava preso nela.

O coração traidor de Haven disparou.

Antes que ela soubesse o que estava acontecendo, Rhys estava ajoelhado à sua frente.

Viu a raiva torcer suas belas feições. Então ele a chocou ao segurar seu queixo e empurrar a bolsa de gelo.

Eles nunca conversaram muito. Nas festas de Gia, Haven o evitava de propósito. Ele nunca a tocou antes, e ela sentiu seu calor atravessá-la.

Os olhos dele brilharam.

— Vai ficar tudo bem, baby.

Baby?

Ele acariciou sua bochecha com aqueles dedos longos e gentis.

Lutando por controle, Haven fechou a mão sobre o pulso dele. Ela engoliu em seco.

— Eu...

— Não se preocupe, Haven. Vou encontrar o homem que fez isso com você e vou fazê-lo se arrepender.

Sua barriga se contraiu. *Ah, Deus.* Quando foi a última vez que alguém cuidou dela assim? Haven tinha certeza de que ninguém jamais havia prometido caçar alguém para ela. Seu olhar caiu para os lábios dele.

Ele tinha lábios surpreendentes, um pouco mais cheios do que um homem tão forte deveria ter, emoldurados por uma barba escura.

Houve uma mudança no olhar dele e o rosto aqueceu. Os dedos de Rhys continuaram acariciando sua pele, e Haven sentiu aquela carícia por toda parte.

Até que ela ouviu o som de saltos se movendo em alta velocidade. Gia irrompeu na sala.

— O que é que está acontecendo?

Haven se afastou de Rhys e de seu toque hipnótico. Droga, ela provou que estava certa: era fraca demais no que dizia respeito a este homem.

Gia correu em direção a eles. A jovem tinha um metro e setenta, com um corpo pequeno, cheio de curvas e cabelo escuro e encaracolado. Como de costume, usava um de seus ternos poderosos: saia curta, paletó justo e salto alto.

— Sai do meu caminho. — Gia empurrou Rhys para o lado. Quando sua amiga deu uma olhada em Haven, torceu a boca. — Vou *matá-los*.

— Gia — Vander falou —, o lugar está cheio de policiais. Talvez você devesse manter seus planos de assassinato e vingança em segredo.

— Resolva isso. — Ela apontou para o peito de Vander, depois para Rhys. Então ela se virou e abraçou Haven. — Você vai para casa comigo.

— Gia...

— Não. Sem discussão. — Gia ergueu a palma da mão como uma policial de trânsito. Haven já havia visto aquele gesto antes. Era uma discussão inútil.

Além disso, percebeu que não queria ficar sozinha. E quanto mais rápido se afastasse do olhar escuro e muito perceptivo de Rhys, melhor.

CAPÍTULO DOIS

Rhys Norcross parou no topo da escada do museu, observando enquanto o motorista de Gia parava em frente ao Hutton. A irmã ajudou Haven a entrar no carro e, com um flash de lanternas traseiras, o Mercedes saiu para o trânsito.

Puta merda. Ele enfiou as mãos nos bolsos. Não conseguia parar de pensar no inchaço no rosto bonito de Haven. Estava irritado. Queria encontrar os idiotas que a machucaram e jogá-los na calçada.

Vander se aproximou do irmão.

— Pelo menos você conseguiu conversar com ela.

— Ha, ha — Rhys grunhiu.

Seus irmãos e amigos da Norcross achavam hilário que Rhys não conseguisse fazer Haven interagir com ele. Ela chamou sua atenção em uma festa na casa de Gia há alguns meses. Era bonita, tinha um sorriso lindo e segredos em seus olhos azuis. Algo em Haven McKinney o afetava.

A mulher poderia ter sido membro da sua antiga equipe Ghost Ops a julgar pela capacidade de evitá-lo.

Vê-la machucada e assustada... puta merda, alguém ia pagar.

— Não vou mais deixá-la me evitar.

Vander ergueu uma sobrancelha escura.

— Ela não é o tipo de mulher com quem você se diverte, Rhys.

— Vou fazer muito mais que me divertir com ela. — Ele respirou fundo. — Mas primeiro, preciso encontrar esses ladrões e ensinar uma lição a eles.

— E encontrar a pintura de cem milhões de dólares do nosso irmão.

— Isso também.

Easton saiu da grande entrada do museu com o celular pressionado contra o ouvido.

— Sim. Faça isso. — Ele enfiou o telefone no bolso do paletó. — A seguradora... não está feliz.

— Encontraremos a pintura — Vander declarou. — Vou ligar para o Hunt e ver o que a polícia descobriu.

O detetive Hunter "Hunt" Morgan foi da Força Delta com eles. Uma lesão o forçou a deixar o exército mais cedo e ele ingressou no Departamento de Polícia de São Francisco. Ele tomava cerveja com a equipe da Norcross regularmente, e eles o chamavam quando precisavam do envolvimento da polícia. O amigo costumava ficar puto com eles por isso.

— E o Rhys é o melhor e está mais do que motivado por um par de olhos azuis e pernas excelentes — Vander acrescentou.

Rhys lançou um olhar penetrante ao irmão.

Easton olhou para Rhys.

— Finalmente conseguiu fazer a Haven falar com você.

Rhys levantou o dedo do meio para ele.

Os lábios de Easton se curvaram, mas então seu rosto ficou sério novamente.

— Tenha cuidado com ela, Rhys. A Haven já passou por muita coisa. Não apenas isso. Ela não fala muito sobre Miami, mas tenho a sensação de que as coisas lá não foram boas.

Humm, talvez estivesse na hora de Rhys fazer uma pequena pesquisa sobre a sua linda morena.

— Vou cuidar dela. Mas antes, preciso encontrar os ladrões.

— Vocês já têm as filmagens das câmeras de segurança. — Easton soltou um suspiro. — Os idiotas se fizeram passar por entregadores de uma peça que deveria chegar amanhã.

— Como será que eles sabiam que a entrega estava agendada? — Rhys se perguntou.

Easton deu de ombros.

— Eles atiraram nos seguranças e depois forçaram a Haven a desconectar o alarme da tela antes de baterem nela.

— A garota é durona — Vander declarou. — Ela apertou o botão de pânico.

O estômago de Rhys se transformou em rocha. Se eles a pegassem enquanto ela fazia isso, poderia ter se machucado muito mais.

Ele tinha visto um monte de coisas ruins em seu tempo como militar. Sua equipe Ghost Ops – composta pelos melhores de todas as equipes de forças especiais em diferentes ramos das forças armadas – foi enviada para fazer os trabalhos mais difíceis e corajosos. Como Vander, Rhys foi da Delta Force antes de se juntar à equipe de operações comandada pelo irmão. Eles faziam todos os trabalhos que o governo negava.

Ele respirou profundamente. Ghost Ops estava encerrado. Finalizado. Ele adorava lutar por seu país, mas gostava ainda mais de trabalhar para Norcross. Levava muito menos tiros.

Vander foi um excelente comandante e agora era um ótimo chefe. Eles ainda lidavam com certos casos complicados, e alguns ficavam na linha entre o que era legal e o que não era. A Norcross Security não tinha problemas em se aventurar nas sombras para fazer um trabalho.

Todos eles sabiam que a vida não era tão preto no branco como as pessoas que viviam em belas casas e em mundinhos seguros gostavam de acreditar.

A pressão cresceu no peito de Rhys e o ruído branco aumentou em sua cabeça. Acontecia sempre que ele começava a pensar em coisas de antigas missões. Sempre que acontecia, ele geralmente pegava o carro ou o barco.

A velocidade ajudava.

Mas agora, pensar em como a pele de Haven era macia sob seus dedos o fez se sentir melhor. Acariciar sua bochecha, ver seu peito ofegar, o clarão de consciência em seus olhos azuis. Caramba, sim, isso o fez se sentir muito melhor.

Você não vai mais se esconder de mim, anjo.

— Quero voltar para o escritório — Rhys declarou. —

Vou dar uma olhada nas imagens das câmeras de segurança e ver se podemos encontrar o caminhão.

— Deve ser alugado — Vander disse.

— Vou encontrá-los. — Rhys sempre encontrava. Ele adorava a emoção da perseguição, de juntar todas as peças de um quebra-cabeça.

— Se precisar de qualquer coisa de mim — Easton avisou —, é só me avisar. Quero a Haven segura e minha tela de volta.

— Precisamos restringir os protocolos de entregas — Vander comentou. — Nos certificar de que isso não aconteça novamente.

— Me mantenha informado, mano. — Easton se dirigiu para seu elegante Aston Martin DBS Superleggera cinza metálico estacionado na rua.

Rhys e Vander entraram no SUV da Norcross em que haviam chegado. Assim que Rhys soube do que tinha acontecido, pegou um dos BMW X6s pretos da frota da Norcross. Vander mal teve tempo de entrar antes que Rhys partisse em alta velocidade para o Hutton.

Agora, ele dirigia um pouco mais devagar em direção ao escritório da empresa de segurança. O Museu Hutton ficava na cidade, mas o escritório da Norcross ficava em South Beach, bem na fronteira com o Embarcadero.

— Já colocou sua cabeça no lugar certo? — Vander perguntou.

As mãos de Rhys flexionaram no volante.

— Sim. E você?

Vander tinha pavio curto quando se tratava de violência contra mulheres e crianças. Certa vez em uma missão, ele abandonou seu objetivo principal de resgatar mulheres e crianças presas em uma casa onde eram estupradas, dirigida por um chefão militar. O homem não estava mais respirando.

— Sim — Vander respondeu. — Encontre esses filhos da puta, Rhys.

— Ah, é o que vou fazer. — Eles machucaram a Haven, então ele os faria pagar.

AO SE OLHAR no espelho na manhã seguinte, Haven sufocou um grito.

Parecia que tinha lutado alguns rounds em um ringue de boxe... e perdido. De forma lamentável.

Ela suspirou, observando o lado esquerdo inchado e machucado de seu rosto. Maquiagem alguma esconderia isso. Mantendo as coisas simples, prendeu o cabelo em um rabo de cavalo alto e estremeceu com a dor na lateral do corpo. Tocou as costelas sensíveis. Não quebrou nada, mas ainda doía. Remexeu no armário da casa de Gia, pegou uma caixa de analgésicos e tomou dois comprimidos. Ela precisava disso hoje.

Passou a noite no quarto de hóspedes de Gia. Sua amiga tinha um lindo apartamento de dois quartos em SoMa, com uma vista incrível da cidade e da baía. A casa de Haven era bem menor e, embora fosse bonitinha, não era tão luxuosa quanto o espaço leve e arejado de Gia.

Depois que Easton se aposentou do exército, ele voltou sua atenção para os negócios. Aparentemente, o irmão Norcross mais velho tinha um talento especial para ganhar dinheiro. Começou com imóveis, depois investiu em vários negócios. Aproveitou para investir para os irmãos e pais também.

Apesar do quarto adorável e da cama confortável, Haven dormiu muito mal. Acordava constantemente com dor. Além disso, teve um pesadelo horrível com o ladrão que bateu nela. No sonho, seus olhos azuis brilhantes a encaravam através da máscara ninja antes de se transformar em Leo gritando com ela.

Soltando um suspiro, Haven terminou de se preparar para o dia. Elas passaram em seu apartamento na Pacific Heights a caminho da casa de Gia na noite anterior, e ela pegou algumas roupas. A saia de hoje era cinza e a estava usando com uma camisa vermelho-rubi. Isso poderia ajudar a desviar a atenção dos hematomas em seu rosto.

Olhou mais uma vez no espelho e estremeceu. Ou talvez não.

Foi até a cozinha bem iluminada da casa de Gia. Era irônico que sua amiga tivesse uma cozinha dos sonhos para qualquer chef que ela mal usava. Gia sabia cozinhar, mas não tinha tempo para isso.

Havia um cheiro de café no ar e Gia se afastou da máquina. Deu uma olhada no rosto de Haven e seus lábios se firmaram em uma linha reta.

— Eu vou matar aqueles idiotas.

— Parece pior do que é. — Haven se sentou em um banquinho na ilha.

Gia estava deslumbrante em um vestido branco, justo e sem mangas. Seguia seu corpo curvilíneo como um amante determinado. Seu cabelo escuro e encaracolado estava parcialmente preso enquanto o resto de seus cachos caíam pelas costas.

— Bem, parece que você deu algumas voltas com uma escavadeira e perdeu.

Haven franziu o nariz, o que repuxou seus hematomas.

— Obrigada pela conversa estimulante. Agora me sinto linda.

— Você não vai trabalhar — Gia declarou.

Haven enrijeceu.

— Vou, sim. Estou machucada, não acamada.

Os olhos castanhos de sua amiga semicerraram. Ela empurrou uma torrada para Haven.

Seu estômago se revirou. Ela não estava com fome. Estava preocupada com os seguranças e estressada com o desaparecimento da pintura.

— Quero passar no hospital e ver como David e Gus estão.

— Claro que quer. — Gia empurrou uma caneca de café pela ilha. — Como sempre, se preocupando com todos, menos consigo mesma.

Haven segurou a mão dela.

— Obrigada por cuidar de mim.

A amiga ficou em silêncio por um momento.

— Odeio que você diga isso com um tom ligeiramente surpreso na voz.

Haven deu de ombros. Sua mãe morreu quando ela tinha onze anos. O pai estava salvando crianças doentes na África. Ela o via sempre que ele estava nos Estados Unidos, mas não era frequente, e quando ele estava aqui, normalmente estava ocupado arrecadando fundos. Ela cuidou de si mesma por muito tempo.

— Sempre estarei ao seu lado, Haven — Gia continuou baixinho. — Os meus irmãos vão lidar com a situação.

Easton com certeza estava chateado com a perda do Monet. Tinha certeza de que ele estava com raiva por ela ter deixado os ladrões entrarem. A culpa a consumia.

— Falei com o Vander esta manhã — a amiga disse. — Os seguranças estão conscientes e bem.

Haven levou a mão ao peito. *Graças a Deus.* Gus adorava ler thrillers, então levaria alguns para ele. E David tinha um fraco por amêndoas com cobertura de chocolate que achava que ninguém o via comer. Ela compraria alguns presentes para eles e os visitaria assim que saísse.

Pegou uma faca, o pote de mel e espalhou um pouco na torrada.

— E — Gia continuou — o Vander disse que o Rhys está interessado no caso. Meu irmãozinho está chateado e determinado a descobrir quem te machucou.

O coração de Haven disparou. *Não. Não faça isso.* Ela tomou um gole de café para tentar se manter inexpressiva.

Gia encostou o quadril na ilha, focando o olhar em Haven.

— Nada a dizer?

— Não. — Ela deu uma mordida na torrada.

— Nada a dizer sobre o gostosão com olhos sonhadores que emoldurou seu rosto, jurando vingança por você?

— Você não pode chamar seu irmão de gostosão, existe uma regra contra isso.

— Fatos são fatos, amiga. Infelizmente, tive que lidar

com três irmãos gostosos durante toda a minha vida. — O olhar de Gia se aguçou. — Então, Rhys...

Haven tomou um gole de café muito rápido e queimou a língua.

— Desisti dos homens. Além disso, preciso te lembrar que, um — Haven ergueu um dedo —, ele é seu irmão? *O irmão da minha melhor amiga.* Isso significa problema, com certeza. E dois — levantou outro dedo —, ele também é o irmão do meu chefe. Isso é um não bem grande. Já me dei mal ao me envolver com a família da minha chefe em Miami. *Grande* erro.

Gia segurou sua mão.

— Sei que o Leo, o canalha, te magoou.

— Ele me ensinou uma lição. — Haven empurrou o rabo de cavalo para trás. — Não preciso de outro homem bagunçando minha vida. Especialmente alguém que não vai ficar muito tempo. Homens como Rhys, que podem escolher qualquer mulher, nunca ficam.

— Humm. — Gia conseguiu falar muito com um murmúrio.

Depois de algumas mordidas apressadas em sua torrada, Haven se levantou.

— Estou indo trabalhar.

Ela também faria sua própria pesquisa sobre quem poderia ter levado o Monet. Podia não ser uma ex-militar durona ou investigadora importante, mas o mundo da arte era seu domínio.

Descarregar uma pintura como o *Lírios D'água* não seria fácil. Ela tinha várias pessoas para quem queria ligar...

A porta da frente da casa de Gia se abriu. Easton

26

entrou, usando outro terno sob medida e uma camisa azul que ficava bem nele.

— Essa chave é para emergências — Gia falou em tom malicioso. — Você poderia bater.

— Eu não bato. — Easton olhou para Haven. — E você não vai trabalhar hoje. — Ele olhou para a irmã. — Posso tomar um café?

Gia revirou os olhos.

— Sim. — Ela apontou. — A máquina de café está bem ali.

Easton puxou o cabelo de Gia e começou a preparar um café.

Haven respirou fundo.

— Eu posso trabalhar. E quero.

— Não — Easton disse.

Deus, me dê forças.

— Não quero ficar sentada à toa.

— Eu sou o seu chefe. Você vai descansar. Foi atacada ontem à noite.

Ela engoliu em seco.

— Eu sei disso. Quero ajudar a recuperar a tela. — Sua voz falhou.

Easton se virou devagar e deu a volta na ilha. Ao observá-lo se aproximar, endureceu. Ele pousou as mãos em seus ombros, e ela sentiu o cheiro forte e cítrico de seu perfume, desviando o olhar para os botões de sua camisa.

— Haven, olhe para mim — ele ordenou.

Ela obedeceu.

— A culpa não é sua.

— Eu os deixei entrar.

— Qualquer um teria tomado essa decisão. Eles estavam bem-preparados. Isso não é culpa sua.

— Gus e David...

— Não. É. Culpa. Sua. Agora, deixe que o Vander e o Rhys façam o trabalho em que são muito bons. Quero que você vá para casa e pegue leve.

— Tudo bem. — Tentar argumentar com qualquer membro da família Norcross era um exercício de futilidade. Ela teria mais sorte batendo a cabeça contra a parede.

Easton puxou seu rabo de cavalo, assim como havia feito com Gia.

— Boa garota.

Enquanto Gia e Easton voltavam a tomar café, Haven se desligou da conversa. Não se importou com o que Easton disse, ela não iria relaxar.

A tela foi roubada, os guardas foram feridos e o museu, invadido. Ela não iria se sentar e ficar sem fazer nada. Ia encontrar a porcaria do *Lírios D'água*.

3

CAPÍTULO TRÊS

R hys vasculhou as imagens de segurança do museu mais uma vez. Os cinco ladrões usavam máscara ninja. E, como imaginaram, o caminhão de entrega era alugado. Foi alugado usando um nome falso e um cartão de crédito roubado.

— Quem são vocês, idiotas? — Rhys bateu com a mão na mesa.

Ele estava em seu escritório, no armazém convertido que abrigava a Norcross *Security*. Rhys era bom em colocar sua presa no chão. Ele nunca desistia, verificava todas as pistas – grandes ou pequenas – e não os deixaria se esconderem. Já tinha falado com seus contatos para ficarem de olho em qualquer um que tentasse vender a tela.

Na gravação, viu o líder bater em Haven, a viu cair e, em seguida, o filho da puta a chutou.

Rhys grunhiu.

— Eu vou te encontrar. — O homem se arrependeria disso. Rhys mal podia esperar para que isso acontecesse.

Ele já havia ligado para Hunt naquela manhã, mas o detetive não tinha nenhuma pista sólida. Rhys mudou para a próxima imagem. Ao contrário de Hunt, Rhys não precisava seguir tantas regras. Ele ia encontrar esses caras, de uma forma ou de outra.

Até que avistou algo e congelou a imagem. O magricela perto da pintura. Ele tinha uma tatuagem no pescoço. Uma espécie de estrela.

Rhys também era tatuado. Sua mãe tinha uma expressão de sofrimento no rosto sempre que via qualquer uma das tatuagens de seus meninos. A do bandido poderia ser algo genérico, resultado de uma bebedeira da qual ele teria se arrependido no dia seguinte.

Mas também poderia ser algo específico que pudesse ser rastreado.

Seu telefone tocou e quando olhou para a tela, sorriu. Atendeu.

— Oi, mãe.

— Sabe, eu e o seu pai não moramos muito longe e estamos envelhecendo. Você poderia vir fazer uma visita.

Ele tinha visto os dois há uma semana e havia jantado com eles. A mãe fazia a melhor lasanha de toda a Califórnia.

— Você e o meu pai não são velhos.

Clara Norcross bufou.

— Não importa a minha idade, você sempre será meu bambino, Rhys Matteo.

Ela dizia isso a todos eles.

— Onde está meu pai?

— Na oficina. Consertando coisas.

Rhys mordeu a língua. Há muitos anos, Clara

Bianchi havia desapontado muitos bons partidos italianos ao se apaixonar perdidamente por Ethan Norcross, o vizinho não italiano. O pai foi bombeiro e chegou a ser chefe de divisão do Corpo de Bombeiros de São Francisco antes de se aposentar.

A mãe de Rhys começou a comprar ferramentas elétricas para ele como presente e o encorajou a montar uma oficina. Até hoje, seu pai vagava pelo lugar e não fazia muito. Ele confessou que não tinha desejo de trabalhar com madeira nem construir nada.

— Soube pela Gia que a Haven teve alguns problemas — a mãe comentou.

O sorriso de Rhys se dissolveu.

— Sim, mãe.

— Quero que você cuide dela, Rhys.

— Estou trabalhando nisso.

— Aquela garota tem sombras nos olhos. Muita dor.

— Não vou deixar que ninguém a machuque.

— Bom. — Sua mãe fez uma pausa. — Talvez você possa trazê-la para jantar um dia desses.

Exatamente o que Rhys precisava, uma mãe casamenteira. Ela tinha a sutileza de uma marreta e um desejo muito forte por netos.

— Mãe, tenho que ir.

— Tudo bem. Venha jantar logo, Rhys.

— Amo você, mãe.

Ele encerrou a ligação e olhou para a tela do laptop. Antes de levar Haven a qualquer lugar, tinha que deixá-la em segurança.

— Conseguiu alguma coisa? — uma voz profunda perguntou, interrompendo seus pensamentos.

Ele olhou para cima quando outro funcionário da Norcross apareceu na porta de seu escritório.

Saxon Buchanan era o melhor amigo de Vander e o segundo responsável pela Norcross. Saxon e Vander se conheceram no colégio e se tornaram amigos instantaneamente. Depois que se formaram, os dois se alistaram – para grande horror da família rica de Saxon – determinados a cuidar um do outro.

— Não muito — Rhys respondeu.

Saxon inclinou a cabeça. Seu cabelo quase loiro estava sempre bem cortado e o terno era feito sob medida. Apesar de ter sido da Ghost Ops por vários anos, e de fazer alguns trabalhos sujos, Saxon vinha de uma família rica e não escondia que gostava das coisas boas da vida. Gostava de suas roupas sob medida, de seu uísque caro e tinha uma vasta coleção de relógios de grife. Todos gostavam de condená-lo por isso.

— A Haven está bem? — Saxon perguntou.

— O rosto dela está péssimo. — Rhys respirou profundamente. — Mas ela vai se curar. Ela ficou com a Gia ontem à noite e está descansando hoje.

— A Haven sempre me pareceu durona. Uma espinha dorsal de aço sob aquele corpo lindo.

Rhys semicerrou os olhos.

— Não há necessidade de você notar o corpo dela.

Saxon sorriu.

— Sou homem e tenho uma visão perfeita. Difícil deixar de notar aquelas pernas e bunda.

Rhys grunhiu.

O sorriso de Saxon se alargou, fazendo Rhys querer socar os dentes perfeitos do amigo.

— O benefício é que também posso te provocar. Você está de olho nela há meses. Normalmente, não leva muito tempo para rastrear um alvo.

Verdade. E Rhys estava celibatário desde o momento em que olhou nos lindos olhos azuis de Haven. Passou muitas noites se acariciando, imaginando as mãos dela sobre si, os gritos roucos em seus ouvidos.

Merda, estava ficando excitado. Se mexeu na cadeira. Se Saxon notasse, encheria o saco de Rhys.

Então o sorriso do amigo se dissolveu.

— Lamento que ela tenha se machucado.

— Bem, os idiotas que fizeram isso vão pagar. Estou seguindo algumas pistas.

— Precisa de ajuda?

— Achei que você tivesse que instalar um sistema de segurança hoje. — Enquanto Rhys era o investigador principal de Norcross, Saxon solucionava problemas. Ele fazia um pouco de tudo, mas muitas vezes era enviado para trabalhos ruins e que ninguém queria fazer para encontrar a melhor solução.

— Já terminei. Uma casa chique perto da casa dos meus pais, em Nob Hill. — O canto de sua boca se ergueu. — Não que meus pais se relacionem com os Dillons. Eles os considerariam muito abaixo deles. Dinheiro novo. Examinei a casa e evitei as ofertas *muito* óbvias da esposa troféu do cliente para visitar seu quarto e, em seguida, enviei a ele a cotação.

— Mandei um e-mail para alguns negociantes de arte e liguei para alguns de nossos... contatos. — Alguns dos contatos da Norcross operavam do outro lado da lei. — Pedi que me avisassem caso soubessem de alguém perguntando sobre a tela ou sobre o Museu Hutton. Qualquer um que tentasse vender um Monet. Pode ligar para mais alguns negociadores para mim?

— Deixa comigo. — Saxon fez uma saudação e cruzou o armazém.

Rhys fez mais algumas ligações, se sentindo nervoso e frustrado. Ele se dirigiu para a cozinha bem abastecida e fez um café. As grandes janelas ofereciam uma vista da água e um vislumbre da Bay Bridge.

Vander comprou o antigo armazém e o reformou. O nível inferior era o estacionamento para a frota de carros da empresa, além de abrigar uma academia bem equipada. Havia também várias salas de espera para os "convidados".

O nível central abrigava os escritórios – era quase todo em plano aberto, com vigas de madeira e dutos de metal no alto. Escritórios com paredes de vidro alinhados nas laterais do espaço. Havia mais um andar, com um terraço na cobertura, que eram os aposentos de Vander.

Rhys tinha um apartamento ali perto, em Rincon Hill – era elegante e moderno, com uma vista incrível. Easton havia investido todo o dinheiro que Rhys acumulou enquanto estava no exército, e ele tinha um ótimo apartamento, um carro e um barco incrível, além de um belo pé-de-meia. Não era tão rico quanto Easton, e Vander se saía bem na Norcross Security, mas Rhys estava feliz e mais do que confortável. Não queria a dor de cabeça de dirigir seu próprio negócio, pois não queria ter que aturar clientes idiotas.

Ele também tinha uma vaga para o carro e a moto, e

alugava um espaço perto do escritório da Norcross para seu barco.

Diversas vezes, em certas missões, ele esteve com calor, cansado e tinha areia em lugares que o irritavam. Sonhava em estar na água ou apenas em um sofá confortável assistindo a um jogo de futebol em paz.

Outras vezes, ele se machucou e achou que não conseguiria voltar. Ele fazia um trabalho importante. Era ruim, mas precisava ser feito para garantir a liberdade de muitos.

Agora, ele não se desculpava por ter trabalhado muito e ter se relacionado com muitas mulheres também.

Ele queria se relacionar com Haven McKinney. Queria tirar aquela sua saia justa que lhe provocava fantasias de bibliotecária gostosa.

E uma parte sua queria apagar as sombras em seus olhos também.

Rhys bufou. Ele não era o herói de ninguém, mas tinha as habilidades para mantê-la segura e garantir que o idiota que a machucou pagasse.

— Ah, Rhys?

Ele olhou para Saxon, que estava com as mãos nos bolsos. Seu amigo tinha uma expressão ilegível no rosto.

— Sim? — Rhys deu um gole no café.

— Não acho que a Haven esteja descansando.

— Como assim? — Ele colocou a caneca na mesa.

— Acabei de falar ao telefone com um negociante. Ela foi vê-lo.

Rhys ficou tenso.

— E um outro disse que ela deveria visitá-lo às onze.

Olhou no relógio. Já passava das onze.

Ele praguejou, despejou o café na pia e lavou a caneca. Então se dirigiu para as escadas.

— Boa sorte. — Saxon parecia estar achando muita graça.

HAVEN ENTROU no espaço elegante em SoMa. O bairro South of Market era o lar de muitos museus e galerias de São Francisco.

Ela amava a galeria de seu amigo Harry. A fazia se lembrar daquela em que havia trabalhado em Miami. A iluminação era quente, complementando as paredes claras. Bem na frente, havia uma pintura moderna — berrante, com cores ousadas em tom neon.

Mas como toda arte, a beleza estava nos olhos de quem a via. Não era seu estilo preferido, mas ainda podia apreciá-la e saber que outra pessoa poderia amá-la.

— Haven!

Ela se virou.

Harry Temple, seu amigo negociante e dono da galeria, caminhou em sua direção. Era um homem bonito, elegante, bem-vestido e com as têmporas grisalhas. Ela havia participado de vários jantares com Harry e o marido, Trent. Eles eram divertidos e engraçados.

Quando Harry viu seu rosto, parou de forma brusca. Seu olhar horrorizado percorreu sua bochecha e olhos.

— Querida, o que aconteceu?

— Você não soube?

Ele tocou seus braços.

— Não. Me diga quem foi e mandarei o Trent para dar uma lição.

Trent era *personal trainer* e proprietário de uma academia.

— Tivemos um roubo no Hutton, Harry. Os ladrões fizeram isso... — Haven acenou para o rosto — e roubaram o *Lírios D'água*.

Harry ofegou.

— Certo, não posso processar o roubo de pinturas de milhões de dólares, mas eles bateram em você?

— Estou bem — ela assegurou.

Harry a abraçou, e Haven se apoiou nele por um segundo.

— Me diga que Easton está revirando São Francisco procurando por essa escória?

— Bem, a empresa de segurança do irmão dele está investigando.

Harry estremeceu.

— Eu deixaria que Vander Norcross me investigasse qualquer dia, se ele não me assustasse. — Ele deu um tapinha no ombro dela. — Querida, o Easton pode ser dono da maior parte de São Francisco, mas o Vander toma conta da cidade. Ele vai encontrá-los.

— A pintura sumiu, Harry. Não consigo evitar de me sentir culpada. Eu preciso encontrá-la.

Seu amigo franziu a testa.

— Eu não ouvi nada a respeito. Algo tão grande faria muito barulho.

Ela suspirou.

— Pode ficar de olho?

— Você sabe que sim.

— Qualquer sussurro, qualquer boato, me liga.

— Com certeza. Agora... — Harry passou o braço pelo seu. — Venha se sentar. Vou pedir a Tory que faça lattes espumantes para nós, e vou te mostrar a última peça que consegui de um artista local que acho que será *sucesso*.

Haven deixou que Harry a animasse por um tempo.

Quando saiu da galeria, ela se sentia um pouco melhor, mas a tela roubada parecia um peso pressionando-a.

Deus, era tão injusto que logo quando ela havia acabado de colocar a vida nos eixos, estivesse amando seu trabalho, que Easton fosse um bom chefe e Gia, uma ótima amiga, isso acontecesse.

Haven desceu a rua. Sentir pena de si mesma não ajudaria. Ela sabia disso por experiência própria. O tempo estava muito bom para uma caminhada. Era um lindo dia de outono, nem quente, nem frio. Iria recuperar aquela pintura e deixaria sua vida calma e estável novamente a qualquer custo.

Ela quase trombou com um homem forte de terno, parado no meio da calçada.

— Me desculpe.

Ela passou por ele depressa, fazendo seus saltos baterem contra o pavimento. Não tinha certeza do que fazer para encontrar a tela. Mas endireitou os ombros. Não ia desistir. O Hutton ficava a apenas alguns quarteirões de distância. Entraria de forma sorrateira em seu escritório e faria mais algumas ligações.

Leo estragou sua vida e, por um tempo, ela deixou. Não faria mais isso. Haven estava no comando e não deixaria ninguém, especialmente alguns ladrões, derrubá-la.

Mas, milhões de dólares, a voz em sua cabeça apontou. Seu estômago embrulhou.

Ela fez uma pausa e alguns exercícios respiratórios das aulas de ioga para as quais Gia a arrastava às vezes. Não, ainda se sentia estressada e seu rosto latejava. O efeito dos analgésicos estavam passando.

Então ela sentiu a nuca formigar. Aquele sentimento que qualquer mulher caminhando sozinha às vezes sentia. Alguém estava olhando para ela?

Ouviu passos pesados atrás de si e olhou para trás. Não havia muitas pessoas por perto, apenas um homem de terno vindo em sua direção. Ela franziu o cenho.

Espere, não era o cara com quem acabou de esbarrar? Ele estava indo na outra direção.

Ele ergueu a cabeça – o cabelo era curto, não tinha pescoço e usava um terno mal ajustado.

Seu olhar encontrou com o dela.

Respirando fundo, Haven se virou e saiu pela rua o mais rápido que pôde, sem correr. Procurou seu telefone. Provavelmente não havia nada de errado...

Braços fortes a envolveram por trás, puxando-a.

— Ei! — ela gritou.

O homem não disse uma palavra e o pânico tomou conta dela. Ele a arrastou pela calçada.

Droga, não seria arrancada da rua em plena luz do dia. Ela poderia ter mais sorte?

— Me solte!

Haven *não* ia deixar esse idiota sem pescoço sequestrá-la. Chutou a canela do homem.

Sentiu seu calcanhar atingi-lo, e ele grunhiu e depois soltou um xingamento. Ele a sacudiu.

O sapato de Haven caiu e seu telefone escorregou de seus dedos para a calçada. Ouviu as travas de um carro e o medo a invadiu. Ele a estava arrastando para lá. Se conseguisse fazê-la entrar...

Não, *não*.

Haven se contorceu e lutou. Gritou, mas ele colocou a mão sobre sua boca. Por que não havia ninguém por perto?

Ela soltou o peso do corpo, mas o sr. Sem Pescoço a arrastou.

Ah, Deus. Ela poderia ser levada para qualquer lugar. Tinha visto os filmes de Liam Neeson. Seria traficada para turismo sexual, drogada, estuprada...

Então, de repente, o idiota a soltou.

Haven cambaleou e caiu de joelhos. Suas costelas doeram e as palmas das mãos também.

Ouviu um baque e se virou, sentindo o pulso acelerado.

Então respirou fundo e viu Rhys dar um soco brutal no rosto de seu sequestrador.

O sr. Sem Pescoço voou, e Rhys – vestindo um terno cor de carvão e uma camisa branca perfeitamente cortados – avançou.

Mais dois socos e o sequestrador caiu. Rhys se endireitou. Ele nem parecia estar suando.

Os olhos castanhos fervendo de raiva estavam fixos nela.

CAPÍTULO QUATRO

R hys lutou contra a raiva e observou Haven.

Ela parecia abalada, mas não tinha novos ferimentos.

O homem no chão gemeu, e Rhys pegou algemas e prendeu seus pulsos e os pés.

— Você está bem? — ele perguntou a Haven.

— Deus, não. Ele... ele... — Ela parecia à beira das lágrimas, mas se conteve. Lá estava aquela espinha dorsal de aço.

Rhys se endireitou, estendeu a mão e acariciou seu queixo.

Ela se inclinou em seu toque por um segundo, então se virou.

— Idiota. — Ela olhou para o homem quase inconsciente no chão. Em seguida, o chutou. O homem grunhiu. — Ele tentou me *sequestrar*.

Rhys ficou feliz em saber que ela estava chateada. Pegou o telefone.

— Você está chamando a polícia? — Ela passou os

braços ao redor de si mesma, esfregando os braços como se estivesse com frio.

— Não.

Ela inclinou a cabeça.

— Não?

A chamada foi atendida.

— Saxon, preciso que você venha e faça uma coleta. Um cara acabou de tentar sequestrar a Haven.

— O quê? — Saxon fez uma pausa. — A Haven está bem?

— Sim, só está abalada. — E começando a ficar furiosa.

— O cara ainda está respirando? — Saxon perguntou.

— Está, mesmo com o nariz quebrado. — Rhys repassou sua localização.

— Tudo bem, estou a caminho.

O homem no chão balançou a cabeça, olhando para eles com os olhos turvos.

Haven pegou seu sapato e o telefone caídos, se calçando novamente. Ela ainda parecia abalada, e Rhys passou um braço ao seu redor, puxando-a para perto de seu peito. Ela estava rígida no início, até que se aconchegou a ele, apoiando a testa em sua camisa. Droga, era bom tê-la aninhada contra si.

Então ela fez um som baixinho, que parecia um soluço.

— Ei, está tudo bem agora — ele murmurou.

As mãos dela apertaram a camisa de Rhys.

— Sinto muito — ela fungou.

— Essas últimas horas foram difíceis. Você tem o direito de surtar.

— Sim, bem, aprendi que a melhor maneira de lidar com surtos é fazer isso sozinha, com vinho.

Franzindo a testa, ele olhou para o topo de sua cabeça. Odiava ouvir a resignação em sua voz. Queria que ela se virasse para ele, que se apoiasse nele.

Caramba, ele nunca se sentiu assim antes. Ergueu o queixo dela.

— Estou bem aqui.

Ela afastou os olhos azuis.

O homem no chão se moveu, e Rhys o olhou feio.

— Nem pense nisso.

Ao tom cortante da voz de Rhys, os ombros do cara caíram.

— O que você vai fazer com ele? — Haven perguntou.

— Algumas perguntas.

Rhys viu as engrenagens girando em sua cabeça inteligente.

— Espere, você acha que ele tem algo a ver com o roubo? Acho que não. Foi aleatório.

Rhys esfregou os dedos no braço dela.

— Não se preocupe com isso.

Ela ergueu a mão.

— Ele tentou me arrastar pela rua e me empurrar para dentro de um carro. — Ela estremeceu. — Vou me preocupar sim, Rhys.

Ele apertou seu domínio sobre ela.

Haven se acalmou e seu olhar percorreu o rosto dele.

— O que foi?

— Essa é a primeira vez que você diz meu nome.

— O quê? Não, isso não pode estar certo.

— Você me evita como uma praga, Haven. Acredite

em mim, é a primeira vez que diz meu nome. — Ele fez uma pausa. — Esperei muito tempo por esse momento.

Ele ouviu sua respiração aguda, então ela desviou o olhar, como se a parede de tijolos do prédio ao lado fosse fascinante. As mãos dela se apertaram com mais força em sua camisa.

— Você vai me ignorar enquanto estiver em meus braços?

— Pensei em tentar.

Os lábios dele se contraíram.

— É muito difícil te ignorar. — Seu olhar encontrou o dele. — Eu te devo um agradecimento. Por me resgatar. — Ela franziu a testa. — Por que você estava aqui?

— Ouvi dizer que uma certa curadora de museu teimosa não estava em casa descansando na manhã seguinte ao seu ataque. Em vez disso, estava levando presentes para seguranças feridos no hospital e perambulando pela cidade tentando fazer o meu trabalho.

Ela umedeceu os lábios, o que o fez olhar para eles. Eram cor-de-rosa e de formato perfeito. Rhys começou a ter ideias maliciosas.

— Estou bem. E... e preciso ajudar, Rhys. Sinto que tudo isso é culpa minha. Meu trabalho é cuidar do museu e de todas as obras de arte. Cuidar de nossos funcionários. Eu deixei aqueles ladrões entrarem, e eles machucaram os seguranças...

— Não é culpa sua. Os caras que roubaram a tela não são amadores.

Um BMW X6 SUV preto elegante parou ao lado deles, e Saxon e Vander desceram. O olhar turbulento de

Vander foi para o homem no chão, em seguida voltou para eles.

— Haven, você está bem? — o irmão de Rhys perguntou.

Ela assentiu.

Os dois levantaram o homem. Ele estava em um silêncio sombrio, e Saxon o empurrou na parte de trás do X6.

— Vamos colocá-lo em uma sala de espera — Vander avisou. — Fazer algumas perguntas.

Rhys ergueu o queixo. Ele queria entrar e interrogar homem, mas precisava cuidar de Haven.

Ela pigarreou.

— Ah, *fazer algumas perguntas* é um eufemismo para agredi-lo?

O canto da boca de Vander se contraiu.

— Não.

Ela soltou o fôlego depressa.

— Ah, que bom.

— É um eufemismo para *se ele não responder às minhas perguntas, vou dar uma surra nele* — Vander completou. — Vejo vocês mais tarde. — Ele se sentou no banco do motorista.

Um segundo depois, o veículo se afastou.

— Seu irmão é assustador.

Rhys não discordou. Ele cresceu com Vander, que foi um adolescente intenso com um forte senso de certo e errado. Trabalhou ao lado dele em alguns lugares ruins, debaixo de fogo cruzado e com muito em jogo. Vander ainda tinha um código de ética que seguia, mas não era mais tão preto no branco.

— Vamos. — Rhys a conduziu rua abaixo e parou ao lado de sua Mercedes GTS prata.

Ela olhou para o carro esporte.

— Esse carro parece ser rápido... e caro.

Ele a ajudou a se sentar no banco do passageiro.

— Para onde estamos indo? — ela perguntou.

Rhys entrou no trânsito.

— Minha casa.

— O quê? — ela perguntou em voz alta.

— Suas mãos estão machucadas e você está tremendo. Você está em choque.

Ela juntou as mãos.

— Só me leve para casa.

— Não.

— Então estou sendo sequestrada?

Rhys deu uma volta, indo em direção ao seu apartamento.

— Vou limpar suas mãos e preparar uma bebida para você. Provavelmente uma dose de uísque.

— Odeio uísque.

— Este é um momento para uísque, anjo.

Ela ficou quieta pelo resto do caminho. Rhys podia sentir que ela estava remoendo os acontecimentos. Ter Gia como irmã – uma mulher que raramente escondia o que estava sentindo – lhe deu muita experiência.

Eles chegaram ao prédio em que Rhys morava, e ele parou no estacionamento subterrâneo. Manobrou na vaga ao lado da sua Kawasaki Ninja. Haven olhou para a moto com interesse.

— Já andou de moto? — ele perguntou.

Ela balançou a cabeça.

46

Ele sorriu.

— Você vai gostar.

O trajeto até seu apartamento foi rápido, e ele a conduziu para dentro.

Haven caminhou pela sala de estar de plano aberto até as janelas que iam do chão ao teto. Tinha uma bela vista da Bay Bridge.

— Caramba — ela murmurou.

Ele parou por um segundo. Gostou de ver a silhueta dela contra o vidro. De vê-la em sua casa. Era estranho, já que ele raramente trazia mulheres para cá.

Ela se virou, olhando ao redor do apartamento. Seu olhar se fixou na parede oposta e suas sobrancelhas se ergueram.

— Você coleciona... carros de brinquedo?

Ele franziu a testa para suas prateleiras feitas sob medida.

— São réplicas.

— Tem certeza?

Ele semicerrou os olhos. Seus irmãos também gostavam de zombar de sua coleção.

— São colecionáveis fabricados em metal fundido. Muito valiosos.

Ela fez um som não convencido.

— Você brinca com eles?

— Não. — Ele viu os lábios dela se contorcerem e decidiu que se provocá-lo a fazia se sentir melhor, ele não ligaria. — Vou pegar o kit de primeiros socorros.

Ela se virou, com os olhos azuis em chamas.

— Não posso acreditar nisso!

E então, veio a explosão.

47

Haven abriu os braços, andando pela área de estar.

— Eu simplesmente não consigo pensar no que fiz para merecer esse carma. Um Hulk sem pescoço tenta me sequestrar. Ladrões atiraram em meus seguranças, que são caras legais que têm famílias, e roubaram uma pintura muito, muito cara. Uma obra-prima. E um idiota me bateu. — Sua voz se elevou.

— Haven, baby, se acalme.

Ela se virou novamente.

— Tudo isso acompanhado de um ex muito idiota que estava metido com sabe Deus o quê, e que também me bateu. Tenho uma placa dizendo "me dê um soco aqui" pendurada no pescoço?

Todo o humor de Rhys desapareceu. Ele se afastou da ilha de cozinha.

— Seu ex te bateu?

O tom de voz letal a atingiu. Ela baixou os braços.

— Isso é passado.

Ele caminhou em sua direção.

— Quem é ele? Como se chama

— Rhys...

Ele passou os braços ao redor dela.

— Nenhum homem deveria levantar a mão para uma mulher. Nunca.

Ela engoliu em seco.

— Eu sei. — Ela apoiou as mãos sobre o peito dele. — Eu o deixei na primeira vez que isso aconteceu. As coisas não iam bem há um tempo. — Ela deu um tapinha em Rhys. — Acabou.

Ele percebeu que ela estava tentando acalmá-lo.

— Ele é de Miami?

Ela concordou.

Observando-a, a maior parte da fúria de Rhys se esvaiu. Droga, ela era linda.

Então ele percebeu que ela estava tremendo. Provavelmente reação retardada ao idiota que tentou agarrá-la. Rhys a puxou para mais perto. Haven pressionou o rosto contra ele, que apoiou a bochecha em seu cabelo.

— Por que estou tremendo? Eu estou brava.

— Você está chateada. Pode surtar.

Ela não chorou, mas o abraçou com firmeza, o que, é claro, ele gostou. Quando Haven parou de tremer, ele a conduziu até um banquinho e pegou o kit de primeiros socorros do armário.

— Seu kit é muito mais usado que o meu — ela comentou. — No meu, tudo ainda está na embalagem.

Ele se machucava de vez em quando e fazia de tudo para evitar hospitais. Pegou a mão dela que estava machucada e a limpou com cuidado. Quando ele usou o lenço antisséptico, ela sibilou, mas não se afastou. Em seguida, colocou um pouco de pomada e fez o mesmo com a outra mão.

— Obrigada — ela murmurou.

— Não vou deixar ninguém te machucar de novo. — Ele empurrou uma mecha de seu cabelo castanho claro para trás. Ele amava o tom dos fios.

— Acho que estou pronta para a segunda parte do meu surto — ela disse.

Ele ergueu uma sobrancelha.

— A parte de ficar com raiva. — Ela se levantou do banquinho e caminhou pela sala de estar.

O olhar de Rhys foi para sua bunda. Era curvilínea e sexy.

— Saí de Miami para um recomeço. — Ela fez um som zangado. — Esse carma ruim me segue.

Sim, sua raiva estava de volta. Ela agarrou um de seus sapatos e jogou-o no sofá. Ele bateu em uma das almofadas. Em seguida, jogou o outro.

— Cansei de ser saco de pancadas — ela girou. — Ouviu isso, universo?

Rhys avançou. Ele tinha que tocá-la.

Ela se virou e esbarrou nele.

— Ai.

— O discurso acabou?

— Pode ser. — Ela fungou. — Acho que poderia desabafar um pouco mais.

— Acho que chega por enquanto. — Rhys a puxou e fez o que queria desde o primeiro dia em que a conheceu.

Ele beijou Haven McKinney.

AH. Deus.

Rhys Norcross a estava beijando.

Era um desastre, mas também absolutamente incrível.

Mesmo quando seu cérebro gritou para ela se afastar, correr para a Europa e se juntar a um convento, suas mãos cravaram no peito duro e ela entreabriu os lábios.

Ele se aproveitou, deslizando a língua na sua. O desejo encheu cada célula de seu corpo em uma corrida selvagem e revigorante.

Rhys aprofundou o beijo, e qualquer pensamento de

escapar dele voou de sua cabeça. Haven gemeu e afundou as mãos em seu cabelo espesso e desgrenhado.

— Puta merda — ele murmurou contra seus lábios.

O beijo seguinte foi selvagem. Os dois estavam se tocando e com os corpos colados. Ele a pegou no colo como se ela não pesasse nada e a colocou sobre a mesa de madeira na área de jantar. Então puxou sua saia para cima, o suficiente para se acomodar entre suas pernas.

Campainhas de alarme tocaram em sua cabeça. Rhys era perigo com um P enorme, sublinhado duas vezes.

— Rhys — ela ofegou.

Então sua boca estava na dela novamente. Droga, ele tinha um gosto tão bom, era tão gostoso. De alguma forma, ela desabotoou dois botões da camisa, deslizando as mãos para dentro.

Ah, pele quente. Ela viu a tatuagem no lado esquerdo de seu peito. Muito sexy. Um homem forte e musculoso com tatuagem e usando terno. Gostoso demais. Ela sentiu uma onda de umidade entre as pernas.

Ele passou as mãos pelo seu cabelo, inclinando a cabeça de Haven para trás. A boca de Rhys desceu por sua mandíbula até o pescoço.

Ah, caramba. Seu pescoço era sensível. Ele a sentiu estremecer com as sensações.

Uma mão grande e forte deslizou por sua coxa, indo para onde seu corpo implorava por atenção. Então seu cérebro voltou a funcionar.

— Não.

Rhys fez uma pausa e ergueu a cabeça. O olhar em seu rosto a fez engolir um gemido. O desejo estava profundamente esculpido nas belas feições.

Rhys Norcross a queria.

Depois que ela disse não, ele não se moveu. Seus dedos ainda estavam na perna de Haven, mas não se moviam mais. Droga, ela sabia que ele era um cara bom e não iria tirar vantagem.

Ela umedeceu os lábios.

— Não podemos fazer isso.

— Tenho certeza de que podemos — ele grunhiu. — E vai ser incrível pra cacete.

Haven pressionou a mão em sua bochecha corada. Sim, ele a queria. Mas ela sabia que ele queria outras mulheres também – que eram mais bonitas e experientes do que ela.

Também sabia que ele não ficava com elas por muito tempo.

Haven não era mulher de uma noite só. Respeitava as que tinham relacionamentos assim, mas ela não conseguia. E havia mais em sua recusa do que só isso.

Era o fato de que Gia era sua melhor amiga e Easton, o seu chefe. Isso podia ficar confuso.

— Você é o irmão da minha melhor amiga.

Rhys ergueu uma sobrancelha.

— Gia está me incentivando a dar em cima de você há semanas.

Haven arregalou os olhos.

— Aquela traidora! Não vou arranjar os ingressos para a inauguração que ela queria. — Haven se recompôs. — Você é irmão do meu chefe. Isso é confuso. Já cometi o erro colossal de me envolver com um membro da família da minha última chefe.

— O idiota do ex?

Ela assentiu.

— Ele era primo da minha chefe.

A voz dele diminuiu de tom.

— Não sou seu ex, Haven, e não me importo com quais desculpas você jogue entre nós.

A maior era a que ela não falou. No fundo, Haven sabia que Rhys Norcross tinha o poder de machucá-la muito além do que Leo Becker fez. Ah, Rhys nunca iria bater nela, mas seu coração... não. Ela não poderia suportar qualquer dor que ele infligisse.

Ela o empurrou com gentileza e desceu da mesa, arrumando a saia.

Seja adulta, Haven. Ela se obrigou a olhar para ele.

Deus, esses lábios. E seu perfume – era sempre de sândalo e pinho.

— Isso não deveria ter acontecido — ela insistiu.

Ele cruzou os braços musculosos.

— Deveria. E deve acontecer de novo.

Caramba, se ele a tocasse novamente, sua força de vontade se desintegraria como papel de seda. Ela era fraca demais quando se tratava dele.

— Não. — Ela ergueu a mão, canalizando um pouco da atitude de Gia.

— Você vai ter que arranjar desculpas melhores que Easton e Gia. — Rhys inclinou a cabeça e uma mecha de cabelo castanho escuro caiu sobre sua testa.

Ah, a mão dela coçava para afastá-la ou afundar as mãos nele e escalar como um...

Concentre-se, Haven.

— Eu desisti dos homens.

Ele piscou.

— O quê?

— Homens. Desisti. — Ela fez um movimento cortante com a mão. — De agora em diante, vou seguir sozinha e colocar minha vida nos trilhos. Não tenho espaço para você.

Ele arqueou uma sobrancelha.

— Você estava aqui durante aquele beijo?

Haven decidiu que era melhor ficar quieta.

— Sabe o que teria acontecido se tivéssemos continuado? — A voz dele baixou para um murmúrio profundo e sexy.

Haven lutou contra um arrepio.

— Não...

— Eu finalmente teria colocado minhas mãos debaixo dessa saia justa que abraça sua bunda e faz minha boca ficar seca.

Ela prendeu a respiração.

— Teria te deitado de costas na mesa, aberto suas penas e rasgado sua calcinha.

Seu corpo estava vivo e o calor a inundou. Ela fechou os olhos.

— Teria tocado sua boceta e colocado minha boca em você. Você se contorceria até gozar na minha língua, gritando meu nome.

Ah. Caramba. Ela não era forte o suficiente para lutar contra suas palavras. Queria tudo isso e muito mais.

Ela abriu os olhos.

— Rhys...

O celular dele tocou.

Eles se encararam, então ele o pegou e atendeu.

— Sax, me diga que você tem boas notícias. — Ele fez

uma pausa, em seguida praguejou. — Ele não fala, mesmo com alguma persuasão? — Um segundo depois, Rhys grunhiu. — Ele está com medo de alguém. Sim, tudo bem, me mantenha informado. — Ele encerrou a ligação, voltando a olhar para ela.

Haven torceu as mãos.

— Nada?

— Não.

— Provavelmente, ele não tem nada a ver com o roubo do *Lírios D'água* — ela falou.

Ela recebeu um grunhido em resposta, e Rhys deu um passo em sua direção.

— Não terminamos.

A pulsação dela acelerou.

Então o telefone dele tocou de novo. Desta vez, ele murmurou uma série de xingamentos.

— Norcross. — Outra pausa. — Sim, fale.

Bem, parecia que o universo estava conspirando a seu favor. O telefone a salvou de cometer um grande erro com Rhys.

Mas se perguntou por que se sentiu tão decepcionada.

— Certo, te vejo aí. — O rosto de Rhys estava bem sério.

Haven umedeceu os lábios.

— E agora?

— Um contato pode ter informações sobre a pintura.

O ar ficou preso em seu pulmões.

— Isso é ótimo. Quem é ele?

— Um negociante.

— Qual é o nome dele? Talvez eu o conheça.

— Não conhece.

— Rhys, o mundo da arte é a minha área. Conheço muitas pessoas.

— Ele é do mercado negro.

Ela ofegou.

— Um ladrão? Você lida com ladrões?

Ele pegou as chaves do carro.

— Tenho uma lista variada de pessoas que me fornecem informações. Vamos, vou deixá-la em casa.

— Ah, não, investigador importante. — Ela cruzou os braços. — Vou com você.

— Não vai.

— Vou, sim.

Ele franziu o cenho.

— Não.

— Sim. — Ela não seria deixada para trás. Não queria ficar sentada, contorcendo as mãos.

Ela odiava contorcer as mãos.

CAPÍTULO CINCO

Quando Rhys parou no bar decadente em Potrero Hill, se perguntou como foi que a deixou convencê-lo a fazer isso.

Ele parou no escritório e trocou sua Mercedes por um SUV. Estacionou o X6 em uma rua lateral e olhou para Haven. Havia um brilho de empolgação em seu rosto machucado.

Merda, Haven estava aqui porque não podia dizer não a ela. Viu que ela precisava disso. Precisava ajudar de alguma forma.

Ele saiu e deu a volta no carro. Trocou o terno por jeans, camiseta e botas. Este não era o tipo de lugar para se ir de terno.

— Não fale nada e fique ao meu lado — ele a avisou.

Ela lhe deu um olhar enviesado e, com um aceno, ele desceu a rua e virou a esquina do bar. Os dois entraram e demorou um segundo para seu olhar se ajustar à escuridão. Mesmo àquela hora do dia, havia muitas pessoas bebendo.

Rhys se dirigiu para as cabines nos fundos. Haven atraiu muita atenção. Ela ainda estava de saia e era linda.

Ele segurou a mão dela e lançou alguns olhares ao redor.

Então avistou seu contato, Hammon, bebericando o que provavelmente era uísque com gelo.

Rhys empurrou Haven para dentro da cabine, e se sentou.

Hammon tinha quase cinquenta anos e tinha cabelos curtos e grisalhos. Ele havia passado muito tempo no sol, e isso transparecia em seu rosto enrugado.

O homem olhou para Haven.

— Vejo que você mudou de ajudante, Norcross. Ela é mais bonita do que aquele Buchanan durão.

— Não olhe para ela. O que você tem para mim?

Hammon mudou de posição.

— Ouvi rumores de uma venda grande.

— Esses rumores dizem *o que* estava à venda?

O homem mais velho apoiou os cotovelos na mesa.

— Não. Só que valia muito dinheiro.

Rhys tamborilou os dedos na mesa.

— Nomes.

— Não os tenho.

Rhys grunhiu.

— Por que é que você me chamou aqui se não vai me dizer nada, Hammon?

— Porque eu tenho um possível local onde o estão armazenando.

Haven ofegou e Hammon olhou para ela, ou melhor, para seu peito.

Rhys estalou os dedos para recuperar a atenção do homem.

— Onde?

— Descendo a rua. A fábrica antiga que virou um armazém. — Ele tagarelou um endereço e tomou um gole de sua bebida. — Não há ninguém lá. Eu estava esperando e vi um bando de caras saindo.

— Vou dar uma olhada.

Hammon fungou.

— Não quero pagamento, apenas ajuda quando eu precisar.

— Se isso der certo, ficarei em dívida com você. — Rhys se levantou. Ele estava acostumado a fazer negócios com pessoas desagradáveis, mas muitas vezes isso lhe dava as informações de que precisava.

— Quem é sua garota, Norcross?

Rhys ignorou o homem e continuou andando, puxando Haven atrás de si. Ele a queria fora dali. E queria dar um soco na cara de cada canalha que estava olhando para ela.

Essa possessividade era algo novo. Ele raramente agia assim com as mulheres.

Lá fora, Haven olhou para a rua.

— E aí, vamos verificar esse armazém agora?

— Não, *eu* vou dar uma olhada. Preciso te deixar no escritório da Norcross primeiro.

— Rhys, não. — Ela segurou a mão dele. — É logo ali. Seu... — ela hesitou por um segundo — amigo disse que o lugar está vazio.

— Ele não é meu amigo.

— Apenas uma olhada rápida. — Ela lhe deu um olhar suplicante.

— Você acabou de piscar para mim?

— Talvez. Ajudou?

Ela tinha cílios grossos e escuros. Merda, o que havia de errado com ele, pensando nos cílios dela?

Ela piscou novamente.

— Por favor, dê uma olhada rápida.

Droga, ele não queria colocá-la em perigo. Não deveria sequer tê-la trazido. Ainda assim, o risco era baixo e ela estaria com ele. Murmurou um xingamento.

— Tudo bem, uma olhada muito rápida. Faça exatamente o que eu digo.

Ela assentiu.

Eles desceram a rua e logo Rhys viu o armazém. Era de tijolos que haviam sido pintados de branco há muito tempo, mas a tinta estava desbotada e lascada. O telhado parecia ser sustentado por uma oração.

Não havia veículos ou sinais de atividade.

— Por aqui. — Ele a conduziu pelo beco lateral entre o armazém e o prédio vizinho.

Parou perto de uma lixeira transbordando. As janelas do lugar estavam sujas e algumas, quebradas. Não havia câmeras ou outro tipo de segurança que ele pudesse ver.

Ele subiu na lixeira e olhou para dentro. O lugar estava quase vazio, exceto por algum equipamento no centro, coberto por panos. Ele esperou e ouviu.

— O lugar parece estar vazio. — Ele saltou. Continuou andando até chegar a uma porta lateral de metal enferrujada. Pegou sua ferramenta de abrir fechaduras.

— Você pode abrir fechaduras? — Haven sussurrou.

— Sim.

— Aprendeu isso nas forças armadas?

— Não. — Ele e os irmãos se meteram em muitos problemas quando adolescentes.

— Me ensina?

— De jeito nenhum.

Ela fez beicinho, mas então a fechadura destravou e a porta se abriu rangendo nas dobradiças enferrujadas.

Eles entraram. O lugar estava escuro e cheio de poeira. Tinha aquele cheiro de vazio e sem uso.

Rhys se dirigiu para a pilha de itens no centro. Os dois levantaram as pontas dos panos.

Eram móveis: mesa de madeira, algumas cômodas, um sofá de aparência desconfortável e algumas mesinhas com pernas finas.

Haven ofegou.

— Rhys, esta não é minha área de especialização, mas me parecem antiguidades. Estilo francês. Esses móveis provavelmente valem muito dinheiro.

Ele olhou debaixo dos outros lençóis. Não havia pinturas multimilionárias de artistas famosos. *Droga*.

Haven examinou o espaço.

— Talvez estejam mantendo a pintura em algum outro lugar por aqui?

De repente, ouviram um barulho seguido pelo guincho de metal e vozes.

Ah, merda.

— Temos companhia. — Eles estavam entrando pelas portas da frente.

Haven paralisou e a cor sumiu de seu rosto.

Rhys sabia que nunca voltariam para a porta que

usaram sem serem vistos. Ele levantou o lençol que cobria o sofá.

— Rápido.

O dois entraram debaixo do tecido. Rhys se esticou no sofá de veludo vermelho e a puxou para que se deitasse em cima dele.

Haven estava pressionada contra Rhys.

Ela umedeceu os lábios.

— Ah, Deus, e se...?

— Shh. — Ele segurou seus quadris, apertando os dedos em sinal de advertência.

As vozes se aproximaram. Rhys ouviu grunhidos.

— Droga, essa coisa feia é pesada — uma voz falou.

Houve um baque de algo pesado batendo no chão.

— Sorte que estão nos pagando bem — outra voz retumbou.

— Vamos pegar o próximo item do caminhão.

Certo, uma entrega. Rhys relaxou um pouco. Os homens não tinham motivo para olhar para os outros móveis. Deviam estar seguros.

Haven estava respirando rápido e contra os lábios dele.

— Ei — ele sussurrou. — Relaxe.

Ela acenou, com os olhos ainda arregalados.

Ele segurou sua bochecha.

— Diminua a respiração e se concentre em mim.

Olhos azuis encontraram os dele.

— Pelo menos, não é você que está deitada em um sofá feio e desconfortável — ele murmurou.

— É uma espreguiçadeira — ela sussurrou.

Ele grunhiu. O que quer que fosse, estava muito

velho e era duro pra caramba. Rhys acariciou sua boche-cha. Ela estava relaxando lentamente.

— Por quanto tempo ficaremos presos aqui? — ela murmurou.

— Até eles irem embora.

Seus lábios se contraíram.

— Isso é um pouco emocionante.

— Eu não deveria ter deixado você me convencer.

— Como eu te convenci?

— Porque você é linda demais.

Seu peito apertou.

— E, aparentemente, tenho problemas para te dizer não.

— Rhys — ela sussurrou.

— Não me olhe assim agora. — O rosto dela estava suave, com desejo nos olhos. Ele sentiu seu pau endurecer.

Merda. Dificilmente ela não sentiria. Eles estavam colados um ao outro.

Obviamente, seus olhos se arregalaram.

Merda. *Merda*. Ele passou a mão por seu cabelo sedoso. Este não era o momento. Ele tinha que ficar alerta.

Então ela murmurou o nome dele novamente.

— *Rhys*.

Ele era um caso perdido. Ergueu a cabeça e cobriu a boca de Haven com a sua.

BEIJAR RHYS NORCROSS enquanto estavam escondidos debaixo de um lençol depois de invadirem um armazém era impactante.

Ela claramente perdeu a cabeça.

A língua dele tocou a sua, e Haven perdeu a capacidade de pensar. Ela o beijou de volta e se apertou contra seu corpo duro como pedra. E aquela protuberância intrigante estava dura como uma rocha contra seu ventre.

Ele murmurou um xingamento.

— Haven, baby.

Uau, aquela protuberância parecia grande e extremamente generosa. Ela se moveu novamente.

Ele soltou outro xingamento sussurrado e se virou, prendendo-a embaixo de seu corpo e na espreguiçadeira.

— Garota má. — Sua voz era um sussurro rouco.

As vozes dos entregadores se tornaram abafadas, sinal de que foram para mais longe.

Haven beijou Rhys novamente. Ela não conseguiu se conter. Ele beijava tão bem que a fazia querer mais. Seus seios estavam cheios e sua pele formigava.

Ele continuou a beijá-la e ela se sentiu como se estivesse drogada.

Até que ele ergueu a cabeça.

Ela piscou. E percebeu que o armazém estava em silêncio.

Os homens tinham ido embora.

Rhys respirou fundo, depois rolou de cima dela e se levantou. Ele espiou por baixo do lençol.

— Está vazio. — Ele a ajudou a se levantar.

Em seguida, a estava levando através do armazém e

passando pela porta que entraram. Ela teve que correr para o acompanhar. Ele a arrastou pelo beco estreito.

— Rhys?

— Quieta. — Sua voz era profunda e enérgica.

Ele estava bravo por ela tê-lo beijado enquanto estavam em perigo?

— Eu...

— Quieta, Haven. — Continuaram caminhando até chegar ao SUV.

— Rhys...

Ele a girou e a prendeu contra o veículo. Entrelaçou a mão em seu cabelo e a beijou novamente.

Ah, *ah*.

Então uma das mãos dele deslizou por sua coxa, puxando a saia para cima. Ele levantou sua perna e o pau duro de Rhys roçou onde ela queria.

Ela inclinou a cabeça para trás e gemeu.

Eles estavam em uma via pública, mas ela não se importou nem um pouco.

Ele pressionou seu corpo contra o dela.

— Isso é tudo para você, linda.

— Rhys.

— Droga, adoro quando você ronrona meu nome assim. — Ele mordeu o seu pescoço.

Haven se remexeu e o desejo cresceu em seu ventre.

Então alguém uivou como um lobo, e Rhys paralisou. Ela também ficou em silêncio, sentindo o calor atingir suas bochechas.

Em seguida, ela empurrou seu peito.

Ah, Deus. Haven recuperou o juízo. Beijou Rhys

Norcross enquanto estava presa em um armazém. E depois o atacou na rua. O que ela estava pensando?

Ela arrumou a saia e colocou as mãos nas bochechas.

— Caramba.

— Haven...

— Você me faz perder a cabeça.

Ele lhe deu um sorriso arrogante.

— Eu gosto disso.

— Não! — Ela balançou a cabeça. — Eu disse que não podemos seguir adiante.

Havia medo em seu interior. Seria muito fácil se apaixonar por ele. *Fácil* demais.

Ele emoldurou seu rosto.

— Anjo, pare de pensar tanto. Aproveite o momento.

Ela se afastou dele e o viu franzir a testa.

— Não estou interessada em ser outro entalhe na sua cabeceira, Rhys.

Ele se acalmou.

— O quê?

— Você tem uma reputação. Algo bem intenso. Você é mulherengo.

Ele semicerrou os olhos.

— *Não* sou mulherengo. Não faço promessas que não posso cumprir. Sou franco com as mulheres.

Ela odiava pensar em todas que o tocaram e, o beijaram.

E agora provavelmente estavam cuidando de seus corações partidos e bebendo muito para afogar a tristeza de não ter a gostosura de Rhys Norcross em sua cama novamente.

— Então curta o momento com elas e depois as deixe. — Ela balançou a cabeça. — Não sou assim.

— É isso o que você pensa de mim? — Seu tom baixo provocou um arrepio na coluna de Haven.

— Você é um viciado em adrenalina, sempre procurando a próxima aventura — ela falou. — Carros, barcos, mulheres... Até seu trabalho é perigoso. Assim que você conquista algo – ou uma mulher –, sai a procura da próxima. — Ela não era assim. Não podia ser apenas um brinquedo para ele.

Os olhos dele escureceram.

— Quer saber? Estou achando que tive sorte por você me evitar.

Suas palavras a atingiram como farpas, e ela engoliu o nó crescente em sua garganta.

Ele se virou e apertou o controle para abrir o SUV.

— Entre no carro, Haven.

Ele caminhou até o banco do motorista.

Haven se sentiu um pouco enjoada. Mas assim era melhor. Ela mordeu o lábio e entrou.

Rhys esperou até que ela colocasse o cinto de segurança, ligou o motor e arrancou. Ele dirigia rápido, mas com ar de competência.

Quando viraram uma esquina, Haven apoiou a mão na porta. Ele seguiu pelo tráfego. O silêncio no veículo era denso e desconfortável.

Antes que ela percebesse, ele parou na frente de seu prédio.

— Fique em casa. Chega de perambular pela cidade brincando de detetive. — Ele não olhou para ela. — Seu apartamento tem alarme?

— Sim — ela sussurrou.

— Entre, se certifique de que as portas estejam trancadas e o alarme, ligado. Alguém da Norcross vai entrar em contato para falar sobre o cara que tentou te pegar. Vão te avisar quando for seguro sair.

Obviamente, não seria ele. Ela sentiu como se uma pedra tivesse se instalado em seu peito.

— Rhys...

— Entre, Haven.

Ela hesitou.

Ele bateu com a palma da mão no volante.

— Vá!

Haven saiu depressa do carro e correu para o prédio.

Era isso que ela queria, se proteger dele.

Então, por que estava chorando? Ela enxugou as lágrimas e se dirigiu para seu apartamento vazio.

6

CAPÍTULO SEIS

E le fechou a porta do escritório da Norcross com força e caminhou até seu escritório. Rhys estava muito bravo com Haven.

Por meses, ele a desejou, achou que ela era inteligente, sexy e doce.

E durante todo esse tempo, ela achou que ele era um idiota. Ele sabia o que as pessoas falavam a seu respeito. Caramba, metade do que diziam era pura invenção. E a outra metade... ele se deixou cair na cadeira. Bem, não ia se desculpar por ser um homem solteiro com impulso sexual saudável.

Ele ligou o laptop. Tinha trabalho a fazer. O que quer que houvesse entre eles, não afetava a investigação.

Rhys fez algumas pesquisas a respeito do armazém que tinham visitado e se acalmou depois de um tempo. Descobriu que era propriedade de uma série de empresas de fachada. Ele precisava que Ace Oliveira, o guru da tecnologia da Norcross, desse uma olhada.

Merda, também pediria a Ace para se conectar ao sistema de alarme de Haven e ficar de olho na casa dela.

— Oi.

Rhys olhou para Vander.

— Oi.

— Alguma novidade? — seu irmão perguntou.

— Consegui uma pista de um informante. Verifiquei o armazém. Está sendo usado para guardar mercadorias roubadas, mas nenhuma pintura.

— Como a Haven está?

— Bem.

Merda. Diante de seu tom cortante, ele viu os olhos de Vander semicerrarem. Seu irmão era mais do que perceptivo. Nas missões, Vander quase podia sentir as coisas antes que acontecessem. Era assustador.

— Problemas? — Vander perguntou.

— Não. Eu a deixei em casa, disse para ativar o alarme e ficar quieta até que alguém ligue.

Vander apenas o olhou.

Rhys suspirou.

— Nós discutimos. Digamos apenas que vocês podem parar de zombar de mim para que eu dê em cima dela. Esse assunto está encerrado.

— Rhys...

— Ela acha que sou um mulherengo, Vander. Não tenho tempo para mulheres superficiais que ouvem qualquer coisa e não se importam em me conhecer.

Vander ficou em silêncio por um momento.

— Você sabe sobre Miami?

Rhys ficou tenso.

— Sei que o ex bateu nela.

— Humm.

— Chega desse enigma, Vander.

O irmão apenas levantou uma sobrancelha.

— O suposto sequestrador da Haven está na sala de espera e ainda não falou. Tenho uma reunião com a Binary Tech.

Esse era um dos grandes clientes corporativos da Norcross. Eles cuidavam de todos os sistemas de segurança da Binary Tech, segurança cibernética e, quando necessário, guarda-costas para seus executivos.

Depois que Vander saiu, Rhys tentou se concentrar. Mas continuou se lembrando do gosto de Haven, da sensação de estar com ela.

Merda.

Seu telefone tocou e ele o atendeu.

— Norcross.

— Ei, Grande R, é o Jerome.

Um companheiro de corrida de barco.

— Oi, Jerome. Onde você está? Tem alguma corrida marcada? — Jerome estava sempre em movimento. Eles se conheceram no cenário das corridas de barco há um ano.

— Estou em San Fran. Tenho algumas festas para ir. Você deveria vir. Mulheres de alto padrão, boa bebida e momentos divertidos.

Rhys se recostou na cadeira. Talvez uma distração fosse o que ele precisava. Transar e tirar uma certa morena da cabeça dele.

— Também tenho uma viagem de escalada planejada, se estiver interessado — Jerome continuou. — Um grupo vai até Yosemite.

— Estou em um caso agora, mas posso arranjar tempo para uma festa ou duas.

— Sabia que você ia se divertir, cara.

Em vez de sorrir, Rhys franziu a testa. Merda, todos achavam que ele era um cara que só sabia curtir?

— Vou mandar uma mensagem com os endereços e datas — Jerome avisou. — Te vejo em breve. Não desapareça.

Rhys encerrou a ligação, mas sentiu um gosto ruim na boca. Decidiu que estava na hora de questionar seu "convidado".

Quando se dirigiu para a sala de espera, viu o homem sentado, algemado a uma perna da mesa. Ele estava amarrotado e com o nariz inchado. Ele ergueu a cabeça e quando viu Rhys, seus olhos brilharam.

— Só precisa nos dizer quem você é e para quem trabalha — Rhys falou. — Então você pode ir.

Silêncio.

— Você tentou sequestrar uma mulher inocente. A polícia não gosta disso. Se mantiver o bico fechado, essa é sua próxima parada.

Mais silêncio.

— Sabe, meu dia está péssimo, e estou procurando uma distração. — Rhys fechou os dedos.

O sr. Sem Pescoço não deixou aquilo passar despercebido.

— Se eu falar, morro.

— A mulher era alguém aleatório ou você estava atrás dela especificamente?

Houve uma breve luta na expressão do homem.

— Dela. Haven McKinney.

Puta merda. Não importava que ela o irritasse, Rhys ainda a queria em segurança.

— Por quê?

O homem balançou a cabeça.

Alguém bateu na porta, e Rhys a abriu. Ace estava lá.

E então ele saiu. O cabelo comprido e escuro de Ace Oliveira estava preso em um rabo de cavalo. Ele era da mesma altura de Rhys, um pouco mais magro, mas em forma. Passou vários anos trabalhando na NSA e não encontrou um sistema que não pudesse hackear, bugar ou derrubar, dependendo de seu humor.

— O nome dele é Joseph Cowell. — A voz de Ace tinha um leve sotaque estrangeiro. Ele cresceu nos Estados Unidos, mas seus pais eram brasileiros. — Fiz algumas pesquisas e ele apareceu. — Ace entregou um pedaço de papel.

Rhys o examinou.

— Bandido de aluguel.

— Sim. Tem relação com Petrov.

Rhys ficou tenso. Droga, máfia russa. Boris Petrov dirigia um negócio constante de lavagem de dinheiro em São Francisco. Geralmente, ele ficava bem longe da Norcross e dos seus negócios. Rhys franziu a testa. A máfia não poderia estar ligada a Haven.

Ele se virou e olhou através do vidro, então de volta para Ace.

— Obrigado.

— O Vander também me pediu para te dar isso. — Ace estendeu um arquivo fino.

Quando ele se foi, Rhys franziu a testa para o arquivo e o abriu. Seu estômago se apertou. Eram fotos de Haven.

Não eram recentes. Ela parecia mais magra, estressada e com o rosto contraído. Pelo local, ele poderia dizer que estava em Miami.

Em uma das fotos, ela tinha hematomas no rosto.

Filho da puta. Ele podia distinguir as marcas de dedos. A fúria era como ácido em suas veias. Algumas delas a mostravam discutindo com o homem loiro de boa aparência. Leo Becker, o ex.

Ela fugiu deste homem. Deixou Miami porque esse idiota a machucou.

Rhys fechou o arquivo. Ela podia ter passado por um momento difícil, mas não significava que podia descontar nos outros. Ele olhou para Cowell através do vidro. Deixaria o cara *de molho* mais um pouco. Se virando, Rhys voltou para seu escritório.

Viu que tinha alguns e-mails novos, e um era do tatuador que havia contatado. O cara tinha feito algumas das tatuagens de Rhys no passado. Ele enviou ao homem uma imagem da tatuagem que estava no pescoço do ladrão do museu.

Rhys examinou as informações e enrijeceu.

O cara rastreou a tatuagem de estrela. Era uma tatuagem da máfia, comum na Bratva.

O ladrão do museu tinha uma tatuagem da máfia russa. O sequestrador no andar de baixo tinha ligações com a máfia russa local.

Rhys sentiu aquele pequeno formigamento de quando uma investigação começava a acontecer.

E desta vez, não gostou nem um pouco. A máfia russa estava envolvida e, de alguma forma, Haven estava bem no meio disso.

HAVEN ESTAVA DEITADA NA CAMA, olhando para o teto e tentando não pensar em nada.

Fechou os olhos. Por alguns meses, a vida voltou a ser boa. Pacífica.

Agora...

Imagens brilhavam em seu cérebro como alguém tirando fotos – a pintura, o roubo, o homem batendo nela, Rhys, os beijos, a expressão dele quando discutiram.

Seu estômago se apertou.

Rhys desistiu dela. Ele se fechou e se desligou como se ela o enojasse.

Seu estômago se apertou ainda mais. *Não pense nele.*

Ela se virou, pressionando o rosto no travesseiro. Deus, foi uma cretina com ele. Quem era ela para julgar como ele vivia sua vida?

Argh. Chega. Rhys Norcross não era para ela. Precisava parar de chafurdar.

Se levantou e prendeu o cabelo emaranhado em um coque bagunçado. Quando chegou em casa, colocou uma calça de ioga e uma camiseta grande com um decote largo que escorregava de um ombro.

Agora, a noite estava caindo. Ela se perguntou se eles fizeram seu sequestrador falar.

Balançando a cabeça, se dirigiu para a sala de estar e olhou pelas janelas. Onde estava o *Lírios D'água* agora?

As luzes de São Francisco piscaram para ela, mas não lhe deram a resposta.

Ela só esperava que estivessem cuidando bem da pintura. O menor movimento errado podia danificá-la.

Soltou um suspiro. A arte significava muito para ela. Ainda se lembrava de sua mãe levando-a a um museu pela primeira vez quando tinha seis anos. Foi o dia especial das duas. Haven havia aprendido que arte era uma forma de expressar a habilidade humana, imaginação e emoção. Pode-se capturar um momento, um sentimento e fazer alguém sentir aquilo novamente. Havia algumas pinturas que a lembravam de sua mãe, dos risos compartilhados, abraços calorosos e seu amor.

Haven não podia pagar pelo tipo de arte que realmente amava, mas tinha algumas belas gravuras e uma pequena escultura na mesa de centro – um presente de um artista. Eram duas pessoas entrelaçadas em um abraço, o homem segurando a mulher junto a si.

Desviou o olhar. Olhar para ela só a fazia se sentir pior.

Na cozinha compacta, abriu a geladeira. Ela estava quase vazia, mas também não estava com vontade de preparar nada. Haven não era muito fã de cozinhar, mas sabia preparar seus pratos favoritos, e os fazia bem.

Uma batida na porta a fez paralisar. Não estava esperando ninguém, e o porteiro não interfonou avisando que havia visitas.

Indecisa, ficou parada olhando para a porta.

— Abra, Haven — Gia chamou. — Trouxe comida e vinho.

O alívio a atingiu.

Ela abriu a porta e sua melhor amiga entrou apressada, com uma sacola de papel em uma mão e uma garrafa de vinho tinto na outra. Sua grande bolsa Fendi estava pendurada no ombro, e ela ainda estava com as roupas de trabalho – o vestido branco elegante com saltos Louboutin sensuais.

Gia olhou para o rosto de Haven e sua boca endureceu.

— Estou bem — Haven disse. — Os hematomas estão piorando.

Gia jogou as coisas na ilha da cozinha. Em seguida, a abraçou. Haven retribuiu o gesto da amiga e a abraçou com força.

— Ei. — Gia deu um tapinha nas costas dela. — O que está acontecendo?

— Fui ver o Harry hoje.

— Você deveria descansar.

— Tenho que tentar encontrar a pintura, Gia. Enfim, um cara tentou me sequestrar.

— O quê? — Gia enrijeceu. — Vou ligar para o Vander...

Haven segurou seu braço.

— O Rhys chegou e conseguiu conter o cara. Ele está em uma sala na Norcross.

— O Rhys chegou?

— Sim, ele me salvou.

— Bem, ele é parcial no que se refere a você.

— *Gia.*

— Estou feliz por você estar bem. — Gia apertou os dedos de Haven.

— Ajudei o Rhys a rastrear uma pista...

Gia a observou com olhos castanhos profundos, tão parecidos com os do irmão.

— Deus, Gia, ele me beijou. Eu o beijei. Mais de uma vez. — Haven baixou a cabeça e a cobriu com as mãos.

— Demorou muito para acontecer — Gia comentou.

— G, ele é seu irmão...

— Como eu já disse antes, estou bem ciente de que todos os meus irmãos são lindos. É minha cruz. — Ela segurou as mãos de Haven e as puxou para longe de seu rosto. — Rhys é lindo, sim. Ele nunca teve que se esforçar muito com as mulheres. Elas caem a seus pés como moscas.

Haven fez um barulho infeliz diante desse pensamento.

— Essa é uma analogia grosseira.

— Mas você é uma exceção. Você o manteve alerta. Ele é como um lobo faminto diante de comida quando te olha.

— Também não tenho certeza de que seja uma analogia muito boa — Haven falou. — De qualquer forma, é só a emoção da caçada. Ele vai perder o interesse...

Gia balançou a cabeça.

— Eu nunca o vi olhar para ninguém do jeito que olha para você.

Isso fez a garganta de Haven apertar.

— Fui horrível com ele. Falei coisas desagradáveis. — Ela respirou fundo, estremecendo. — Ele não vai olhar para mim assim de novo.

Gia abriu o vinho e pegou duas taças do armário. Ela serviu uma dose generosa.

— Seus instintos de sobrevivência bem ajustados entraram em ação.

Haven tomou um gole de vinho.

— Eu... eu não posso me arriscar de novo. Estava me

apaixonando pelo Leo, ou achei que estava, e ele traiu minha confiança. Mais de uma vez.

Ele deixou de ser um namorado encantador para se tornar um homem nervoso, ansioso e de temperamento explosivo que gritava e se recusava a conversar. E quando ela o pegou recebendo sexo oral de uma garçonete em seu escritório no clube, eles brigaram, e ele bateu nela.

— O Rhys não é o Leo — Gia disse.

— Sei disso, mas Rhys pode ter quem ele quiser, e eu não... não posso ver outra pessoa chamar sua atenção.

— Haven...

— Não. Não quero mais falar sobre isso, Gia.

— Então só me escute. O Easton sempre foi o irmão mandão, aquele que planejava algum esquema para ganhar dinheiro. O Vander... bem, mesmo no colégio, eu suspeitava que ele estava planejando invadir algum país. Rhys sempre foi o irmão tranquilo e encantador. Ele era inteligente, atlético e amigo de todos.

Haven tomou outro gole de vinho. Talvez ela devesse tomar uma ou duas garrafas.

— Então ele se alistou e seguiu Easton e Vander assim que pôde. — Gia sorriu. — Ele odiava ser deixado de fora. — Seu sorriso se desvaneceu. — Isso o mudou, Haven. Ele acreditava no que estava fazendo com os militares, mas eles nunca contam detalhes, nem mesmo para nossos pais. Mas isso o mudou. O que ele fez, deixou cicatrizes. Nos três.

Haven engoliu em seco e colocou a taça na mesa quando uma sensação horrível passou por ela. Não chegou a conhecê-lo bem o suficiente para ver por baixo de sua aparência. Caramba, ela estava muito ocupada pensando em si mesma e se protegendo para pensar sobre os sentimentos de Rhys. A culpa a atingiu.

— É como se ele tivesse necessidade de correr e continuar em movimento — Gia apontou.

Haven mordeu o lábio inferior. Ela entendia. A necessidade de superar seus demônios.

— Quero vê-lo desacelerar — Gia disse. — Respirar e apreciar as pequenas coisas.

— Eu... nós brigamos, Gia. Foi feio.

Outra batida na porta fez Haven endureceu novamente.

— Quem é agora?

— Vou olhar. — Gia se levantou, entrando no modo mãe superprotetora. Ela também era uma Norcross e, claramente, eles nasceram para proteger.

Ela ouviu Gia falando e exigindo ver a identidade da pessoa.

Um momento depois, a amiga estava de volta segurando um enorme buquê de rosas vermelho.

Haven respirou fundo e seu coração bateu forte.

— Ah, uau.

— Elas têm um cheiro delicioso. — Gia as colocou na ilha e pegou o cartão no meio da folhagem. Então franziu a testa.

— Sem nome.

Haven pegou o cartão.

Vou te manter segura, Haven.

Um calafrio percorreu seu corpo. Por algum motivo, essa mensagem a fez sentir o contrário.

— Não são de Rhys.

— Duvido. Acho que ele nunca mandou flores para

alguém. Easton, sim, mas esse não é o estilo do meu irmão mais novo.

Um gosto ruim encheu a boca de Haven.

— Leo costumava se desculpar com flores. Buquês grandes, brilhantes e caros.

— Você acha que é dele?

— Não sei. Não as quero. Você pode...?

— Eu cuido disso. — Gia pegou o telefone e tirou uma foto das flores. Depois pegou o vaso. — Aposto que a sra. Girard, no final do corredor, vai gostar delas.

A viúva morava sozinha e muitas vezes convidava Haven para uma xícara de chá. Ela era doce e amigável.

— Ela vai amar.

Gia saiu apressada pela porta da frente, e Haven envolveu um braço na cintura. Seu estômago se agitou. Não conseguia pensar em Leo agora. Deus, sua vida estava uma bagunça. Respirando fundo, tentou esvaziar sua mente. Não queria pensar em Leo, no Monet ou na confusão que tinha feito com Rhys.

Quando seu estômago deu outra reviravolta, se jogou no sofá.

Gia entregou as flores e voltou. Deu uma olhada em Haven, se sentou ao lado dela e passou um braço em volta dos ombros da amiga.

— Vamos comer comida chinesa, tomar mais vinho e não falar sobre ninguém com altos níveis de testosterona. — Ela deu um aperto na amiga.

Haven conseguiu sorrir.

— Ou pinturas roubadas.

— Combinado. — Elas brindaram. — Vamos falar sobre a festa que vou dar neste fim de semana.

— Gia, meu rosto...

— Já estará bom o suficiente para que, com meus dotes de maquiagem, ninguém veja nada além de sua beleza.

Graças a Deus por sua amiga.

Naquela noite, Haven não ia pensar em ex, ladrões ou homens que beijavam maravilhosamente bem.

Ela só ia beber e conversar com a amiga.

CAPÍTULO SETE

D eus, era tão bom estar no trabalho. A fazia se sentir normal.

Haven moveu cuidadosamente algumas peças no veludo preto. Estava trabalhando em uma nova exibição de joias da Era de Ouro de Hollywood.

Arrumou um colar na posição certa. *Perfeito*. Em seguida, pegou o cartão de descrição e o colocou no lugar.

Se virou, levantando com cuidado um conjunto de brincos de pérola que foram usados pela atriz Rita Hayworth e os colocou no estojo.

Olhou ao redor da sala de exibição. Era um espaço menor e mais íntimo do que o salão principal. Seu estômago ainda estava se revirando com a ideia de que alguém pudesse invadir o local e roubar essas coisas.

Inspirou fundo e soltou o ar. A segurança havia sido reforçada no Hutton desde o roubo. Tinham mais seguranças, mais câmeras e novos protocolos para entregas. Colocou uma mecha de cabelo que escapou do coque atrás da orelha. Os tesouros do museu estavam seguros e ela também.

O som de riso infantil a fez erguer os olhos. Foi até a porta e viu uma professora apressada, junto com alguns pais, conduzindo um grupo animado de crianças pelo corredor.

— Leila, pode terminar aqui? — Haven perguntou.

A assistente assentiu.

— Claro.

Haven saiu da sala e viu as crianças no corredor principal – onde a parede vazia que deveria conter o *Lírios D'água* zombava dela.

Então ela ouviu passos e o murmúrio baixo de vozes masculinas. Se virou e seu peito pareceu congelar. Vander e Rhys acabavam de entrar no museu.

Vander a viu e ergueu o queixo.

— Oi, Haven.

— Oi.

Com o coração batendo forte, ela olhou para Rhys. Droga, por que ele tinha que ser tão lindo? Sentiu um formigamento em todo o corpo. Ele estava usando outro terno hoje. Era azul e se ajustava a seu corpo de uma forma que a fez se contorcer. O olhar dele foi para sua bochecha e olho feridos, e a mandíbula tensionou.

Então ficou inexpressivo, como se ela não estivesse ali.

Ai. Era como se ela tivesse deixado de existir. E aquilo doía.

Ele acenou com a cabeça, mas não disse nada.

— Alguma notícia sobre a pintura? — Ela se forçou a falar, apesar da pressão em seu peito. *Controle-se, Haven.*

— Nada ainda — Vander respondeu. — Estamos aqui para ver o Easton.

Ela fez um esforço para não olhar para Rhys e pigarreou.

— Ele está no escritório.

Com um aceno de cabeça, os homens passaram por ela.

Assim que eles se foram, ela pressionou o rosto contra um dos pilares de pedra. Droga. Pelo menos, o mármore estava frio.

Então se endireitou. Tinha trabalho a fazer. Não podia ficar pensando em Rhys Norcross.

Seguiu pelo corredor e ouviu as crianças bombardeando a professora com perguntas.

O celular de Haven tocou, e ela viu que era Harry.

— Oi, Harry.

— Querida, como estão esses hematomas?

— Ainda mais espetaculares. Está um pouco roxo também.

Ele fez um ruído simpático e depois baixou a voz.

— Bem, descobri uma coisa.

— Sério? — Seu coração bateu forte.

— Ouvi um boato fraco sobre um leilão privado de uma pintura muito cara. O convite está sendo feito para... digamos, negociantes menos escrupulosos que eu.

Seu pulso acelerou um pouco.

— Pessoas que não se importam de comprar pinturas roubadas.

— *Ding ding*. Mas não tenho a confirmação de que é a sua obra roubada.

— Tudo bem. — Mas as chances eram muito altas.

— A amiga da irmã de uma assistente minha está saindo com um cara. Ele não é legal e tem um clube onde alguns dos criminosos de São Francisco gostam de ir. Parece que ele é ótimo na cama e é por isso que ela não dá o fora no idiota.

— Que clube? — Haven perguntou.

— Boneca, é um lugar onde cidadãos normais e que respeitam a lei como nós não conhecem.

— Certo, obrigada, Harry. Se você souber de mais alguma coisa, me avise.

— Claro, Haven.

Ela encerrou a ligação e olhou para o corredor principal. Seu olhar se fixou em um homem na galeria principal, não muito longe dos alunos. Ele já havia circulado a sala uma vez e não estava olhando para as obras de arte. Ela franziu o cenho. Ele usava jeans, jaqueta e botas.

Amantes da arte vinham de todas as esferas da vida, mas ela não sentiu que era o caso dele.

Haven se aproximou, fingindo examinar uma vitrine de cerâmicas. O homem estava perto e encostou a mão em um dos pilares.

O sangue em suas veias se transformou em gelo. Ela viu as sardas em um padrão espiral na mão dele.

Era um dos ladrões! O homem que bateu nela.

Deu um passo para trás. Precisava subir para encontrar Rhys, Vander e Easton.

Com seu movimento, o homem ergueu a cabeça.

Olhos azuis, frios e familiares, que ela viu em seus pesadelos encontraram os dela.

Merda.

Ela se virou.

— Segurança!

O homem avançou. Agarrou a parte de trás de sua camisa e a puxou. Ela girou e o chutou. As crianças começaram a gritar.

Ele a virou e colocou um braço ao redor de sua cintura, segurando-a por trás. Ela estremeceu e se contorceu.

Então o viu levantar uma arma e pressioná-la contra sua cabeça.

Ela ficou imóvel. Os gritos das crianças se intensificaram. A boca de Haven estava seca.

— Venha comigo ou vou atirar nas crianças — ele disse em voz baixa.

Haven engoliu em seco, sentindo o pânico apertar sua garganta. Ela não conseguiu impedir um gemido de escapar.

— Solte-a — uma voz profunda disse.

Ela virou a cabeça. *Graças a Deus*. Vander estava lá com uma arma em punho. Easton estava um passo atrás dele, também com uma arma nas mãos. Não havia sinal de Rhys.

— Vou sair com ela — o homem grunhiu. — Ninguém precisa se machucar.

O rosto de Vander era uma máscara vazia e assustadora.

— *Solte-a*.

— Saia do caminho — o ladrão resmungou, puxando-a para trás.

— Você sabe quem eu sou? — Vander perguntou.

Certo, Haven não achava que Vander poderia ficar

mais assustador, mas parecia que ele ia rasgar o homem e aproveitar cada minuto.

— Não dou a mínima — o ladrão respondeu.

— Não é daqui, então — Easton murmurou.

— Meu nome é Norcross — Vander falou. — Agora, solte-a. Você não vai sair daqui.

— Eu *vou* machucá-la. — O homem deu outro puxão e a arma cravou na têmpora dela.

Então Haven ouviu o barulho de sapatos no mármore e virou a cabeça alguns centímetros. Duas crianças passaram por uma porta bem ao lado deles. Assim que viram a arma, eles pararam, tremendo de terror.

O braço dele se moveu, afastando a arma de Haven em direção às crianças.

Dane-se. Haven estava muito cansada de apanhar e de sofrer tentativas de sequestro. E não ia deixar esse idiota machucar crianças inocentes.

Estendeu a mão para trás, agarrou seu pênis e o apertou com força.

O homem fez um som estrangulado, afrouxando o braço. Haven se afastou e a arma disparou bem perto de sua cabeça.

Droga, o barulho foi alto. Com o coração batendo forte e os ouvidos zumbindo, ela se virou e deu uma joelhada entre as pernas dele. O ladrão gritou.

De repente, Rhys apareceu do nada e agarrou o cara.

Haven conseguiu ficar de pé, mas Rhys e o ladrão caíram no chão polido, deslizando por alguns metros.

Então Vander e Easton apareceram, e o chefe de Haven a puxou para longe.

— Você está bem? — ele perguntou.

Seus ouvidos ainda zumbiam, mas ela assentiu. A pressão aumentou em seu peito. Ah, não, ela não queria ter um surto agora.

Precisava de uma distração, fazer algo. Senão, desabaria.

Ela se virou e viu as crianças paradas ali, apavoradas.

— Tudo bem. — Foi até elas e estendeu os braços. — Vamos, vamos encontrar a professora. Acabou.

— Tínhamos que ir ao banheiro — o menino disse.

— O homem tinha uma arma — a menina sussurrou.

— Eu sei. — Haven sentiu de perto.

— Você está falando alto — o menino apontou.

Haven tocou seu ouvido e tentou falar um pouco mais baixo.

— Vamos. — Ela segurou a mão da garota.

Rapidamente levou as crianças até a professora, que estava em pânico, levando o resto da turma para outro lugar com a ajuda de vários funcionários do museu.

— Tire-as daqui, Ron — Haven ordenou. — Garanta que ganhem ingressos para voltar.

O homem assentiu.

Quando elas foram embora, Haven começou a tremer. Olhou para trás e viu que Vander tinha algemado seu agressor e o estava colocando de pé. Ele a olhou.

Ah, merda. Ela torceu as mãos trêmulas.

Rhys deu um passo à sua frente. Seu rosto bonito estava duro como pedra.

Ela o encarou.

— Eu... hum... não consigo parar de tremer.

Então ele a puxou para si. O rosto dela pressionou

seu peito e ela respirou fundo. Sentiu o calor de Rhys através da camisa.

Deus, ele era tão quente e, de repente, ela percebeu que estava morrendo de frio. Então ela o abraçou.

A melhor coisa foi que ele a abraçou também.

RHYS CONDUZIU HAVEN, que ainda estava abalada, ao escritório dela. Ele estava muito irritado por ela estar em perigo de novo.

Ela se segurou durante o ataque, mas agora estava lidando com o resquício.

O escritório de Haven era como ela: limpo, arrumado e com toques de classe. Havia uma mesa de madeira com uma superfície brilhante e nada fora do lugar. Uma bela pintura na parede e uma escultura retorcida estava sobre um armário próximo.

— Vou ficar bem. — Ela se virou, prendendo um pouco de cabelo atrás da orelha. Seu rosto estava incrivelmente pálido, o que fez seus hematomas se destacarem ainda mais. — Você não precisa ficar. Eu sei... que você não quer ficar perto de mim.

Ela se encostou na mesa, ainda tremendo.

Rhys se aproximou.

— Apenas respire, Haven.

Ela assentiu e respirou fundo. A proximidade dele a acalmou. Seus olhos estavam fixos no rosto dele.

— Rhys...?

— O que é que você estava pensando? — ele perdeu a cabeça.

Ela estremeceu.

— O quê?

— Ele estava com uma arma apontada para a sua cabeça e você agarrou o saco dele? O cara poderia ter te matado!

Algo faiscou nos olhos dela.

— Havia *crianças* ali. Ele ameaçou atirar nelas.

— Vander, Easton e eu tínhamos tudo sob controle.

— Eu não podia arriscar as crianças, Rhys. — Seus lábios tremeram, e ela pressionou as mãos nas bochechas. — Por que o tremor não para?

Ele ainda estava chateado, mas a puxou contra si de novo. Puta merda, ele gostava de senti-la assim. Os dois se encaixavam perfeitamente.

Haven agarrou a camisa dele.

— Obrigada por enfrentá-lo.

— Fique quieta.

Ela obedeceu por um segundo. Ele aspirou o cheiro de seu shampoo. Coco. O fez pensar em uma ilha tropical e Haven de biquíni.

Tinha acabado de vê-la arriscar a vida por duas crianças. Então a abraçou com mais força.

— Rhys? Eu... eu queria pedir desculpas pelo que disse ontem. Não tenho o direito de julgá-lo e distorcer as coisas para me manter segura.

Seu coração bateu forte. Ele se afastou para olhar o rosto dela. Haven não encontrou seus olhos, só encarou os botões de sua camisa.

— Eu... você sabe que tive um péssimo ex. Isso ainda influencia muitas coisas. Eu não...

— Shh. — Ele ergueu o queixo dela. — Eu sei sobre o Becker.

Ela fez uma careta.

— Ele parece ser um idiota.

— Ele é. Nota dez.

— Ele brincou com você.

— Ele me traiu. Não é bom pegar seu namorado recebendo um boquete no escritório.

— Merda. — O cara era idiota por tê-la traído.

— De qualquer forma, isso transbordou e descontei em você. Me desculpe. — Ela ajeitou uma mecha de cabelo.

— Tudo bem — ele falou.

Ela esboçou um sorriso trêmulo.

— Ótimo. Fico feliz por termos esclarecido tudo.

Ele passou as mãos pela cintura estreita e a colocou sobre a mesa. Haven ofegou e seu queixo caiu.

Rhys se aproximou e acariciou suas bochechas e a curva de sua orelha.

— Rhys — ela murmurou.

Ele passou os dedos pelos lábios dela. Droga, era tão suave e dava tantas ideias.

Então a língua de Haven se moveu e roçou seus dedos. Ele sentiu o toque no pênis e gemeu.

— Preciso te beijar.

— *Sim* — ela sussurrou.

Ele tomou sua boca – quente e forte. Seu gosto explodiu na boca de Rhys.

Ela o abraçou enquanto gemia. Tentou colocar as pernas ao redor dos quadris dele, mas sua saia era muito justa. Fez um som de frustração.

Rhys se abaixou, agarrou a bainha e puxou-a para cima.

— Você gosta que eu te beije na sua mesa? — ele grunhiu.

— Sim. — Com mais liberdade, suas pernas agarraram os quadris dele e Haven se remexeu contra ele.

— Você tem um lado travesso, Haven? — Ele se inclinou e pressionou o pênis contra ela. Haven gemeu.

Ela era muito gostosa. Cheia de classe por fora e muito sexy por dentro.

— Hum, só com você — ela respondeu.

A confissão fez seu pau latejar. Ele estava muito feliz em ver o medo e o choque se esvaírem de seu rosto. Agora suas feições estavam vermelhas e seus olhos brilhantes de desejo.

Ele segurou seu seio, e ela mordeu o lábio.

— Não podemos fazer isso aqui — ela ofegou.

— Provavelmente não deveríamos.

— O Easton e o Vander devem vir aqui em breve.

— Sim. — Caramba, ele podia sentir o cheiro de sua excitação. Deslizou a mão entre suas coxas.

Ela arqueou.

— *Ah.*

Ela vestia uma calcinha pequena e estava encharcada.

— Está molhada para mim, baby?

Ela fez um som incoerente.

Dane-se. Rhys precisava prová-la. Então se ajoelhou.

Seus olhos se arregalaram.

— Rhys?

Ele afastou as coxas dela, empurrou o pedaço de pano

para o lado e então sua boca estava nela. Haven gemeu e fechou as coxas.

Rhys deslizou as mãos por baixo da saia e segurou o traseiro dela. Ele a lambeu. Haven tinha gosto de céu. Ele explorou sua boceta rosada e chupou o clitóris.

Logo, ela estava montando em seu rosto, com as mãos entrelaçadas em seu cabelo.

— Não pare. Por favor, não pare.

Ele a lambeu novamente.

— Não vou parar, baby. Quero que você goze.

Os gritos roucos de Haven o estavam deixando louco. Seu pênis parecia aço.

— *Rhys!*

Ele sentiu o clímax chegando. Sugou o clitóris com força mais uma vez, e ela se despedaçou. O corpo de Haven estremeceu, e ela gritou seu nome.

Ah, sim, ele planejava ouvi-la novamente em breve. Quando tivesse com seu pau encaixado dentro dela.

Rhys a segurou enquanto ela relaxava. Haven soltou o cabelo dele e piscou, olhando em seus olhos.

Ficou de pé e a beijou. Sabia que ela sentiria o próprio gosto em seus lábios, mas ela não hesitou. Retribuiu o beijo com necessidade faminta.

Então ela afastou a cabeça.

— Não deveríamos ter feito isso.

Em seus olhos, viu as paredes que havia destruído sendo levantadas lentamente. Ele xingou Leo Becker por dentro.

Se endireitando, ele arrumou sua saia. A viu tentando evitar olhar para a protuberância nas calças dele.

— Não vamos falar sobre isso agora. — Mas depois,

com certeza. — Precisamos discutir o que aconteceu lá embaixo.

Ele a observou se recompor.

— O homem era o líder dos ladrões que roubaram o *Lírios D'água*.

O pulso de Rhys acelerou.

— Tem certeza?

Ela assentiu.

— Reconheci os olhos dele. Nunca vou esquecê-los. E ele tem sardas na mão.

Outra peça do quebra-cabeça se encaixou.

— Por que ele me atacou? — ela perguntou.

— Talvez estivesse preocupado que você pudesse identificá-lo. — Rhys enfiou a mão nos bolsos. — Haven, há uma ligação entre o roubo e a máfia.

Ela arregalou os olhos.

— Máfia? Como caras sombrios e gangsters?

Rhys lutou contra uma risada.

— Como criminosos organizados e perigosos. São da máfia russa.

— Não sei nada sobre isso.

— Eu sei, baby. Outro membro da equipe tem uma tatuagem da máfia russa no pescoço. O cara que tentou te pegar na rua também tem ligações com eles.

Ela esfregou o rosto.

— Isso não faz sentido.

Mas Rhys sabia que fazia, pois continuava juntando as peças.

— Ao chegar em casa, se certifique de que a porta e as janelas estejam trancadas e o alarme ligado. Eu ou outra pessoa da Norcross vamos levar você para o trabalho a partir de agora.

— Rhys...

— No trabalho, você terá um segurança ao seu lado o tempo todo.

Ela mordeu o lábio.

— Tem certeza...?

Ele ergueu a mão.

— Precisa ser assim por enquanto. — Ele colocou as mãos nas laterais do quadril dela e se aproximou. — Vou te manter segura, Haven.

— Por quê? — ela sussurrou.

— Você sabe o porquê.

Houve um lampejo de medo em seus olhos.

— Não posso ficar com você. Eu desisti dos homens, lembra?

Eles ainda conversariam sobre isso. Ele não se incomodou em discutir com ela agora, especialmente quando estava com seu gosto nos lábios.

— Vamos resolver tudo. Haven, não se preocupe. — Deu um beijo rápido em seus lábios. — Vai ficar tudo bem.

CAPÍTULO OITO

V ander deixou Haven em casa.

Ele deu uma olhada no apartamento. Seus olhos azul-escuros eram como nuvens de tempestade.

— Depois que eu sair, tranque a porta e ative o alarme.

Haven assentiu.

— Eu ou o Rhys estaremos aqui de manhã para te buscar.

Ela assentiu de novo.

— Obrigada, Vander. Agradeço todo o trabalho.

Ele se aproximou e usou um dedo para levantar seu queixo. Foi a primeira vez que ele a tocou. Vander Norcross não era o tipo de cara que costumava tocar. Ele era muito intenso e solitário.

— Você é uma das nossas, Haven. Você trabalha para o Easton, é amiga da Gia e é a garota do Rhys.

— Não sou a garota dele.

Aqueles olhos escuros a encararam até que ela quis se contorcer.

— Vamos mantê-la em segurança. Porta trancada e alarme ligado.

— Tudo bem. — Ela fechou a porta assim que ele saiu, mas sabia que ainda estava parado no corredor. Sua presença praticamente vibrava através da porta.

Ela trancou a fechadura e ativou o alarme. Certo, sua vida estava oficialmente fora dos trilhos. Foi atacada *de novo* e então, Rhys Norcross se ajoelhou diante dela e lhe proporcionou o melhor orgasmo de sua vida.

Haven pressionou a mão na testa. Precisava de uma taça de vinho e um banho quente.

Banho primeiro. Quando estava debaixo da água quente, a deixou cair em sua cabeça e relaxou um pouco. Até que começou a pensar nas mãos e na boca de Rhys em seu corpo.

Droga. Desligou a água e saiu.

Colocou o pijama. Quem se importava que eram apenas três da tarde? O short curto e regata eram confortáveis. Vestiu um cardigã de malha cinza solto. Na cozinha, se serviu de um pouco de vinho e comeu um pouco de queijo, biscoitos e presunto.

Haven se jogou no sofá. Tinha certeza de que Rhys não ia desistir. Ela teria que encontrar forças para lutar contra a atração.

Mas agora precisava fazer algo para encontrar o Monet perdido. Droga, ela havia se esquecido da ligação de Harry. Precisava contar a Rhys sobre os rumores do leilão.

Seu telefone tocou. Ela o pegou e reconheceu o número no mesmo instante. Seu estômago se apertou e sentiu um gosto azedo.

Era o número de Leo.

O telefone e o número eram novos, de São Francisco. Ele não deveria tê-lo. A inquietação a percorreu. Leo *não* era o que ela precisava agora.

Ignorando, ela enfiou o telefone no bolso do cardigã. Leo estava no passado e queria que ele continuasse lá. Ele não existia mais.

Se deitou. Fechou os olhos e pôde sentir as mãos de Rhys abrindo suas pernas. Sentiu sua boca e a barba por fazer arranhando a pele sensível de suas coxas.

Gemeu e se contorceu. Talvez precisasse pegar seu vibrador mais tarde.

Um cheiro estranho chegou ao seu nariz. Era gás? Deixou o fogão ligado?

Se levantou e foi até a cozinha. Verificou tudo e garantiu que os queimadores estavam desligados.

Se virou e franziu a testa. O cheiro não estava mais forte na cozinha. Voltou para a sala e fungou. Será que havia imaginado?

No segundo seguinte, o mundo explodiu em barulho e chamas.

Algo atingiu a cabeça de Haven e, com um grito, ela caiu no chão. Rolou para baixo da mesa de jantar.

Tudo estava tremendo. *Ah, Deus. Ah, Deus.* Incêndio. Sentiu o cheiro de queimado, viu chamas e fumaça. Tudo ao seu redor estava em ruínas.

E havia um buraco horrível no chão da sala de estar.

O pânico fez sua garganta se apertar e seus movimentos se tornarem bruscos. Ela se arrastou em direção à porta.

Precisava sair. Tinha que avisar as outras pessoas.

A *sra. Girard.* A senhora usava um andador e não tinha os pés muito firmes.

Com um objetivo em mente, a cabeça de Haven clareou. Abriu a porta e se perguntou se o alarme ainda estava funcionando.

Rastejou para o corredor. Havia mais fumaça e mais destruição. Alcançou a porta da idosa e bateu.

— Sra. Girard!

— Haven? — A porta se abriu. O rosto apavorado da mulher apareceu. Seus cabelos grisalhos estavam bagunçados.

— Há um incêndio. Precisamos sair.

Haven a levantou e passou o braço ao redor da mulher mais velha e a ajudou a manobrar o andador para o corredor. Elas mancaram em direção à escada.

— Não podemos usar o elevador — Haven disse.

— Você deveria ir — a senhora falou. — Vai chegar mais rápido sem mim.

— Não vou te deixar.

A fumaça estava aumentando e Haven tossiu. Seus olhos ardiam. Ela empurrou as portas que levavam às escadas.

— Vamos, se segure em mim e no corrimão. — Elas abandonaram o andador da mulher no topo da escada.

Então começaram a descer.

Demorou bastante. A sra. Girard estava trêmula e começou a tossir.

— Um passo de cada vez. — Haven precisava tentar uma distração. — Será que vamos encontrar uns bombeiros bonitões esperando por nós lá embaixo?

Isso arrancou uma risada rouca da vizinha idosa.

Ela ouviu gritos ecoando na escada. Outras pessoas estavam descendo.

Contornaram o patamar e a fumaça saiu da porta de um andar inferior.

— Continue andando, sra. Girard. Pense nos bombeiros.

— Você precisa de um homem, Haven.

— Ninguém precisa de homem. Eu tive um. Ele não era bom. Não preciso de outro. — Ah, cara, pelo menos a sra. Girard não poderia dizer que ela estava mentindo.

— Nem todos são ruins. Meu sr. Girard era um bom sujeito. Mesmo nos dias em que ele me deixava louca. Uma vez, tive que bater nele com a frigideira.

— Você sente falta dele — Haven comentou.

— Todos os dias, minha querida. Mas a dor vale cada minuto que passamos juntos. — A sra. Girard teve um ataque de tosse.

Elas desceram mais escadas e a senhora se apoiou em Haven. Ela tinha que se concentrar em mantê-las de pé. Seus olhos ardiam e as lágrimas escorriam pelo rosto.

Por favor, Senhor, que não estejamos muito longe. Haven estava começando a ficar tonta.

— Há um homem — ela se descobriu dizendo.

— Ah-*ham*. — A sra. Girard tossiu um pouco mais.

— Ele é muito bonito. Cada vez que o vejo, meu corpo fica confuso. Estou tentando evitá-lo.

— Exatamente como quando vi o sr. Girard pela primeira vez. Um formigamento. O conhecimento.

— Ah, não. Estou evitando o Rhys. Não sou a única mulher que gosta da aparência dele.

A sra. Girard segurou o braço de Haven.

— Sei que você está com medo, mas, Haven, para viver e para amar, você tem que correr alguns riscos.

A senhora tropeçou e Haven a segurou. A tontura estava ficando muito forte. Precisava tirá-las de lá. Seus pulmões estavam queimando.

A fumaça estava ficando mais densa, e elas conseguiram descer mais dois degraus. Então, ela viu movimento.

Dois bombeiros em trajes volumosos, capacetes e máscaras apareceram.

Obrigada, Jesus. Os homens as ajudaram a sair do prédio. Havia uma multidão em torno dos caminhões de bombeiros, carros da polícia e ambulâncias.

Um oficial levou a sra. Girard, que tossia, na direção de uma das ambulâncias.

— Sua cabeça está sangrando — o outro disse a Haven.

— Está? — Ela limpou a têmpora e olhou para os dedos. — Estou bem.

— Peça aos paramédicos para te examinarem.

Sua cabeça ainda estava confusa, e ela não conseguia pensar direito. Percebeu que estava de shorts e descalça. Puxou o cardigã ao redor do corpo.

Estava um caos. Havia muitas pessoas. O bombeiro começou a se virar.

— Ei, o que aconteceu? — ela perguntou.

— *Parece* que foi uma explosão.

Explosão? Um arrepio desceu por sua coluna, e ela puxou o cardigã com mais força.

Em seguida, observou a multidão e paralisou.

Havia dois homens de terno olhando para o prédio e

depois para a multidão. Eles emitiam a mesma vibração do homem no museu.

Ah, Deus. Foram eles que fizeram isso?

Isso não podia estar certo. Ela estava exagerando. Então viu os homens se separarem. Um tocou o ombro de uma mulher, olhou para o rosto dela e depois se virou. O outro se aproximou de outra moça.

O estômago de Haven se transformou em pedra. As mulheres a quem eles abordaram tinham mais ou menos a mesma idade que ela e cabelos castanhos.

Rapidamente, Haven se afastou, caminhando no meio da multidão.

Não tinha ideia de para onde estava indo. Sua cabeça latejava e não conseguia pensar com clareza.

Tudo o que ela sabia era que precisava ir embora.

RHYS ANDOU de um lado para o outro no escritório da Norcross. Vander estava questionando o canalha do museu em uma das salas de espera.

O irmão se recusou a deixar Rhys entrar no interrogatório, porque ele queria arrancar a cabeça do cara.

O idiota apontou uma arma para a cabeça de Haven. Bateu nela. Rhys apoiou as mãos nos quadris e respirou fundo. Ela estava em casa, estava bem.

Ele precisava intensificar a investigação. Tinha que encontrar a porcaria da pintura e deixar Haven segura.

Ele ouviu passos e se virou. Vander subiu as escadas.

— O que você conseguiu? — Rhys exigiu.

— A equipe trabalha para a família Zakharov.

Parecia russo.

— Máfia?

Vander assentiu.

— Sergei Zakharov é o chefe da família. Eles são de Miami.

Rhys se conteve.

— O quê?

— Sim, precisamos ver se estão associados ao ex da Haven. Talvez ela esteja em contato com ele e...

— Ela não está. Ele a traiu e bateu nela. Puta merda.

— Por enquanto, nós... — O celular de Vander tocou. Ele o tirou do bolso. — Norcross. — Vander ficou rígido. — O quê? *Puta merda.* — Ele colocou a mão na nuca. — Sim, certo.

O olhar dele foi para Rhys. Vander estava cauteloso.

Um arrepio atingiu o irmão mais novo e se espalhou por seu corpo.

— O que houve?

Vander franziu o cenho.

— Vander — Rhys o chamou.

— Houve uma explosão — Vander falou lentamente.

A mente de Rhys ficou em branco.

— O quê?

— Uma explosão. No prédio onde a Haven mora. Não há notícias sobre ela.

Não. *Não!* Rhys se virou e saiu correndo.

— Rhys, espere!

Ele subiu as escadas de dois em dois. A essa hora do dia, o tráfego para a casa dela na Pacific Heights seria uma droga, já que todos estavam voltando do trabalho.

Assim que atingiu o nível da garagem, contornou os SUVs e foi para sua moto.

Subiu, colocou o capacete, ligou o motor e então voou para fora do armazém da Norcross.

Uma explosão. *Esteja bem, Haven. Esteja bem.*

Ele só tinha andado um quarteirão quando a moto de Vander rugiu ao seu lado. O irmão olhou em sua direção e ele ergueu o queixo.

Os dois dispararam pela estrada.

Não demorou muito para que ele visse a fumaça, e seu estômago se transformou em uma bola apertada.

Chegaram ao prédio de Haven e ele contou vários caminhões de bombeiros e ambulâncias. Havia também uma multidão considerável. Ele e Vander estacionaram e desceram das motos.

Rhys correu. Olhou para cima e o prédio danificado fez sua boca ficar seca. Tinha apenas seis andares e a explosão causou muitos estragos.

— Rhys. — Vander estava por perto, observando-o com atenção.

— O dano está centrado no apartamento da Haven — Rhys falou de forma rígida.

Onde é que ela estava? Ele olhou ao redor. Havia muitas pessoas cheias de fuligem, mas nem sinal de Haven.

— Vamos perguntar por aí — Vander disse.

Rhys assentiu.

— Vander, não posso perdê-la.

Os lábios do irmão se curvaram.

— Eu sei, mano. Já sabia há um tempo, mesmo que você não tivesse percebido.

Ele caminhou em direção aos bombeiros e à polícia. Rhys circulou pela multidão em busca de uma bela morena com lindos olhos azuis.

Seu pânico aumentou. Não havia sinal dela. Seu olhar voltou para o apartamento destruído.

Vander voltou com o rosto sombrio. Saxon estava com ele.

— Oi. — O corpo de Saxon estava tenso e alerta.

— Por que o Saxon está aqui? — Rhys perguntou.

— Liguei para ele antes de sairmos do escritório — Vander explicou.

— Por quê?

— No caso de você perder a cabeça.

Rhys sentiu como se o chão se movesse sob seus pés.

— Fale.

— Rhys...

— Fale! — ele grunhiu.

A mandíbula de Vander se apertou.

— A explosão ocorreu em um apartamento vazio abaixo do da Haven. Parece uma linha de gás com defeito. Os investigadores de incêndios criminosos ainda não terminaram, mas acham que foi provocado.

Rhys respirou fundo.

— Haven?

— Nenhum sinal dela. Não encontraram nenhum corpo ainda. Quatro pessoas foram para o hospital. Uma senhora, uma mãe e o filho pequeno e um menino que quebrou a perna ao sair.

O queixo de Rhys tremeu.

— Eles revistaram o apartamento dela?

Vander hesitou.

— Ainda não. O fogo está muito intenso e muito perigoso.

A notícia foi como uma flecha em seu coração.

— Então ninguém teria sobrevivido.

— Ela pode ter saído — Saxon disse.

— Onde ela está então? — Rhys perguntou.

De repente, Gia abriu caminho pela multidão, seu rosto se contorceu de pânico.

— Onde está a Haven?

Vander se virou.

— Gia...

A irmã parou, compreendendo o tom de Vander.

— Não. — Ela balançou a cabeça. — A Haven *não* está morta.

Morta. A palavra reverberou na cabeça de Rhys.

Ele se sentou em um muro de contenção ali perto e apoiou a cabeça nas mãos. Ele a afastou e disse coisas horríveis.

Imagens de Haven – sorrindo, bebendo uma taça de vinho, rindo, evitando-o e gritando seu nome quando gozou – surgiram na sua cabeça.

— Gia. — Saxon se aproximou.

— Não me toque, Saxon Buchanan. — Ela deu um tapa nele. — Encontre-a. Isso não pode ser uma coincidência. Alguém fez isso.

Rhys fechou os olhos com força. Agora não era hora para o show de Saxon e Gia. Desde que eram adolescentes, os dois brigavam como gato e rato. Eles faziam água e óleo parecer compatíveis. Rhys havia prometido manter Haven em segurança. A dor o dilacerou, e ele se levantou. As emoções cresceram dentro dele como uma onda.

Vander e Saxon o olharam. Gia parecia chocada. Seu olhar encontrou o de Rhys, e ela se encolheu.

Vander a puxou para seus braços.

— Tenho que ir. — Rhys se virou.

— Rhys. — A voz de Vander estava cheia de advertências.

Puta merda. Ele ia perdê-la.

— Saxon, vá atrás dele — Vander ordenou.

Rhys foi direto para sua moto. Ele não tinha ideia do que faria ou para onde iria.

Seu celular tocou, e ele o pegou.

— O quê?

— Uau, Norcross. É o Hammon.

— Estou ocupado.

— Vi sua garota. Aquela moça elegante que estava com você outro dia. Achei que você gostaria de saber. Ela está de pijama e sem sapatos vagando em Tenderloin. Ela parece estar bêbada, drogada ou algo assim.

Rhys ficou imóvel.

— O quê? — Ele apertou o telefone com tanta força que o plástico rangeu. — A Haven?

— Sim, e ela não está em uma parte boa da cidade. — Ele virou em uma esquina.

— Estou chegando. Hammon, não deixe ninguém tocá-la ou eu te mato.

Rhys olhou para Saxon.

— Um informante viu a Haven.

— Vá. Nos ligue quando encontrá-la.

Rhys subiu na moto e saiu em disparada. Ele ultrapassou o sinal vermelho e ignorou o limite de velocidade.

Desceu a Avenida Van Ness e virou novamente. Um segundo depois, a viu.

O peso que o estava sufocando se dissipou. Ela estava sentada no meio-fio, olhando para o nada. Tinha fuligem nas bochechas e as pernas estavam nuas.

Rhys parou ao lado dela e desceu da moto.

— Haven!

Ela piscou.

— Rhys?

— Sim, baby. As pessoas estão preocupadas com você. — *Eu estava destruído.*

Então ela se levantou e correu para ele.

Ele a pegou, e ela se enterrou em seu peito.

— Deus, baby, eu estava tão preocupado. — Rhys a abraçou com força.

— Houve uma explosão. — Sua voz falhou. — Tirei a sra. Girard de lá.

Claro, ela não se preocupou consigo mesma e fez questão de ajudar os outros.

Sem expressão, ela puxou o telefone do bolso. Piscou como se estivesse surpresa em ver o aparelho.

— Eu deveria ter ligado. — Sua voz baixou para um sussurro. — Mas então eu os vi.

— Quem?

— Dois caras na multidão. Estavam procurando por mim.

Os braços dele se apertaram.

— Você está em segurança agora.

Ela estava tremendo, e ele intensificou o abraço. Haven encaixou o rosto no pescoço dele.

Rhys sentiu o cheiro de coco e fumaça. Então viu a mancha de sangue na lateral de sua cabeça.

— Haven, você está sangrando.

Ela fez um barulho e ergueu os olhos. Foi quando ele percebeu que os olhos dela não estavam totalmente focados.

— Acho... algo atingiu minha cabeça na explosão. — Ela piscou. — Onde estamos?

Seu coração se apertou. Ela provavelmente estava com uma concussão, esteve vagando, fora de si e machucada.

— Vamos lá, preciso dar uma olhada em você.

— Está bem. Eu me sinto segura com você, Rhys.

Suas palavras foram tão baixas que ele mal as ouviu.

— Vamos, baby. — Ele conseguiu pegar o telefone. — Vander, eu a encontrei. Pode me encontrar com um SUV?

Quando Haven se aconchegou no peito de Rhys, ele a abraçou.

CAPÍTULO NOVE

Haven ficou sentada em silêncio na cama do hospital. Ela foi examinada e agora a enfermeira estava cuidando do corte na lateral de sua cabeça.

Era pequeno, mas sangrou muito.

Fizeram muitas perguntas sobre seu rosto machucado, até que ela finalmente convenceu a enfermeira de que Rhys não a havia machucado. Pouco depois, um detetive chegou para tomar seu depoimento sobre a explosão. Ela não mencionou os homens na multidão, mas contou sobre como saiu do prédio.

O homem mais velho a olhou com atenção antes de lhe dar seu cartão e sair.

Rhys estava sentado em uma cadeira ao lado da cama. Estava olhando para ela fixamente o tempo todo.

Ela se remexeu um pouco. Os analgésicos fizeram efeito e ajudaram a afastar a névoa em sua cabeça. Ela não tinha certeza se deveria ficar chateada ou assustada com o que tinha acontecido. Pelo menos, soube que ninguém havia morrido e que a sra. Girard estava com a família, se recuperando.

— Prontinho. — A enfermeira tirou as luvas. — Não recomendo mais aventuras para você.

Haven sufocou uma risada.

— Eu não queria nenhuma das que tive. Acredite em mim. Roubo, espancamento, tentativa de sequestro – duas vezes – e agora meu apartamento explodindo... não é divertido.

Os olhos da enfermeira se arregalaram.

Haven sentiu algo irradiando de Rhys e olhou para ele. Seu rosto estava duro e os olhos castanhos, brilhando.

O peito dela ficou apertado. Ele parecia tão assustador quanto Vander – todo aquele charme descontraído se foi.

— Descanse um pouco — a enfermeira disse. — Você teve uma concussão leve, então precisa que alguém te acompanhe.

— Tudo bem. — Provavelmente poderia ficar com Gia. Ela olhou para a cama e viu seu telefone celular. Era a única coisa que sobrou. Deus.

Com um aceno de cabeça, a enfermeira saiu.

— Bem, eu...

Rhys puxou a cadeira para mais perto, assustando-a. Ele pegou as mãos dela, segurando-as com força o suficiente para doer.

— O que foi?

Ele encostou a testa em sua coxa.

— Achei que você estava morta.

A voz rouca e as palavras fizeram seu estômago se apertar. Ela pousou a mão na cabeça dele.

— Estou bem — falou baixinho.

— Não havia nenhum sinal de você, o apartamento estava em ruínas e pegando fogo...

Sua voz falhou.

Ah, Deus. Ela entrelaçou os dedos no cabelo dele.

— Rhys, estou bem aqui.

Ele ergueu a cabeça. Em seguida se levantou e cobriu a boca de Haven com a sua. Ele a beijou como se não pudesse respirar e ela fosse o ar.

Uma sensação de alívio a atingiu. Só de estar perto dele, se sentia melhor.

Ele passou os dedos na lateral do pescoço dela. Ergueu a cabeça com um olhar intenso e turbulento enquanto a encarava. Rhys pressionou os dedos em seu pulso.

Seu coração deu um pulo, e ela soube que ele sentia o mesmo. Ela deslizou a mão até que sua palma descansou no peito dele.

— Estou bem — ela repetiu.

— Vou te manter assim. De agora em diante, serei seu guarda-costas. Vou te manter viva e respirando.

Ela engoliu em seco.

— Eu...

— Sem discussão. Sem negociações. É assim que vai ser.

Haven assentiu e viu seus ombros relaxarem um pouco.

— Não vou te perder de vista. — Ele apoiou a testa contra a sua.

— Tudo bem, Rhys.

— Vamos. Vou te levar para casa.

Ele a envolveu, mas quando olhou para seus pés descalços, a pegou no colo e a carregou pelo hospital até o SUV. Foi uma viagem de volta para a casa dele.

Foi quando ela percebeu.

— Eu não tenho nada. — A pulseira de sua mãe. Provavelmente foi destruída. Uma dor lancinante encheu o coração de Haven. Suas roupas, suas joias. — Deus, todas as minhas coisas...

Ele estendeu a mão e tocou a dela.

— Cuidaremos disso.

Ela concordou com um aceno, lutando contra as lágrimas.

— Você tem seguro?

Ela assentiu de novo.

— Tinha uma pulseira que era da minha mãe, algumas fotos, minhas roupas. Tudo perdido.

Ele apertou a mão dela.

Assim que chegaram ao seu prédio, ele a carregou para o elevador. Rhys destrancou a porta e quando a abriu, encontraram Easton.

Seu chefe empurrou o irmão para o lado e a puxou para si.

Os lábios dela tremeram.

— Merda, Haven — Easton murmurou.

Gia saiu da cozinha.

— Minha vez.

Enquanto sua amiga a abraçava, Haven avistou Vander e Saxon na cozinha. O irmão Norcross estava vestido de preto e, como sempre, Saxon parecia aristocrático e elegante em um terno feito sob medida.

— Comprei algumas coisas para você. — Gia acenou

em direção ao que Haven imaginou ser o quarto de Rhys.

— Roupas, roupas íntimas, produtos de higiene e maquiagem. Só para alguns dias. Vamos comprar mais.

— Posso ficar com você? — Haven perguntou.

Um grunhido profundo soou atrás dela, e Rhys passou um braço ao seu redor. Ela se viu pressionada contra o corpo dele.

— Não — ele cortou.

— Rhys...

— Você vai ficar comigo.

Não. *Não.* De jeito nenhum ela poderia lutar contra a atração por ele se estivessem morando juntos.

— Eu não...

— Não é seguro. Você pode colocar a Gia em perigo.

O horror a atingiu. Ela nem tinha pensado nisso.

— Então você também estará em perigo.

Ele segurou sua bochecha.

— Eu sou treinado. É o meu trabalho.

— Ninguém vai te pegar, Haven. — O tom duro de Vander não era apenas uma afirmação, era uma promessa.

E ela viu o eco dessas palavras nos olhos de Rhys.

Certo. Ela poderia fazer isso. Dormiria no sofá. E manteria olhos, mãos e lábios longe do corpo de Rhys. De alguma forma.

— Marquei para tomar um drinque com um cliente esta noite — Gia comentou.

— Que cliente? — Saxon exigiu. — Está tarde para uma reunião de negócios.

Gia o imobilizou com um olhar.

— A minha agenda não te diz respeito, Buchanan.

Uma carranca cruzou o rosto bonito de Saxon.

— Eu acho que...

Gia ergueu a mão.

— Eu não me importo com o que você acha.

Um Saxon sexy e elegante grunhiu. Haven observou os dois com atenção. O que foi isso? Como ela não percebeu a tensão entre esses dois antes? Talvez porque ela estivesse muito ocupada evitando Rhys.

Gia se concentrou em Haven.

— Vou cancelar...

— Não — Haven disse. — Vá. Vou ficar bem.

— Ela precisa descansar — Rhys acrescentou.

Gia lhe deu um abraço apertado.

— Já estou resolvendo as coisas para conseguir uma nova habilitação, documento de identidade e seu cartão de crédito.

Haven sorriu.

— Obrigada, G.

— Chega de perigo para você.

Haven bufou.

— Verei o que posso fazer.

— Não quero um mundo sem você nele, amiga.

Os olhos de Haven se encheram de lágrimas.

— Não me faça chorar.

— Ele vai cuidar de você. — A voz de Gia era um murmúrio baixo.

— Eu sei, mas assim que for seguro, vou embora.

Gia abriu aquele seu sorriso enlouquecedor.

— Veremos.

Por que ninguém conseguia entender?

— Ele é seu irmão, irmão do meu chefe....

Gia beijou sua bochecha.

— Durma bem. — Ela piscou. — Ou não.

Depois de mandar beijos para seus irmãos e lançar um olhar furioso para Saxon, Gia saiu.

— Acho que preciso de um banho — Haven disse para o homem sexy que estava apoiado na ilha da cozinha. Ela queria que o sangue e a fuligem fossem embora.

Rhys se afastou da bancada.

— Vou te mostrar onde encontrar tudo.

O quarto dele tinha paredes brancas e o mesmo piso de madeira quente da sala de estar. Uma cama com cabeceira de metal em estilo industrial e janelas do chão ao teto destacavam a Bay Bridge. Ele apontou para o banheiro espaçoso, com muito granito cinza e um chuveiro grande.

Ele levou as mãos aos cabelos dela, soltando-os do rabo de cavalo.

— Não tenha pressa — ele disse.

Logo, Haven estava nua no chuveiro da casa de Rhys. Fechou os olhos. Estava muito encrencada e não se referia apenas a explosão de apartamentos e ladrões de arte.

Pegando uma das toalhas fofas e de cor cinza da prateleira, ela se secou. Remexeu as sacolas que Gia havia deixado na cama de Rhys e descobriu que a amiga havia comprado todos os produtos de higiene pessoal favoritos de Haven. Antes de vestir uma calça de ioga e uma camiseta azul, observou seu quadril. Humm, novos hematomas estavam aparecendo. Bem, ela simplesmente os adicionaria à coleção.

Voltou para a sala de estar e ouviu os homens conversando em voz baixa.

— Precisamos nos aprofundar na ligação com a máfia russa. — Vander disse.

— Já estou trabalhando nisso — Rhys respondeu. — Estou investigando tudo sobre a família Zakharov.

— Qual é a ligação com a Haven? — Easton perguntou, claramente insatisfeito.

— Não sei, mas vou descobrir. — A voz de Rhys estava dura e sombria. — E neutralizá-la.

— Então você vai para o tudo ou nada com ela? — Saxon perguntou.

— Sim.

— Tem certeza? Você tem hesitado quanto a isso.

O medo a atingiu e seu coração bateu forte enquanto ouvia. Ela estava muito confusa. Queria que ele a desejasse, mas sabia que deveria ficar longe.

— Gosto muito da Haven. Farei o que for preciso para protegê-la.

Ela fechou os olhos e estremeceu. Ninguém nunca havia dito algo parecido. Quando conheceu Leo, foi divertido. Ele gostava de colecionar arte. Queria uma mulher bonita ao seu lado para exibir no clube e para se divertir.

Ele nunca se colocou em risco por ela.

Seu pai a amava tanto quanto podia. Mas depois que a mãe morreu, ele não esteve ao seu lado da maneira que ela precisava. Assim que ela entrou na faculdade, ele partiu em viagens ao exterior para fornecer serviços médicos em países em desenvolvimento.

Não tinha ninguém para protegê-la além de si mesma.

Haven continuou ouvindo enquanto os homens falando.

Eles conversaram um pouco mais sobre a investigação, até que ela finalmente decidiu que já havia escutado o suficiente. Endireitou os ombros e entrou na cozinha.

— Bem, pelo menos não estou mais cheirando fumaça.

Rhys se moveu em sua direção. Passou um braço ao seu redor e a puxou para perto.

Ela olhou para os rostos sérios.

— O que está acontecendo?

— Você não precisa se preocupar, mas estamos trabalhando nessa ligação com a máfia — Rhys explicou. — A família Zakharov de Miami está envolvida.

Miami? Sua pele ficou fria.

— Não conheço ninguém da máfia. Nem aqui, nem em Miami.

Vander quase sorriu.

— Achamos que não, mas há uma ligação em algum lugar. Rhys vai encontrar. Ele é o melhor.

— Questionamos o homem que bateu em você. Ele abandonou o grupo. — Rhys apontou para uma folha de papel na ilha.

Havia fotos. Não, fotos de fotos.

— Esses são os ladrões?

Rhys assentiu.

Olhando as fotos, ela enrijeceu.

— Haven?

— Este. — Ela tocou na foto de um homem com uma cicatriz no rosto. — Eu já o vi antes.

— Onde? No Museu?

Ela prendeu a respiração.

— Não, no clube do meu ex em Miami.

Rhys e os outros não pareceram surpresos.

— Já estou puxando informações sobre o seu ex — Rhys falou. — Ele tem se envolvido com coisas ilegais.

— Ah, Deus. — Ela cedeu contra a ilha.

Rhys a apertou.

— Não se preocupe...

— Ele me arrastou para isso. — Sua voz se elevou.

— Não sabemos ainda.

— Ele tentou me ligar mais cedo.

O rosto de Rhys endureceu.

— Não atendi. — Ela segurou o pescoço e o apertou. — Deixei cair na caixa postal. Parti há seis meses! Moro do outro lado do país.

Rhys a puxou contra o peito.

— Calma.

Ela encostou a testa no peito dele.

— Foi esse filho da mãe quem fez isso. Está vendo? É por esse motivo que renunciei aos homens.

Ela ignorou as risadas dos outros.

Rhys segurou seu cabelo.

— Veremos.

RHYS ACORDOU com o cheiro de coco e sorriu.

Ele estava deitado de costas na cama, com Haven agarrada a ele como se não planejasse soltá-lo.

Ele olhou para baixo. O braço dela estava apoiado sobre o seu peito e uma das pernas sobre sua coxa. Ela estava usando outro pijama minúsculo. O short muito curto lhe deu um vislumbre de sua bunda. Seu cabelo estava espalhado e a respiração soprando contra o peito dele.

Droga. Ele geralmente não passava a noite inteira com uma mulher. Ele não gostava de ninguém em seu espaço. No exército, passou muitas noites desconfortáveis dormindo com toda a equipe em alguns lugares bem difíceis. Isso o fez gostar de dormir sozinho.

Mas ele acordaria feliz com Haven McKinney enrolada ao seu redor a qualquer dia.

Ela se mexeu e soltou um som fofo. Então os dedos dela acariciaram seu peito e os lábios pressionaram sua pele.

Merda. Ela estava mesmo acordada?

Lentamente, ela distribuiu beijos em seu peito. *Puta merda*. Seu pênis acordou e a necessidade pulsou por ele.

— Haven — ele grunhiu.

Ela paralisou. Olhou para seu peito, ainda sonolenta. Ele ficou feliz em ver que seus hematomas estavam melhorando.

— Estamos na mesma cama — ela disse.

— Sim.

— Não estávamos — ela falou alto.

Não. Quando ela apagou na noite anterior, ele a colocou na cama. Ela balbuciou sobre dormir no sofá, o que ele não confirmou nem negou. Mas ele tinha um metro e noventa, então com certeza não planejava fazer isso.

Ela se afastou e seu olhar se fixou na tatuagem no peito dele. Uma bandeira americana. Ele fez a maior parte das tatuagens depois de deixar o exército. Uma forma de celebrar seu serviço e a mudança de vida. Um novo começo e liberdade.

Haven mordeu o lábio e seu pau latejou com mais força.

— Você pode me tocar — ele falou.

Ela fechou os olhos.

— Não.

— Eu quero que você me toque.

Ela gemeu.

— Sou muito fraca. — Os olhos dela se abriram. — Eu te odeio por ser tão gostoso, Rhys Norcross.

Ele sorriu, e o olhar de Haven caiu para sua boca.

— O que você quer, Haven?

— Não importa o que eu quero, a vida raramente me atende. Queria que minha mãe melhorasse, mas ela morreu de câncer.

O sorriso de Rhys desapareceu.

— Queria um pai amoroso, mas em vez disso, consegui alguém dedicado a salvar o mundo. Eu queria um homem, um parceiro, uma casa. Acabei com o Leo. Não consigo o que quero, Rhys. — A mão dela se moveu sobre seu peito. — Sinto o gosto das coisas boas, então elas são tiradas de mim.

Ele engoliu um grunhido. Odiava que ela tivesse sofrido tudo isso. Ela merecia coisa melhor, merecia mais.

Ele queria lhe dar.

— O que você quer agora, Haven?

— Estar em segurança.

— Você se sente em segurança aqui? Neste instante?

Ela hesitou, mas então assentiu.

— O que mais?

— Quero te tocar. — Uma confissão sussurrada parecia ter sido arrancada dela.

— Então toque. Não vou a lugar nenhum.

— Estou com medo. — Seus olhos se fecharam. — Eu disse a mim mesma que não ia mais me envolver. Especialmente com alguém lindo que tem ligação com meu chefe e a minha melhor amiga.

— Me toque. Pegue o que quiser.

Ela estremeceu.

— Tudo bem. Mas você não pode me tocar.

Droga. Ele percebeu que ela esperava que ele hesitasse.

Tudo bem, Haven. Rhys ergueu os braços e segurou a cabeceira de metal.

Ela respirou fundo, com o olhar fixo em seu torso. Nessa posição, os músculos de seus braços, tórax e abdômen ficaram tensos.

— Ninguém deveria ser tão sexy quanto você. É muito injusto.

O olhar dela vagou para sobre o abdômen até a boxer preta. Ela se demorou ali. Sim, dificilmente ela não veria a ereção dura como uma rocha.

— Haven, olhe menos e toque mais.

Ela se inclinou sobre ele.

— Posso fazer os dois.

Passou as mãos finas no peito dele. Encontrou a tatuagem e a acariciou. Depois abaixou a cabeça e o lambeu.

Puta merda. Seu corpo estremeceu.

Os olhos azuis o encararam.

— Eu gosto de ter controle.

O controle de sua vida havia sido arrancado. Rhys estava feliz em devolver isso a ela, mesmo que o matasse.

Ela lambeu o mamilo e o mordiscou enquanto arranhava a pele de seu abdômen.

Ele respirou fundo e estremeceu. Ela parecia perdida em um torpor de prazer. Seus dedos deslizaram para baixo, tateando o osso do quadril e para dentro da boxer.

A mão dela envolveu seu pau.

Ele grunhiu e ergueu a mão.

— Não. — Ela se acalmou. — Deixe suas mãos onde estão. Eu estou no comando.

Merda. Ele segurou a cabeceira novamente.

Ela soltou seu pau que pulsava. Queria puxá-la de volta, estocar profundamente dentro dela. Mas sabia que ela não estava pronta, e analisando seus hematomas e arranhões, decidiu não queria machucá-la. Ele estava faminto por ela. Não seria lento ou delicado.

Ela acariciou seu pau mais uma vez.

— Caramba, até isso é perfeito.

— Mais rápido, Haven — ele gemeu.

Ela o agarrou com mais força e acelerou o movimento.

Ah, sim. Rhys se moveu de encontro à mão dela. Ele gostava do sexo de muitas maneiras diferentes, e isso era quase inocente em comparação a algumas das coisas que já tinha feito. Mas ela estava tão focada em seu pau, que a necessidade era intensa demais.

— Haven — ele grunhiu.

— Eu quero ver você gozar. Faça isso, Rhys. Por mim.

Com outra carícia, ele gemeu o nome dela. Com a outra

mão, ela segurou suas bolas. Ele gozou com força, derramando seu líquido na mão dela e no ventre. Uma sensação de calor percorreu o corpo de Rhys. Ela o observou com os olhos semicerrados, o peito subindo e descendo, os seios empurrando contra a regata. Havia fogo em seus olhos.

Com um grunhido, Rhys se ergueu. Ela ofegou.

Ele a puxou para seu colo, levando as mãos para a perna larga do short.

— *Rhys!*

As mãos dele alcançaram sua calcinha, e ele colocou dois dedos dentro dela.

Ela gemeu, movendo os quadris.

— Você está encharcada — ele apontou.

Ela soltou um som rouco e se moveu.

— Sim, monte na minha mão, baby.

Ela o fez, e ele agarrou seu quadril, ajudando-a a se mover.

— Ah, caramba. — Haven inclinou a cabeça para trás, dando a ele uma visão de seu pescoço.

— Isso. — Ele acariciou seu clitóris.

— Rhys. — Ela se moveu com mais força.

— Olhe para mim, Haven. Agora.

Ela endireitou a cabeça e seus olhares se encontraram.

— Goze — ele ordenou.

Ele a viu atingir o orgasmo. As coxas prenderam sua mão, e ela estremeceu e gemeu seu nome.

Beleza pura, bem ali. Cada luta suja, cada buraco do inferno empoeirado, cada missão amaldiçoada o trouxe a isso.

Haven desabou em Rhys, o rosto pressionado no pescoço dele.

Ele gostava de abraçar seu corpo mole de prazer tanto quanto gostava de fazê-la gozar. Acariciou suas costas.

— Precisamos tomar banho e começar a trabalhar. — Ele precisava encontrar os ladrões e quem estava no comando.

— Ah-ham, — ela murmurou.

— Isso inclui você, linda.

— O quê? — Ela piscou para ele.

— Você vem comigo para o escritório da Norcross. Tome banho primeiro.

Ela ergueu a cabeça.

— Vou tomar banho sozinha?

— Sim, caso contrário, vou passar as próximas horas transando com você e vamos nos atrasar.

Ela umedeceu os lábios, e ele sentiu profundamente o gesto. Deu um tapa na sua bunda.

— Se mexa. Vou fazer o café da manhã.

— Você sabe cozinhar?

— Posso fazer torrada e ovo mexido. — Isso e churrasco era tudo que sabia, para grande consternação de sua mãe. Clara Norcross adorava cozinhar, de preferência comida italiana saudável, mas não tinha influenciado Rhys.

Ele deu um beijo lento em Haven. Esperou até que ela tivesse aquele olhar atordoado no rosto. Sorriu.

— Mexa-se, linda.

CAPÍTULO DEZ

E la nunca esteve no escritório da Norcross.

Enquanto Rhys a levava para dentro, Haven absorveu tudo. O espaço era lindo. Enorme e aberto, em estilo industrial. Havia toques de madeira e metal, com piso de concreto polido. Definitivamente dizia "homens durões trabalham aqui".

O escritório de Rhys era todo de vidro. Sua mesa estava... bagunçada.

— Como você encontra alguma coisa aqui? — ela perguntou.

Ele sorriu para ela.

— Sei onde cada coisa está.

— Não acredito nisso, de jeito nenhum.

Havia notas adesivas por toda parte, pilhas de arquivos, blocos de notas rabiscados pela metade e pedaços de papel espalhados.

Seu olhar se fixou no sorriso dele. Era muito bonito. Isso a fez se lembrar do que haviam feito na cama naquela manhã. Seu corpo formigou. Ele queria mais. Ao mesmo tempo, seu cérebro gritava para ela correr.

— Haven, se você ainda está tentando levar a sério esse lance de desistir dos homens, pare de me olhar assim.

Ela umedeceu os lábios.

— E de fazer isso também — ele falou.

Ela desviou o olhar. Do outro lado do espaço, avistou um homem e paralisou. Uau. Ele era musculoso, tinha a pele negra e cabelo curto e escuro. Ele olhou em sua direção, e ela quase engoliu a língua. Ele era lindo, com traços fortes, mandíbula dura e olhos verdes claros. Ele acenou para ela, que retribuiu o cumprimento.

O homem parecia um astro de cinema. Ele deveria estar estrelando um filme de ação.

— Pode parar de babar — Rhys disse com o tom divertido.

— Quem é ele? — ela perguntou.

— Rome. Ele é o principal responsável pelo serviço de guarda-costas. O cara tem um sexto sentido para problemas. — Rhys puxou uma cadeira para ela. — Sente-se.

Ela se sentou e o observou se acomodar. Ele pegou um arquivo e o abriu.

— Esqueci de mencionar que meu amigo Harry ligou — ela disse. — Ele é negociante de arte. Ouviu um boato de que haverá um leilão secreto de uma pintura muito cara.

O olhar de Rhys se aguçou.

— Ele tem mais detalhes?

Ela balançou a cabeça.

— Vocês dois são muito amigos, é? — O tom de Rhys se tornou um grunhido.

— Muito. Ele é bonito, se veste bem, é gentil, engraçado e amante da arte.

Rhys segurou os braços da cadeira dela e a puxou para mais perto, carrancudo.

— Me dou muito bem com ele e o marido, Trent.

Rhys relaxou.

— Você é impossível. Isso vai te render um castigo.

Ela sorriu. Deus, era bom se sentir segura. Saber que este homem estava cuidando dela.

— Preciso fazer algumas ligações para Miami — ele avisou.

O bom humor dela foi embora.

— A respeito do Leo.

— Sim. A cozinha fica por ali. — Ele apontou. — Pegue um pouco de café. E você precisa ligar para o seguro.

Deixando-o com suas ligações, ela seguiu para a cozinha e preparou um café com leite. Haven se virou e, através da parede de vidro, viu Rhys recostado na cadeira, em uma conversa profunda ao telefone.

Ela não tinha percebido que ver um homem trabalhar podia ser sexy.

Retornou, se perguntando onde estavam os outros. Mas pelo que sabia de Vander, Rhys e, sem dúvida, os outros homens que trabalhavam na Norcross, eles deviam estar por aí resolvendo coisas sobre segurança.

Ela pegou o telefone celular, respirou fundo e ligou para a companhia de seguros.

Depois de ficar em espera e passar por várias pessoas diferentes, ela fez sua reclamação. Quando voltou para o escritório de Rhys, ele estava carrancudo.

— O que há de errado? — perguntou.

— Parece que o seu ex é muito ligado à família Zakharov.

— Ah, Deus. — Ela se deixou cair na cadeira.

— Ele estava com problemas no clube e começou a perder dinheiro. Parece que isso começou há uns nove meses.

Haven fechou os olhos. Foi nessa época que ele começou a mudar.

Rhys pegou sua caneca e a colocou na mesa. Ele a puxou para mais perto até que suas pernas bateram nas dele.

— Foi quando ele ficou mal-humorado e maldoso — ela explicou. — Quando começou a me trair.

— Ele pediu dinheiro emprestado a Sergei Zakharov.

— Pegou dinheiro de criminosos — ela grunhiu.

— Sim. Em vez de resolver o problema, ele escolheu o caminho mais fácil. Ou o que ele *pensava* ser o caminho mais fácil. Agora, ele pertence aos russos. Meu contato disse que ele está ainda mais endividado.

— Deus. — Ela esfregou a região entre os olhos.

Os dedos de Rhys deslizaram por suas coxas.

— Esse problema não é seu.

Ela concordou.

Ele inclinou a cabeça.

— Você ainda sente algo por ele?

— Não.

— Tudo bem.

Seu celular tocou. Ela o tirou da bolsa fofa que Gia havia comprado. Quando viu a tela, ficou rígida.

Rhys inclinou a cabeça.

— Haven?

— É o Leo. Ele tentou ligar um pouco antes da explosão...

O rosto de Rhys ficou sombrio.

— Atenda.

— O quê? — Ela o encarou.

— Veja o que ele tem a dizer. — Rhys a puxou, fazendo-a se sentar em seu colo.

Ela apertou o botão.

— O que é?

— Haven, baby, graças a Deus.

— Leo. — Sua pele se arrepiou.

A mão de Rhys apertou sua coxa, e esse movimento a estabilizou.

— Por que você está me ligando? — questionou.

— Eu sei que você teve... alguns problemas. Queria ter certeza de que você estava bem.

— Como sabe sobre os meus problemas, Leo? — Houve uma pausa significativa. — Seria porque foi você quem causou esses problemas? E quando digo problemas, me refiro a roubo, espancamento, sequestro e alguém explodindo meu apartamento comigo dentro! — Sua voz aumentou.

Vander apareceu na porta com um olhar preocupado no rosto.

Rhys acenou para ele.

— Sinto muito, linda — Leo continuou com a voz lisonjeira. — Eu te amo e nunca quis que você se machucasse.

— Você me *ama*? — Sua voz soou incrédula.

Embaixo dela, Haven sentiu Rhys enrijecer.

— Se esta é a sua ideia de amor, você está louco. Quando você ama alguém, não trai, não bate e não envolve a pessoa nas coisas erradas que faz.

— Linda.

Ela balançou a cabeça.

— Não me chame de linda. Só me diga o que você fez, Leo. Estou em perigo.

Sua respiração estava ofegante do outro lado da linha.

— Estou profundamente envolvido, Haven. Devo muito dinheiro. Mantive isso longe de você. Queria ter certeza de que você estava em segurança.

Ela bufou.

— Bem, eu não estou.

— Eu vi o artigo no jornal sobre o Monet.

Ela se acalmou.

— O que foi que você fez?

— Me lembro de você reclamar sobre como era fácil alguém entrar na galeria de Alyssa se fingindo de policial ou motorista de entrega. Me lembrei que você me contou sobre aquele famoso roubo.

Ah, *Deus*. O roubo no Museu Isabella Stewart Gardener, em Boston. Os ladrões fingiram ser policiais. Roubaram mais de meio bilhão de dólares em pinturas. Ela se abriu com ele, confiou no ex, e ele usou isso contra ela.

— Você é um *idiota*.

— Eu estava em apuros, Haven. Estavam ameaçando quebrar meus joelhos.

— Eles *explodiram* meu apartamento!

— Estão tentando fazer com que você me controle...

— Diga a eles que não sou nada para você.

— Eu te amo, Haven.

— Bem, eu *não* te amo — ela retrucou.

— Você não está falando sério...

De repente, o telefone sumiu de suas mãos.

— Haven não é mais um problema seu — Rhys grunhiu ao telefone. — Diga a Zakharov e seus capangas que ela está fora disso.

— Quem é você? — Haven ouviu a voz de Leo através do telefone.

— Eu sou o namorado da Haven — Rhys disse. — Ela está comigo agora.

As palavras de Rhys a fizeram formigar.

— Sou alguém que não vai trai-la e nem bater nela. — Seus olhos castanhos encontraram os dela. — Quem vai mantê-la segura.

Ela sentiu as palavras bem no fundo. Rhys faria tudo isso.

Mas, eventualmente, ele perderia o interesse, seguiria em frente e a deixaria em frangalhos.

— Ela é minha — Leo grunhiu através da linha.

Haven fez uma careta. Como se ela fosse um osso pelo qual lutar.

— Você estragou as coisas com ela — Rhys falou. — E ainda está estragando, Becker. Afaste Zakharov dela.

E com isso, Rhys encerrou a ligação e jogou o aparelho sobre a mesa.

— Você está bem? — ele perguntou.

— Não. Meu ex ainda está arruinando minha vida.

Rhys segurou seu queixo.

— Vamos te ajudar a passar por isso.

Talvez. Mas Haven não tinha certeza de qual era o

maior perigo para si: Leo e seus problemas com criminosos ou Rhys Norcross.

— NÃO TENHO certeza se estou com humor para festa.

Gia se aproximou, passando maquiagem no rosto de
Haven.

— Você merece um pouco de diversão. — Gia emitiu
um zumbido. — Seu hematoma está muito melhor.

— Não está. Está verde e amarelo. Pareço um zumbi.

— Está mais fácil de cobrir agora. Pronto. — Gia virou
Haven em direção ao espelho enorme e bem iluminado
no banheiro de sua casa. O espaço era lindo e parecia
um SPA.

Gia escondeu todos os hematomas quase que completamente. *Ah.* Ela também deixou Haven com olhos esfu-
mados e sensuais.

— Meu irmão vai querer te arrastar para a cama dele
para fazer safadezas.

— Gia!

A amiga torceu o nariz.

— O que não quero nunca que você me conte em
detalhes, porque *eca.*

— Já falei que não vou fazer isso. — Haven não podia.
— Veja o que o último homem que deixei entrar em
minha vida fez. Estou péssima, minha vida está uma
bagunça.

— Deixe o Rhys resolver.

— *Eu* preciso resolver.

Gia ergueu o quadril. Ela estava linda em um vestido

vermelho que exibia um decote profundo. Se parecia com a Sophia Loren, só que mais baixa.

— Você não tem que fazer isso sozinha — Gia comentou.

— Tenho. — O coração de Haven apertou. — Estou sempre sozinha.

Gia praguejou em italiano.

— Seu pai estúpido.

— Gia.

— Não. Você não está mais sozinha. Você é minha melhor amiga. E quer você queira ou não, você e o meu irmão são um casal.

— Não somos, não.

— Onde você dormiu na noite passada?

— Essa não é a questão.

— Onde? — Gia persistiu.

— Houve circunstâncias atenuantes...

— Onde?

— Tudo bem. Na casa do Rhys.

— Onde exatamente?

Haven suspirou.

— Na cama dele.

— Ele estava na cama?

Haven rangeu os dentes.

— Você é um saco. Sim.

Gia sorriu como uma rainha satisfeita com seus súditos.

— Eu te odeio — Haven murmurou.

— Não, você me ama.

Haven suspirou.

— Amo mesmo.

Gia a abraçou.

— Vamos pegar um pouco de champanhe. Uma boa bebida faz tudo ficar melhor.

Haven se deixou ser arrastada para fora do banheiro e do quarto de Gia.

Os irmãos de Gia estavam na cozinha, ao redor da enorme ilha. Todos estavam segurando cervejas e se amontoando em torno das travessas de comida que ela havia preparado para a festa.

— Por que eles têm que ser tão lindos? — Haven perguntou.

— Já pensei a mesma coisa muitas vezes — Gia respondeu.

Easton – que estava usando um de seus ternos caros – estava arrasando com o visual de homem de negócios gostoso. Vander também estava de terno, mas havia tirado o paletó e estava com as mangas da camisa dobradas, mostrando as tatuagens nos antebraços musculosos. Ele tinha a aparência de "durão de dar água na boca".

E Rhys...

O estômago de Haven esquentou e apertou. Ele trocou de roupa e usava um jeans escuro, com camisa verde-floresta que se encaixava perfeitamente em seu corpo. As mangas também estavam dobradas e seu cabelo estava desgrenhado, como se ele tivesse acabado de sair da cama. Parecia um astro de rock sexy.

Ele sorriu para Haven, seu olhar aquecendo. Observou o vestido prateado que tinha mangas compridas e, embora ele não pudesse ver ainda, era decotado nas costas. Muito decotado.

Ele pegou duas taças de champanhe da ilha e entregou uma para a irmã, depois para Haven.

— Você está deliciosa — ele murmurou.

Ela rapidamente tomou um gole da bebida.

A campainha tocou.

— Vou atender. — Easton caminhou em direção à porta.

Um momento depois, Saxon entrou. Ele estava usando calça de terno, com uma camisa branca impecável. Parecia um deus nórdico, rico e sexy. *Se afaste, Thor.*

Haven observou os olhos de Gia brilharem, em seguida seu rosto ficou inexpressivo.

— Sr. Buchanan nos agraciou com sua presença — Gia comentou.

Os olhos verdes focaram em Gia e algo predatório apareceu em seu rosto.

— Eu não perderia comida e bebida de graça.

— Não me surpreende. Você é muito rico, mas gosta de se aproveitar de mim.

Ele pegou uma azeitona de uma travessa.

— Você sabe como fazer comida boa.

Gia arqueou uma sobrancelha.

— E o lugar de uma mulher é na cozinha?

Saxon sorriu para ela.

— Ah, aí estão suas garras afiadas, Contessa.

Contessa? Fascinada, Haven observou a dupla. Eles haviam se esquecido completamente que existiam outras pessoas.

— Não, o lugar da minha mulher é na minha cama. — Com essa resposta, Saxon se virou e foi em direção à geladeira.

Humm. Haven observou Gia lutar com seu temperamento e fuzilar Saxon com os olhos. Puta merda, a tensão sexual entre os dois estava excitando Haven.

A campainha tocou novamente e mais pessoas chegaram. A maioria tinha relação com o trabalho de Gia. Alguém colocou uma música.

Por um tempo, Haven se esqueceu de Leo, da pintura e de todo o resto.

Sempre que erguia os olhos, Rhys a estava observando, e isso a fazia se sentir quente e nervosa. Ouviu Gia e Saxon se atacando novamente. Ela ia interrogar a amiga assim que pudesse. Como duas pessoas podiam se devorar com os olhos enquanto se atacavam, ela não sabia, mas Saxon e Gia faziam disso uma bela arte.

Precisando de um pouco de ar, Haven saiu para a varanda. Se apoiou na grade, sentindo a brisa fresca no rosto.

Ela sentiu a presença de Rhys antes mesmo que ele a tocasse. Com certeza, tinha um radar perfeitamente ajustado para ele.

Ele deu um beijo em seu ombro, e ela estremeceu.

— Se eu tivesse visto as costas deste vestido quando você apareceu, não teria te deixado usá-lo.

Ela inclinou a cabeça para trás.

— Não estamos na Idade das Trevas, Rhys. Os homens não podem ditar o que as mulheres vestem.

Ele arrastou um dedo por sua coluna e a sensação provocou um arrepio.

— Odeio que qualquer homem olhe para toda essa pele bronzeada.

Ela se apoiou nele e se perdeu.

Rhys a virou e seus lábios ficaram a apenas uma pequena fração de distância.

— Rhys...

— Adoro quando você diz meu nome assim. Como se me quisesse muito, mas estivesse lutando contra.

Ele tocou os lábios dela, mordiscando-os. Segurou sua bunda enquanto a beijava. Haven se esfregou nele. Estava fraca demais.

Então ela se afastou.

— Eu não posso arriscar isso, arriscar você.

— Haven, confie em mim.

— Você vai me magoar. — Ele paralisou, olhando para ela. — Você quer se divertir, mas para mim... — Ela balançou a cabeça. — Vou ficar arrasada com peças que nunca vão voltar a se juntar. E vai ser péssimo com Easton e Gia...

Rhys a beijou novamente. Ela se agarrou a ele.

— É um risco que vale a pena correr — ele murmurou. — Não podemos prever o futuro, mas eu te quero, Haven. Na minha cama e, nos meus braços.

Ela ia desabar.

— Eu... eu preciso de outra bebida.

Ela passou debaixo do braço dele e voltou para dentro antes que não conseguisse.

O apartamento de Gia estava cheio de risadas, música e conversas. Haven abriu caminho pela multidão e colocou sua taça na ilha. Precisava de uma pausa da presença de Rhys. Ele não parava de pressioná-la, e ela não conseguia se controlar.

E se ela simplesmente abrisse mão? E se o deixasse reivindicá-la?

A tentação a fez tremer.

A campainha tocou.

Ninguém foi atender, então ela seguiu até a porta e a abriu.

Uma jovem sorridente, usando um vestido azul curto sorriu para ela.

— Oi. Trouxe algumas coisas para a festa. Você pode me dar uma ajuda para trazê-las?

— Claro. — Haven saiu.

O sorriso amigável da mulher mudou para algo que fez Haven franzir a testa. Em seguida, a mulher a empurrou pelo corredor.

— Ei! — Haven gritou.

— Bom trabalho.

A voz masculina a fez se virar, e ela viu Leo. Seus olhos se arregalaram.

Ele pressionou um pano em sua boca, envolvendo o braço ao seu redor.

— O que é isso? — Suas palavras foram abafadas. Ela lutou contra ele.

Então a tontura a atingiu e suas pernas ficaram bambas.

O rosto de Leo começou a ficar turvo. Isso não poderia estar acontecendo.

Então, ela apagou.

CAPÍTULO ONZE

Tomando um gole de cerveja, Rhys procurou por Haven. Gia sempre dava festas boas. Foi em uma como esta que ele a viu pela primeira vez.

Ela estava sorrindo na sala de estar. Usava um vestido verde que abraçava aquela bunda linda. Ela não ria muito, estava um pouco tensa, mas Rhys ainda se sentia como se tivesse sido atingido por uma granada.

Agora, ele finalmente teve um gostinho dela e experimentou a mulher inteligente e sexy que havia ali.

Ele a queria. Por inteiro.

Suas mãos apertaram a garrafa de cerveja. Precisava deixá-la segura primeiro.

Ainda não conseguia vê-la na multidão e franziu a testa. Sabia que ela precisava de um momento após a interação deles na varanda. Ela sentiu a conexão, mas estava lutando contra.

Aquele sacana do ex a assustou.

Viu Gia conversando com as amigas. Era o centro da festa, como sempre.

— Ei, Gia, você viu a Haven?

A irmã franziu a testa.

— Não, checou no banheiro?

Rhys caminhou naquela direção. Saxon captou seu olhar.

— Parece que você quer quebrar os dentes de alguém — o amigo disse.

— Você viu a Haven?

Saxon se endireitou.

— Não.

Juntos, eles verificaram o apartamento de Gia. O pânico – quente e ardente – atingiu o peito de Rhys. Não havia sinal dela.

Encontraram Vander na cozinha.

— A Haven sumiu — Rhys falou.

Seu irmão pegou o telefone e o colocou no viva-voz.

— É melhor ser caso de vida ou morte — a voz de Ace soou irritada. Ele não veio para a festa, pois tinha outros planos.

O estômago de Rhys se agitou.

— A Haven sumiu da festa da Gia.

— Merda. — Eles ouviram o farfalhar de lençóis e, em seguida, uma voz feminina abafada ao fundo. — Isso é trabalho. Você precisa ir, baby. Certo. Vander, vou pegar o laptop agora.

Alguns momentos se passaram.

— Estou puxando as filmagens das câmeras de segurança. — Houve uma pausa. — Merda. Droga. Puta merda.

Uma notificação soou no telefone de Vander, assim como nos de Rhys e Saxon.

Rhys pegou o celular e olhou para a imagem de Haven do lado de fora do apartamento de Gia, lutando com um homem. Uma mulher de vestido azul observava com um leve sorriso.

— Um homem a carregou para fora do prédio — Ace falou.

— Ace, eu preciso do rosto — Rhys grunhiu.

— Aqui.

Outro *ding* e uma nova imagem apareceu no telefone de Rhys. Era uma foto perfeita do rosto do homem, com a cabeça de Haven presa em seu braço.

Leo Becker.

— Ele a drogou. — Um rugido começou dentro da cabeça de Rhys.

— Mantenha o controle — Vander falou.

— Ei, a mulher de vestido azul ainda está aqui. — Saxon balançou a cabeça em direção à sala de estar.

Rhys se virou. Avistou a mulher entre os convidados, então atravessou a sala de estar.

— Rhys! — Vander grunhiu.

A mulher ergueu a cabeça e seus olhos se arregalaram quando o viu caminhando em sua direção. Ela recuou, e Rhys pressionou a mão em seu ombro e a empurrou contra a parede. Suspiros e murmúrios eclodiram.

— Rhys! — Gia exclamou. — Você não pode...

— Quanto ele te pagou? — O tom de Rhys foi baixo e mortal.

— Rhys? — Gia disse novamente, com a voz confusa.

— Ele te pagou para atraí-la para fora. Ele a drogou e a raptou.

Gia soltou um suspiro agudo.

— Haven? Ah, Deus. Leah, o que foi que você fez?

Leah umedeceu os lábios.

— Foi tudo uma brincadeira. Ele é namorado dela e queria surpreendê-la. — A mulher falava rápido e balbuciando. — Ele me pediu para encontrar uma maneira de levá-la para o corredor, mas tive sorte que ela atendeu a porta. Parece que ela gosta de certas perversões, como ser sequestrada.

— Puta merda! — Rhys explodiu.

Vander e Saxon seguraram seus braços e o puxaram para longe da mulher.

Leah esfregou o ombro.

Easton avançou.

— O que está acontecendo? Onde está a Haven?

— O Becker a sequestrou — Rhys disse com os dentes cerrados.

— Merda. — Easton murmurou.

O rosto de Leah perdeu a cor.

— Ele é... ele não é o namorado dela?

— Ele é o ex-namorado abusivo dela. — A voz de Gia era afiada como uma lâmina.

A mulher levou a mão até a boca.

— Ah, Deus, eu não...

Rhys se virou.

— Precisamos começar a busca.

Vander colocou o telefone no ouvido.

— Ace, encontre o veículo que o Becker está dirigindo e descubra para onde foi que ele a levou.

Rhys caminhou para o corredor. Ele *tinha* que encontrar Haven.

Se aquele babaca a machucasse...

Vander segurou seu ombro.

— O Becker não vai machucá-la.

— Ele é louco — Rhys retrucou. — Já bateu nela, a envolveu nessa confusão e agora a drogou.

Esperando pelo elevador, Rhys se virou e deu um soco na parede. Seu punho atravessou o gesso.

— Nós a encontraremos — Vander repetiu.

Rhys assentiu, mas sua garganta se apertou. Ele não ia relaxar até que Haven estivesse de volta.

HAVEN PISCOU, lutando contra o torpor que a envolvia como um cobertor grosso. Quanto vinho ela havia bebido?

Abriu os olhos e se viu esparramada em um sofá de um apartamento pequeno e não muito agradável. O móvel tinha um padrão floral horrível com manchas duvidosas.

O que era isso? Ela se endireitou.

Então ela viu Leo sentado em uma poltrona na sua frente.

Ela estremeceu.

— Leo? O que está acontecendo? — As memórias voltaram rapidamente. — Ah, meu Deus, você me sequestrou!

— Haven...

— Cale a boca — Ela baixou a cabeça. Seus amigos estariam loucos de preocupação.

Rhys.

Merda, ele devia estar destruindo a cidade.

Parecendo um bad boy desgrenhado, Leo se inclinou para a frente. Ela notou as linhas de estresse e cansaço em seu rosto. Recuou, pois não queria chegar muito perto dele.

— Eu fui embora — disse. — Não quero ter *nada* a ver com você. Por que não me deixa em paz?

Seu belo rosto se contorceu.

— Eu nunca quis te machucar. Eu te amo, Haven.

Ela riu sem diversão.

— Você está brincando comigo. — Viu em seu rosto que ele estava falando sério. — Deus, não está. — Ela semicerrou os olhos. — Também amava a garçonete que estava fazendo sexo oral em você no seu escritório?

Leo fechou os olhos.

— Isso foi um erro.

Haven grunhiu. Por que seu passado não a deixava em paz?

— Eu estava sob muito estresse. Você continuava me pressionando...

— Eu era sua *namorada*. Estava preocupada. Queria te ajudar. — Ela se recostou e se preocupou por um segundo com o que poderia pegar nesta porcaria de sofá. — Acho que estar em dívida com a máfia russa é estressante.

Seu ex respirou fundo.

— Você sabe.

— Estou em perigo, Leo. Me machuquei, uma pintura de cem milhões de dólares pela qual sou responsável foi roubada do meu local de trabalho, meu apartamento explodiu. Sim, eu sei.

— É por isso que estou aqui. Quero mantê-la em segurança. Você precisa vir comigo e...

— Você não pode estar falando sério. — Ela se levantou e sua cabeça girou. Droga. Firmou as pernas para não balançar. — Não quero *nada* de você. Só quero distância. Foi você quem me colocou em perigo. — Ela deu dois passos para longe. — Preciso entrar em contato com os meus amigos. — Rhys ficaria louco. — Eles vão ficar preocupados. Onde é que nós estamos?

— No Airbnb que aluguei. E seus amigos não podem se preocupar ou cuidar de você como eu.

Ele estava falando sério? Esse cara sempre foi tão egocêntrico?

— Você está absolutamente certo. Eles se importam muito mais comigo do que você. Estou indo embora.

Leo se levantou.

— Não. É muito perigoso. Os homens de Zakharov...

Ela inclinou a cabeça.

— Seus amigos russos.

— Eles estão atrás de você — ele falou.

— Por quê? — A raiva queimava sua garganta. — Como eles sabem quem eu sou?

— Eu te disse, estou desesperado. Precisava pagar minha dívida e quando contei a Sergei sobre a pintura... — Leo engoliu em seco. — Eles a conseguiram, mas estão achando difícil vendê-la.

— É uma obra-prima roubada.

— Eles precisam de alguém de boa reputação para garantir a autenticidade. Eles sabem o quanto você é bem-informada...

Seus olhos se arregalaram.

— Eles explodiram meu apartamento e tentaram me matar!

— Você não deveria estar lá. — Ele passou as mãos pelos cabelos. — Era de tarde e você deveria estar no trabalho. Eles só queriam te aborrecer, limitar suas opções...

Ela balançou a cabeça.

— Não posso acreditar nisso.

— Eles acham que você pode ajudá-los a remover a pintura. — Ele esfregou a nuca. — Também não estão felizes comigo. Têm alguma empresa de segurança de São Francisco atrás deles.

— Meu chefe é um empresário rico e influente, Leo.

— É com ele que você está transando?

Haven cerrou os dentes.

— Não que isso seja da sua conta, mas não. Um dos irmãos dele dirige a firma de segurança e o outro trabalha lá. Eles querem a pintura de volta. Eles também são meus amigos e querem que eu fique segura.

— Zakharov quer te usar para tentar me controlar.

— Por quê? — ela gritou.

— Porque ele sabe que eu te amo.

— Pare de dizer às pessoas que você me ama. Eu não te amo!

A dor preencheu suas feições.

— Nós estávamos bem, Haven.

— Por cerca de trinta segundos, Leo. Nos divertimos. Depois, a diversão acabou. E agora, não há diversão *nenhuma*. Eu segui em frente. Por favor. Me. Deixe. Seguir. *Em. Frente.*

Ele a encarou com aqueles olhos azuis que um dia ela

considerou lindos.

— Seguir em frente com aquele idiota do telefone?

Haven queria gritar.

— Foi isso que você entendeu do que eu disse? Não estou dizendo a você como me sinto e o que eu quero?

Ele fez uma pausa.

— Você está com ele?

— Estou indo embora, Leo.

— Não! — Ele se lançou sobre ela.

Os dois lutaram por um segundo, e ela enfiou os dedos nos olhos dele. Leo gritou e caiu. Os dois se emaranharam, rolando no tapete sujo. Eles bateram em uma mesa de centro, e ela sentiu dor no quadril.

— Me solte! — ela gritou.

— Eu tenho que te manter segura!

Haven conseguiu ficar em cima dele e bateu com o joelho em seu estômago. Leo se mantinha em boa forma, mas não era nem de perto tão duro e musculoso como Rhys.

Ele perdeu o ar e grunhiu.

Haven se levantou e abriu a porta da frente. Tinha perdido os saltos na luta, mas não parou. Correu descalça escada abaixo.

Foi para a rua, olhou para os dois lados, e decidiu ir para a esquerda. O ar frio a atingiu, e ela estremeceu.

Ela queria Rhys. Queria aqueles braços musculosos tatuados ao seu redor. Pela primeira vez, queria se apoiar em alguém e confiar nessa pessoa para ajudá-la a se levantar.

Sufocando um soluço, virou uma esquina. Não tinha ideia de onde estava, mas viu luzes e lojas à frente.

Começou a correr e avistou uma farmácia. Precisava ligar para Gia e Rhys.

As portas se abriram.

— Preciso de ajuda.

Uma mulher de meia-idade e uma adolescente estavam atrás do balcão, com os olhos arregalados. A mulher correu para Haven.

— Oh, querida. Você está bem?

Haven assentiu.

— Posso usar seu telefone?

A mulher deu um tapinha nas suas costas.

— Claro.

Haven estava muito feliz por saber o número de Gia de cor. O telefone tocou.

— Alô?

— Gia!

— Haven! Você está bem? Os caras estão procurando por você em todos os lugares.

— Estou bem. Leo...

— Nós sabemos, vimos as filmagens de segurança. Onde você está?

— Em uma farmácia da rede Walgreens. Espere. — Ela colocou a mão sobre o telefone. — Onde estamos? — A adolescente disse o endereço e Haven deu para sua amiga.

— Aguente firme, amiga. Tem certeza de que está bem?

— Sim.

— Certo, me deixe chamar a cavalaria.

— Obrigada, G. — Haven devolveu o telefone para a mulher. — Obrigada. Alguém vai vir me buscar.

— Quer chamar a polícia?

Ela só não queria estar ali.

— Não, tudo bem.

Alguns minutos se passaram, e ela viu um movimento na porta. Ergueu os olhos.

Leo estava do outro lado do vidro, com os olhos arregalados.

Ah, que droga. As portas se abriram, e ela se afastou do balcão.

Leo entrou.

— Haven, precisamos ir agora.

— Leo, me deixe em paz. Não sei mais como dizer isso.

Ele agarrou o braço dela.

— Você precisa...

— Ei — a senhora da farmácia o interrompeu. — Deixe-a em paz.

Leo ignorou a mulher e puxou Haven. Ela o empurrou, mas ele se aproximou mais.

De repente, uma barra de chocolate voou pelo ar e acertou a testa dele. Leo piscou, chocado e Haven viu a adolescente pegar outra barra de uma vitrine perto do balcão.

— Haven — Leo grunhiu.

— Vá *embora* — ela gritou.

Ele a puxou novamente, e ela se afastou. Eles giraram em um círculo desajeitado e colidiram com um display. Escovas de cabelo e acessórios voaram por toda parte.

Ela caiu no chão, e Leo pulou sobre ela. Haven perdeu o ar.

— Meu Deus, o que eu vi em você? — ela chorou.

Ela o empurrou e, de repente, seu peso foi arrancado de cima dela. Ele saiu voando e bateu em um conjunto de prateleiras.

Ela se levantou e viu Vander e Saxon parados na porta, seus rostos duros como pedra.

Vander cruzou os braços sobre o peito.

— Haven, você está bem?

Ela assentiu.

Então ela se virou. Rhys segurava a camisa de Leo com uma mão enquanto socava o rosto dele com a outra.

Ah, Deus.

Ela correu.

— Rhys, solte-o. Ele não vale a pena.

Mas não obteve resposta. Leo gemeu.

— Rhys! — Ela se agarrou a ele. — Por favor.

Ele hesitou.

— Preciso de você. Estou sentido que vou ter uma crise de pânico. — Na verdade não sentia, estava mais irritada que chateada, mas fez um ótimo trabalho em fingir.

Rhys largou Leo. Então se virou para ela com os olhos fervendo.

— Rhys — ela sussurrou.

Ele a puxou e a beijou. Ela se aconchegou nele, sentindo um golpe de emoções: alívio, desejo e raiva. Sua língua tocou a dela, que deslizou as mãos nos cabelos grossos.

Quando ele finalmente se afastou, apoiou a testa na dela e Haven se agarrou a ele. Então ela soltou um pequeno suspiro feliz.

Ele inclinou a cabeça.

— O que aconteceu com a crise?

Ops.

— Seu beijo a fez passar.

Seus olhos escuros semicerraram, mas então seus lábios se contraíram.

— Você não estava tentando me fazer parar de bater no seu ex, não é?

— Quem? Eu?

Ele balançou a cabeça, contraindo mais os lábios.

— Você disse que não estava namorando o seu chefe. — A voz de Leo era nasalada e seu nariz estava sangrando.

— Ele não é meu chefe — ela bufou. — É o irmão do meu chefe.

Leo fez uma careta.

— Ele é um idiota...

Rhys se moveu e, rapidamente, Haven entrou na frente dele para bloquear sua visão.

— Fique quieto — ela gritou para Leo. — Você não existe para mim.

— Mas esse idiota, sim? — Leo fez uma careta para Rhys.

Atrás dela, Rhys ficou tenso. Ela pressionou a mão em seu estômago duro e foi momentaneamente distraída ao sentir o tanquinho através da camisa.

— Sim. Diga a seus amigos que não tenho nada a ver com você. — Ela se virou. — Podemos ir para casa agora?

— Sim, anjo.

Rhys a pegou no colo, e ela se aninhou nele.

— Eu posso andar — ela disse.

— Eu sei. — Ele não a colocou no chão.

Ela se apoiou nele enquanto Rhys saía pela porta.

CAPÍTULO DOZE

Enquanto Rhys destrancava a porta, seu peito continha um nó de raiva residual e muito alívio.

Manteve Haven contra si. Ela estava viva. Segura. Respirando.

Estava bem, apesar da provação. Queria cuidar dela.

E definitivamente não queria sentir o medo que o atingiu ao saber que ela tinha sido levada novamente.

Entraram, e ele acendeu as luzes.

— Por que você não toma um banho? — ele perguntou. — Para relaxar...

— Não quero banho. — Ela entrou no apartamento e o olhar dele foi direto para as costas daquela porcaria de vestido.

Ela se virou e o olhou.

Em seguida, correu para ele.

Rhys a segurou com um grunhido, deslizando as mãos por baixo de sua bunda.

— Haven.

— Sei o que quero. — A boca de Haven pairou sobre a sua, mas não o beijou. Ainda.

A expectativa era quente e faminta. A respiração dela se misturou com a dele.

Seu pau endureceu em um instante. Até que buscou dentro de si por controle. Era mínimo.

— Você teve uma noite difícil...

Ela umedeceu os lábios e sua língua roçou nele. Os dois gemeram. Ele apertou o traseiro dela.

— Não estou pensando em nada além de você — ela murmurou.

Rhys cerrou os dentes. Era conhecido por seu controle. Mãos de ferro no volante de um carro veloz, nos controles de um barco em alta velocidade, em um rifle.

Agora essas mãos estavam tremendo.

Por causa dela.

Sua Haven.

Quando ele não se moveu ou disse nada, viu a incerteza cruzar seu rosto.

— Hum, se você não quiser...

Ele subiu a mão e a entrelaçou no seu cabelo. Inclinou sua cabeça para trás, apenas o suficiente para chamar sua atenção. Seus lindos lábios se entreabriram.

— O que você quer, baby? — ele perguntou baixinho.

Algo se retorceu dentro dele, uma parte animalesca que queria jogá-la no chão e arrancar aquela porcaria de vestido.

— Quero estar segura — ela murmurou. — Quero suas mãos em mim. — Sua boca roçou a dele de leve. — Quero você dentro de mim.

O grunhido de Rhys foi alto. Seu pau estava duro e

pulsando, preso na porcaria da calça jeans. A necessidade aguda se contorceu dentro dele.

Ele nunca quis reivindicar e possuir uma mulher assim antes.

— Vai me deixar afundar meu pau bem fundo? Está molhada para mim, anjo?

Ela se contorceu contra ele.

— Sim.

— Não vou ser delicado ou gentil. — Ele empurrou o pau contra ela. — Você me deixou quente e duro.

— Quero sua intensidade. Quero *tudo* isso. — Ela estava respirando rápido.

Rhys cruzou a sala, indo até a mesa de jantar, cheio de uma fome mal controlada. Ele a colocou no chão e tirou o vestido de seus ombros.

O tecido caiu até a cintura e ela ofegou, mas Rhys só podia ver aqueles seios lindos. Não eram grandes, mas eram perfeitos e os mamilos rosados.

— Rhys...

Ele passou um braço ao redor dela e a empurrou para trás, arqueando sua coluna para evidenciar os seios.

— Olhe para você. — Ele passou os nós dos dedos pelos mamilos de Haven, observando-os se transformarem em pequenas contas duras.

Ela fez um som faminto e desesperado.

Ele abaixou a cabeça e chupou um.

— Ah... *sim, caramba.*

Ele rolou a língua sobre o ponto sensível, amando como ela se contorceu. Em seguida, capturou o outro. Sua pele era muito lisa, muito doce.

Ela entrelaçou uma mão em seu cabelo e deu um

pequeno puxão. Ele sugou mais forte e ela gemeu, se esfregando contra ele.

— Preciso de você dentro de mim — implorou.

O desejo tornava tudo nele quente e tenso. Se não a tivesse logo, ele implodiria. Sentiu como se fosse desejá-la para sempre. Não conseguia se imaginar sem desejá-la.

Ele empurrou o vestido para baixo, que caiu aos pés dela.

Haven usava um pedacinho de renda cor de bronze por baixo.

Rhys agarrou seus quadris e a ergueu sobre a mesa.

— Ah. — Ela segurou seus bíceps. Em seguida, pegou sua camisa e a puxou.

Botões voaram por toda parte, e o olhar dela travou em seu peito. Ela empurrou a camisa rasgada.

— Meu Deus, você é uma fantasia se tornando realidade. — Ela apertou a mão em seu abdômen, arranhando a pele com as unhas.

Rhys emitiu um som que fez seu olhar encontrar o dele. Ele viu a necessidade nos olhos dela, o mesmo desejo que pulsava por ele.

Então, ela tocou a tatuagem em seu peito – a bandeira americana. Um lembrete do porquê ele lutou e desistiu de pequenos pedaços de sua alma.

Antes que ele percebesse o que ela havia planejado, Haven segurou a grande protuberância em suas calças. Puta merda. Ele sentiu as bolas se contraírem e, por um segundo, se preocupou em ter gozado na calça.

Rhys se moveu rápido, pressionando entre as pernas dela e a empurrando de volta na mesa. Droga, ele nunca teve uma visão melhor do que Haven McKinney nua e preparada para ele.

— Baby, meu pau está pronto quando se trata de você. Pretendo gozar dentro de você, não na minha calça jeans.

Ela arqueou o corpo, e ele acariciou sua barriga. Tocou sua calcinha. Ela estava encharcada e seu estômago se apertou.

— Tão molhada. Quando te penetrar, vou entrar direto.

— *Rhys*.

Ele odiava até mesmo a menor barreira entre eles. Ele se moveu e arrancou sua calcinha.

Ela ofegou.

— Nunca rasgaram minhas roupas.

Ele sorriu de um jeito sombrio.

— Foi você quem começou. Você arrancou minha camisa.

Ela mordeu o lábio.

— Não me arrependo.

Ele se inclinou e a beijou. Um beijo que exigia tudo. Suas línguas se acariciaram, os dois se agarraram, pressionando seus corpos com força. Suas longas pernas agarraram aos quadris dele e ela se contorceu contra sua ereção.

Rhys deslizou a mão entre eles. Levou dois dedos à sua umidade. Ela gritou. Então, ele penetrou em seu calor acolhedor.

Ela segurou os cabelos dele, puxando com força. Fez um som desesperado, então gritou seu nome.

Ele poderia dizer que ela estava perto, por isso ele se acalmou e puxou a mão.

— Não — ela reclamou.

— Acho que você deveria gozar no meu pau, não nos meus dedos.

— Rhys, por favor. — Seu corpo arqueou.

— Ou talvez eu faça você gozar na minha mão, depois novamente no meu pau. — Ele penetrou os dedos novamente e seu polegar encontrou o clitóris.

— Rhys!

Ela se moveu contra a mão dele e seus gemidos pareciam um prêmio. O corpo dela apertou seus dedos quando ela gozou, e ele continuou estocando, observando cada emoção que cruzava seu rosto.

Muito expressiva.

Ela caiu para trás, ofegante e com os lábios inchados.

Rhys puxou o cinto. Tinha que tê-la. Agora.

Ele puxou o invólucro de alumínio do bolso, baixou a calça e a tirou. A cueca boxer seguiu o mesmo caminho e seu pau saltou livre.

Haven se apoiou no cotovelo com o olhar faminto sobre ele. Observou seu corpo nu e olhou para sua ereção. Ele segurou o pau e o acariciou.

O peito dela se apertou.

— Você é grande.

— É tudo seu, baby. — Ele a segurou e a puxou em direção à borda da mesa.

Haven ofegou.

Rhys se moveu contra ela, abrindo suas pernas.

— O que você vai fazer com isso?

— Meu — ela sussurrou.

— Seu.

Ele rapidamente rasgou o pacote do preservativo e o

colocou. Em seguida, se aproximou, deslizando o pau duro contra seu calor úmido.

Rhys se moveu até que a cabeça estivesse dentro dela. Os dois gemeram.

Seus braços e pernas o envolveram.

— Faça isso — ela ordenou.

Rhys penetrou Haven – com força e profundamente.

Seu grito foi alto e ela cravou as unhas em seus ombros.

Apertada, quente. Ele cerrou os dentes.

— Haven.

— Tão grande. Tão bom.

Rhys recuou e estocou com força. A mesa balançou embaixo deles. Ele acelerou os movimentos.

— Se segure, Haven. — Seus quadris encontraram os dela, saindo e entrando de seu calor úmido. A sensação cresceu em seu estômago, bolas e na base de sua espinha.

— *Sim*, Rhys, mais forte.

— Baby.

Seus olhos se encontraram.

— Juntos — ela sussurrou.

Caramba, sim, juntos. Ele estava profundamente dentro dela. Era bom demais.

— Goze de novo — ele grunhiu.

— Não tenho certeza...

Ele mudou o ângulo de suas estocadas, inclinando seus quadris. Seus gritos roucos encheram o ar.

— Droga, preciso de você, Haven.

— Rhys!

Ela gozou novamente e com força. Gemeu, seu corpo estremeceu e sua boceta o apertou.

O orgasmo atingiu Rhys como um nocaute. Um rugido ecoou pela sua cabeça e cada músculo de seu corpo travou.

Com um último impulso, ele moveu os dentes ao longo do seu pescoço. Em seguida, mordeu a área do tendão ali e a ouviu gritar enquanto seu corpo estremecia durante seu clímax incandescente.

HAVEN não se importou nem um pouco que a mesa estivesse dura.

Seu corpo formigou em todos os lugares. Sua respiração ainda estava rápida. O corpo de Rhys estava caído sobre o seu, o rosto dele contra seus cabelos.

Uau.

Ela acariciou suas costas. Ele se mexeu e deu um beijo no lado do pescoço dela, onde a mordeu.

Seus olhares se encontraram, então ele baixou a cabeça e a beijou.

Oh.

Levou as mãos aos cabelos dele, acariciando-o com carinho enquanto a beijava. Desta vez foi lento e profundo, com um toque doce surpreendente.

Ela gemeu em sua boca e estremeceu.

— Tenho que cuidar desse preservativo — ele disse. — Volto logo.

Ele saiu de dentro dela, que soltou um som baixinho.

Rhys sorriu para ela e se afastou, e ela teve energia suficiente para olhar para a bunda mais dura e incrível que já tinha visto.

Haven achou que deveria se sentir envergonhada por estar deitada nua na mesa da casa de Rhys. Esperou um segundo. *Não*. A felicidade pós *a melhor transa que já havia tido* estava em pleno vigor.

Rhys voltou, ainda nu, e apoiou as mãos nas laterais do corpo dela.

— Vai dormir na mesa?

— Talvez — ela respondeu.

Ele sorriu e uma onda de calor se formou em sua barriga. Ah, garoto.

O homem a ergueu e ela se viu jogada sobre um ombro duro. Uma grande mão estava pressionada em sua bunda.

— Rhys!

Isso lhe rendeu um grunhido. Ele caminhou pelo corredor e entrou no quarto. Deitou-a na cama e ela o olhou. Pela janela, viu as luzes da Bay Bridge.

Ele estendeu a mão e acendeu a luminária na mesa de cabeceira, que os iluminou com um brilho quente.

Isso só o fez parecer melhor. A luz cintilou seu corpo rígido, tornando-o um padrão fascinante de pele dourada e depressões sombreadas. Haven queria explorar todas aquelas tatuagens intrigantes. Nunca teve uma queda por tatuagens antes, mas em Rhys... hum.

— Posso fazer uma lista de lugares onde eu quero te comer. — Ele apoiou um joelho na cama.

Ela viu seu pau longo e grosso ficar duro novamente.

— Na cama é o próximo — ele falou.

Haven lutou contra uma onda de umidade entre suas pernas.

— Quantos lugares estão nesta lista?

Os olhos dele brilharam.

— Todos.

Ela pensou que ele iria alcançá-la, mas em vez disso, se recostou nos travesseiros alinhados contra a cabeceira da cama de metal.

Então a mão forte circulou seu pênis e ele começou a se acariciar.

O estômago de Haven tensionou.

— O que você quer agora, Haven?

Seu peito se encheu de ar e o desejo zumbiu por ela. *Você. Tudo.*

Ele ergueu a outra mão e curvou o dedo.

Ela rastejou na cama em sua direção. Puta merda, ele tinha um pau lindo. Ela se ajoelhou entre suas pernas e olhou seu corpo poderoso e sexy. A pele bronzeada era um belo contraste com os lençóis brancos. Em seu rosto, ela viu desejo e, mais do que isso, uma necessidade de possuir.

Este homem queria possuí-la.

Ela envolveu a mão ao redor do pênis e cerrou os punhos. Ele grunhiu. Ela passou a mão da base à ponta.

Seu grunhido se transformou em um gemido.

— Baby.

— Eu gosto desse pau grande. — Ele cresceu em sua mão.

— Ele gosta de você também. Agora, você vai chupá-lo?

Ela abaixou a cabeça.

— É isso que você quer? — Seus lábios roçaram a ponta.

Rhys soltou um suspiro. Ele se remexeu e a cabeça

inchada roçou nos lábios dela. Haven abriu a boca e o sugou profundamente.

Ele murmurou um xingamento e moveu os quadris. Ela o tirou da boca e o levou de volta. Uma grande mão envolveu seu cabelo. Não para dirigi-la, mas como se ele precisasse se firmar.

Haven gemeu em sua ereção. Amava o gosto salgado e almiscarado dele. Lambeu e chupou, passando a língua ao longo de seu comprimento duro.

— Isso é tão bom, anjo. — Sua voz era profunda e rouca. — Eu amo a sua boca.

Enquanto ela continuava acariciando-o, seu corpo ficou tenso. Ela viu os músculos de seu abdômen se tensionarem.

Então, de repente, ele a puxou de cima dele.

— Não. — Haven não tinha acabado. Queria vê-lo gozar.

Ele a puxou para cima de seu corpo. Haven amava o quanto ele era forte, que podia movê-la tão facilmente. Ele puxou suas coxas em cada lado de sua cabeça.

Os olhos de Haven se abriram. Oh, *oh*.

— A boceta mais linda que eu já vi. — Sua boca se fechou sobre ela.

— Rhys! — Haven agarrou a cabeceira da cama, os nós dos dedos ficando brancos.

Sua língua mergulhou dentro dela, que não conseguia nem gritar seu nome. Tudo o que ela podia fazer era emitir sons famintos e desesperados.

Ele lambeu e chupou, dando atenção a seu clitóris. A barba arranhou sua pele. Logo, seus quadris estavam se movendo.

— Sim, monte meu rosto, baby.

Com um gemido profundo, ela gozou. Com muita força. Suas costas arquearam, ela inclinou a cabeça para trás e gritou.

Seu corpo ainda tremia, o prazer a percorria como a mais doce droga, quando Rhys a ergueu novamente.

Ela se viu de joelhos no centro da cama dele.

— Olhe, Haven.

Ela ergueu a cabeça. O espelho na parede lhe deu a visão perfeita dos dois.

Rhys estava de joelhos atrás dela, e ela ouviu o barulho do papel alumínio antes que ele colocasse a camisinha. Sua barriga se contraiu.

Suas mãos deslizaram entre as nádegas dela, a acariciando, e ela gemeu.

Em seguida, ele desceu as mãos por sua espinha até as omoplatas. Ele empurrou e ela abaixou a cabeça na cama, apoiando o rosto nas cobertas para que pudesse vê-los no espelho.

Haven estremeceu e observou uma das mãos dele envolver sua cintura, enquanto a outra envolvia o pau.

Ele parecia um rei conquistador, prestes a reivindicar seus despojos de guerra.

Rhys a penetrou.

Haven gemeu.

— Gosta do meu pau, anjo?

Ela gemeu novamente.

Ele se moveu dentro dela, não rápido, mas profundo e firme.

— Você é tão linda. Tenho a visão perfeita do seu corpo recebendo meu pau. Você foi feita para ele, Haven.

Rhys se inclinou sobre ela, cobrindo seu corpo com o dele. Ele passou uma das mãos por seu braço, entrelaçando os dedos.

Como ela poderia se sentir conectada assim a ele? Como se fossem um. Ela estava cercada por ele – sua força, seu poder, sua possessividade.

Agora, só havia Rhys. O resto do mundo não existia.

Ele ganhou velocidade, se movendo dentro dela. Haven sentiu o orgasmo se formar novamente. Empurrou contra ele, precisando de mais.

— Não se cansa, não é? — ele grunhiu.

— Não consigo chegar perto o suficiente de você — ela ofegou.

Haven sentiu os dedos dele tremerem nos dela.

Então ela gozou de forma intensa. Se moveu contra seu corpo forte, seu nome arrancado dos lábios dela.

— *Rhys.*

— *Haven.* — Com outra estocada forte e violenta, ele gozou. Seu rugido ecoou em seus ouvidos enquanto ela sentia o resquício do orgasmo.

Os braços de Rhys a envolveram enquanto caíam na cama. Ela olhou no espelho e viu um braço musculoso e tatuado em seu corpo nu.

O calor se desenrolou dentro de seu peito. Ela sentiu uma pontada de pânico, mas a afastou.

Não havia nenhum outro lugar que ela quisesse estar agora, além dos braços de Rhys.

Ele beijou seu ombro.

— Durma, baby.

Quente, satisfeita e se sentindo segura, ela apagou.

CAPÍTULO TREZE

R hys acordou e esticou um braço sobre a cabeça.
Droga. Eles não dormiram muito, mas não se arrependia de nada.

Estendeu a mão e não encontrou o corpo quente e macio ao seu lado, mas ouviu água correndo no banheiro.

Colocou um travesseiro debaixo da cabeça e olhou para a cama. Os lençóis tinham sido quase arrancados. Puxou a ponta de um lençol sobre seu corpo nu e sorriu. Haven McKinney escondia uma gatinha gostosa, selvagem e sexy por baixo de suas saias justas.

Ele a ouviu cantarolar enquanto escovava os dentes, e seu sorriso se alargou. Ele gostava disso – se sentir bem, preguiçoso, com sua mulher em seu banheiro.

Ele só precisava convencê-la a não ter medo.

Ouviu a torneira sendo desligada. Enquanto estava deitado lá, Rhys percebeu que pela primeira vez em muito tempo, não sentiu aquela necessidade torturante de pular da cama e se mexer. A necessidade de sair, de encontrar algo para se distrair, de se manter em movimento. Ele sabia que era quando estava parado que os velhos demônios o pegavam.

Mas agora, seus demônios estavam quietos.

Haven saiu do banheiro. Estava usando uma de suas camisetas. Era grande demais para ela – atingiu o meio da coxa e o decote escorregava para baixo em um ombro.

Um ombro macio como a seda. Seu pau acordou. Merda, quando foi a última vez que um ombro o excitou?

Seu cabelo estava bagunçado pelo sono. Todo aquele cabelo castanho lhe deu ideias.

Seus passos diminuíram.

— Oi.

— Ei.

Seu olhar o percorreu. Ele só tinha o lençol bagunçado cobrindo seus quadris e uma perna estava descoberta.

Ela engoliu em seco.

— Você parece um astro de rock depravado.

— Bem, a parte depravado está certa.

Suas bochechas ficaram vermelhas. Ela penteou o cabelo em um coque bagunçado e prendeu com uma faixa.

— Vou preparar o café da manhã para nós. Depois, quero revisar tudo o que temos sobre o *Lírios D'água*.

Rhys ficou momentaneamente distraído. Quando ela ergueu os braços para pentear o cabelo, a bainha da camiseta se ergueu. Ele viu mais alguns centímetros daquelas coxas delgadas. Ela estava usando calcinha?

— Rhys?

Suas palavras foram registradas.

— Nós?

— Sim. — Seu queixo se ergueu. — Vou ajudá-lo a encontrar a pintura.

Ele ficou tentado a trancá-la em algum lugar seguro, bem longe de San Francisco, e qualquer coisa relacionada com a pintura.

Mas ele sabia que ela brigaria com ele.

A única outra alternativa era ficar com ela a cada segundo.

— Vem aqui — disse.

Ela hesitou, mas então se moveu e apoiou um joelho na cama.

— Rhys...

Usando seus reflexos rápidos, ele a puxou para cima dele.

— Você está de calcinha por baixo disso? — Ela estava meio esparramada sobre ele, que estendeu a mão e segurou sua perna, logo acima do joelho.

— Não vou responder. — Ela fungou. — Eu te disse, você não decide o que eu visto.

Ele deslizou a mão para cima e viu seu peito ofegar.

— Mas posso decidir sobre as roupas que você tira. — Sua mão se moveu debaixo da bainha da camiseta, indo em direção à junção de suas coxas. — Sua pele é tão macia, Haven.

Então ele descobriu que ela não estava mesmo usando calcinha.

— Meu anjo tem uma tendência maliciosa. — Ele deslizou um dedo para dentro de seu calor.

Ela gemeu, inclinando a cabeça para frente. Apertou as mãos contra o peito dele, que adorou a marca das unhas em sua pele.

Rhys enfiou dois dedos dentro dela enquanto seu polegar acariciava o clitóris. Seus quadris se moviam inquietos e ela gritou.

— Goze, baby — ele murmurou.

Ela ofegou, movendo os quadris em sua mão.

— Rhys.

— Goze.

— *Ah, nossa.*

Ele apertou seu clitóris e ela gozou. Rhys sentiu uma onda de umidade em seus dedos e o aperto de sua boceta. Seus gritos roucos eram como a música mais doce. Ela desabou em seu peito.

Rhys estendeu a mão para a mesa de cabeceira e pegou uma camisinha. Puxou Haven de volta para montá-lo. Com um gemido, ela moveu suas coxas de cada lado dele, e seu olhar pesado encontrou sua ereção firme entre eles.

Ele estava duro demais para ela.

— Coloque. — Entregou a ela o pacote de papel alumínio.

Ela se atrapalhou e abriu. Depois demorou muito para passar o látex sobre ele.

Rhys se sentia como uma fera. Necessitava dela. Precisava da pele dela contra a sua. Do cheiro dela em seus sentidos. Desejava o calor do corpo de Haven.

Estendeu a mão e puxou a camisa dela. Em seguida, segurou seu pau e viu os olhos de Haven brilhar com a necessidade. Ela ergueu os quadris.

Seu estômago estava em nós, o sangue martelando em suas veias.

— Pegue o que você precisa, baby. O que nós dois precisamos.

Ela se moveu contra ele, se esfregando contra seu pênis. Ele assobiou um suspiro.

— Faça isso, Haven. — Ele colocou as mãos nos quadris dela.

Ela se abaixou, e a cabeça de seu pau deslizou dentro dela. Os dois gemeram e seus olhares se encontraram.

— Isso — ele falou. — Me tome dentro de você, anjo.

Ela se moveu, o tirando de dentro dela e o tomando de volta.

Haven gritou.

Rhys cerrou os dentes. Ele estava encaixado profundamente dentro dela – cada centímetro. O desejo bateu forte dentro dele enquanto Haven fazia um som incoerente e pressionava as mãos em seu peito.

Ela acelerou os movimentos.

Puta merda. Sua boceta apertada o segurou com força. A cada impulso, ela soltou uma respiração ofegante.

— Mais rápido, Haven — ele grunhiu.

Ela acelerou o ritmo. Seus lindos seios saltaram com os movimentos. Ele estendeu a mão e soltou seu cabelo.

As mechas caíram sobre seus ombros. Era a coisa mais linda que ele tinha visto. Haven montada em seu pau, o seu pênis, desfrutando de seu prazer.

— Rhys?

— Baby?

— Por favor... acaricie meu clitóris.

Seu estômago se apertou. Sua garota sexy pedindo o que queria.

— Você quer que eu acaricie seu clitóris enquanto você monta no meu pau?

— Sim.

Ele encontrou o ponto de prazer e, com uma carícia, sua boceta se apertou. Ela deu um grito estrangulado e suas costas arquearam.

Linda demais.

O orgasmo dela desencadeou o seu. Rhys a puxou para baixo, enterrando sua ereção profundamente nela. Sua visão escureceu – se focando só nela e no clímax que os atingia.

Com um rugido, seu orgasmo estremeceu seu corpo inteiro.

Ela desabou sobre ele, que passou os braços em volta dela, puxando-a para perto de seu peito.

Rhys virou o rosto para o cabelo dela e a inspirou. Ele ouviu enquanto a respiração dela desacelerava e deixou sua mão percorrer suas costas.

Ele queria mais. Virando a cabeça, encontrou seu pescoço. Ele a beijou, saboreando sua pele e o leve traço de sal. Viu o pequeno hematoma que deixou na primeira vez que transaram e sorriu.

Sua marca. Ele a beijou suavemente e ela fez um som feliz e contente.

Em seguida, bateu em sua bunda.

— Você mencionou café da manhã.

Desta vez, ela fez um som irritado.

— Vamos, McKinney. Preciso de comida.

— Porque você transou comigo a maior parte da noite. Estou surpresa por não termos perdido cinco quilos.

Ele estendeu a mão e encontrou a camisa que tirou dela. Rhys a incentivou a se levantar e vestiu-a.

Haven lhe deu um sorrisinho e ele se acalmou. A emoção o atingiu.

Naquele momento, sentado em sua cama bagunçada com uma Haven igualmente bagunçada, ele percebeu que mataria por ela. Morreria por ela.

Ela inclinou a cabeça.

— Rhys?

— Vamos, anjo. Eu preciso de bacon.

HAVEN TERMINOU de mexer os ovos. Olhou para Rhys na máquina de café e colocou mais bacon na frigideira.

Prendeu o cabelo e, desta vez, vestiu uma calcinha por baixo da camiseta.

Rhys não era confiável.

Ele estava usando calça de moletom solta e estava sem camisa. Todos aqueles músculos e tatuagens eram uma grande distração.

Sua barriga se contraiu. Ela transou – de forma intensa e deliciosa – com o homem. Não deveria sentir a barriga se contrair.

Ele se virou e lhe entregou uma caneca de café, depois deu um beijo em seu ombro nu.

Ela estremeceu. Como um homem podia ser tão devastador para seus sentidos?

Rapidamente, ela voltou para a frigideira. Estava encrencada. Seus sentimentos eram intensos e um fio de medo percorreu sua coluna. Ela fechou os olhos. Apesar do medo, ela o queria. Desejava Rhys Norcross há muito tempo, e ele estava fazendo de tudo para mantê-la segura.

— Você já parou de listar todas as razões pelas quais você não pode ficar comigo?

Ela se virou para olhar para ele.

— Ainda não.

Ele abriu um sorriso para ela – lento e sexy.

— Vá embora. — Ela fez um movimento de enxotar com a mão. — E pare de ser tão sexy.

Até mesmo sua risada profunda era sensual.

— Vá brincar com seus carrinhos.

Ele a encarou.

— São réplicas.

Ela revirou os olhos.

Enquanto preparava a comida, Rhys estava sentado na ilha, olhando para um laptop preto elegante.

Haven paralisou.

Ele estava usando óculos.

Um homem durão, musculoso e gostoso de óculos. Sua calcinha ficou úmida em um segundo.

— Haven? — Ele estava olhando para ela.

— Você usa óculos? — ela perguntou.

— Não com frequência. Às vezes preciso deles para trabalhar no computador. — Ele inclinou a cabeça. — Por quê?

— Nada. — Resistindo ao impulso de se inquietar, ela empurrou o prato para ele e se sentou no banquinho ao seu lado. Ela apertou as coxas.

O sorriso de Rhys era arrogante.

— Você gosta dos óculos.

Ela o ignorou. Ele dificilmente precisava ter seu ego acariciado.

— Preciso transar com você de novo? — ele perguntou.

Ela cravou o garfo nos ovos.

— Não. Nunca encontraremos a pintura se estivermos sempre... — *não olhe para os óculos* — na cama.

— Eu ainda tenho uma longa lista de lugares onde preciso transar com você. — Ela estremeceu. — E posso usar meus óculos.

Ela o olhou e começou a comer os ovos. Ele também comeu, digitando com uma das mãos no laptop.

— Liguei para todos os revendedores que conheço — ele falou.

— Eu também. — Além do vago boato do leilão, eles não tinham mais nada para prosseguir. — Ao menos parece que estão tendo problemas para encontrar compradores para participar do leilão. É por isso que o Leo precisava de mim. Para autenticar a pintura.

A mandíbula de Rhys se contraiu.

— Vamos seguir em frente. Mais cedo ou mais tarde, alguém verá ou ouvirá algo.

Ele puxou o laptop mais para perto e Haven viu a foto de avaliação do Lírios D'água na tela. Ela mesma que tirou.

Soltou um suspiro tempestuoso.

— É tão bonito. Se o estragarem...

Rhys fez um som.

— *É lindo* — ela insistiu. — O que eu gosto é que você precisa olhar mais profundamente do que apenas um primeiro olhar. O que é bom sempre requer mais esforço.

Ela viu que ele estava a olhando intensamente.

— Rhys, o *Lírios D'água*. Você precisa encontrar um Monet roubado. — Ela tocou sua mandíbula e voltou a cabeça para o computador. — Olhe para as pinceladas. O sombreamento para dar profundidade. As cores.

Ele franziu a testa.

— Faz você se perguntar o que está debaixo d'água.

— Exatamente. — Ela sorriu para ele. — Sim. E olhe para os lírios. Você quase pode sentir a brisa em sua pele. É como uma mensagem oculta.

— Um quebra-cabeças — ele murmurou.

— Sim, mas não há resposta certa ou errada. Ele invoca coisas diferentes em pessoas diferentes.

Ele fez um zumbido.

— O que isso invoca em você?

— Emoção. Sentimento. Um sentimento de pertencer a algo maior do que a mim mesma.

Seu olhar estava nela como um laser.

— Você não sente pertencimento?

Ela sentiu uma dor no coração. Havia se esquecido de que ele era um investigador muito bom. Ela se mexeu no banquinho.

— Rhys...

— Sempre tive minha família, meus irmãos — ele disse. — Então entrei para o Exército e tinha outro lugar ao qual pertencer.

— Você tem sorte — ela sussurrou.

— Mas entendo esse sentimento de querer mais. De querer algo que dê um clique e pareça certo. Isso faz com que todo o barulho em sua cabeça pare e as coisas fiquem quietas. — Ele estendeu a mão e pegou a dela, virando-a.

Ela engoliu em seco.

— No Exército, sei que você fazia parte de uma equipe supersecreta.

— É confidencial.

— Certo. Mas ainda sei que o trabalho que você fez deve ter sido perigoso. — Ela hesitou. — Difícil e pesado.

Ele deu um pequeno aceno de cabeça e ela viu pesadelos ecoando em seus olhos.

— É isso o que causa o barulho? — ela perguntou baixinho.

Outro aceno de cabeça.

— Me manter ocupado o silencia por um tempo.

Ela sorriu.

— Carros, barcos e mulheres rápidas.

Seus dedos entrelaçaram os dela.

— Sim. Mas agora encontrei uma mulher que me desacelera e acalma o barulho só de olhar para mim. E que me faz olhar para as pinceladas.

O ar se alojou em seu peito. O que ele estava dizendo?

De repente, o celular de Rhys tocou. Ele a olhou por mais um segundo, então puxou o telefone para mais perto e o colocou no viva-voz.

— Ace.

— Oi, Rhys. Sei que é sábado, mas posso ter algo sobre a pintura.

— O quê? — Haven deixou escapar.

— Oi, Haven. — Havia diversão na voz de Ace. — O armazém que vocês invadiram, pesquisei as empresas de fachada que o possuem. Era um emaranhado de merda, mas encontrei uma conexão para um cara chamado Aleksandr Volkov. Um grande colecionador de arte.

Haven franziu a testa e bateu as unhas contra o balcão.

— O nome é familiar.

— Ele tem uma coleção particular — Ace continuou. — Embora nem tudo seja de origem legítima.

A raiva explodiu no estômago de Haven. Ela *odiava* ladrões.

— Como você sabe de tudo isso?

— Gata — Ace falou —, sou o melhor hacker do hemisfério norte.

E muito modesto também.

— O nome parece russo — Rhys observou.

— Você é um grande investigador, Norcross — Ace disse.

— Vá se foder — Rhys respondeu com bom humor.

— Volkov era membro do alto escalão do governo soviético. Após a queda da União Soviética, ele acabou ficando com muitos terrenos. Vendeu, ganhou milhões e acabou indo parar em São Francisco.

— Alguma ligação aberta com a família Zakharov ou Boris Petrov aqui em São Francisco?

— Não, mas acho que não terei que procurar muito para encontrar.

— Muito bem, continue a pesquisa. Obrigado, Ace.

Haven girou em sua cadeira.

— Este Aleksandr Volkov pode estar com a pintura. Talvez ele comande o leilão.

— Talvez — Rhys disse. — Mas não vamos nos precipitar. Precisamos reunir mais informações e verificá-las.

A frustração a corroeu.

De repente, o telefone de Rhys tocou novamente.

— Ei, Rhys — uma voz masculina jovial disse.

— Jerome — Rhys respondeu.

— Vai ter uma festa hoje à noite no iate de um amigo. Você disse que queria vir. O cara é dono de vários barcos. Vai ter bebida de graça e, sem dúvida, modelos dispostas em todos os lugares. Esse geralmente é o estilo do Kellerman.

Haven endureceu e sentiu seus ovos se dissolverem em sua boca.

— Aconteceu um imprevisto, Jerome — Rhys disse.

Ele planejava ir a uma festa. Haven engoliu em seco.

— Vá se quiser — ela sussurrou. — Posso ficar com o Easton.

O rosto de Rhys ficou sombrio.

— Ou o Vander — ela falou.

— Rhys, tem alguém aí com você? — seu amigo perguntou.

— Sim. Escute, não posso ir à festa, Jerome. Divirta-se.

— Claro, Rhys. Fica para a próxima.

— Sim. — Rhys encerrou a ligação.

— Vá — ela insistiu. — Você fez planos. — De ir para uma festa com modelos.

— Você não vai ficar com os meus irmãos — ele grunhiu.

— Eles podem me manter em segurança. Sei que o Easton tem uma excelente segurança em casa. — Ela foi a algumas festas na linda casa de Easton perto da Billionai-re's Row, em Pacific Heights. — Não sei onde o Vander mora. — Ela esboçou um sorriso, embora seu café da manhã estivesse pesado no estômago. — Mas provavelmente é um bunker construído em uma colina que pode resistir a uma explosão nuclear.

Rhys balançou a cabeça.

— Não tente ser engraçada quando eu estiver chateado.

— Rhys.

Ele a puxou para fora de seu banquinho e ficou entre suas pernas. Ela estava cercada por ele, sentia o calor que ele emanava.

— Concordei com a festa quando estava chateado com você.

Ela o encarou.

Ele tocou o cabelo dela, enrolando-o entre os dedos.

— Não quero ir à festa.

Mas um dia, ele ia querer.

— Você me ouviu? — ele perguntou.

— Sim — ela sussurrou.

— Não acho que você esteja me ouvindo ou entendendo. — Ele a beijou – devagar e com doçura. Ela se agarrou a ele, e logo, Rhys era tudo em que ela conseguia pensar.

Ele mordeu seu lábio inferior.

— Vander mora em cima do escritório da Norcross.

— Mesmo? — Ela não sabia disso.

— Ele tem um terraço incrível na cobertura, mas raramente deixa alguém subir lá. Ele é um pouco paranoico em relação a sua privacidade e segurança.

— Vander, paranoico? De jeito nenhum.

Rhys sorriu e puxou seu cabelo novamente.

A campainha tocou, e ele franziu a testa.

— Fique aqui.

Ela se sentou de volta no banquinho, observando enquanto ele caminhava para a porta.

Rhys verificou o olho mágico e seu rosto endureceu. Ele abriu a porta.

— O que é que você está fazendo aqui e como entrou?

Uma mulher apareceu. Ela era alta, loira e linda. Usava uma saia curta e justa e um top de malha que envolvia seu torso magro. Seu cabelo era uma massa de cachos artisticamente arrumados.

— Não te vejo há muito tempo, amor. — Ela passou uma longa unha no centro do peito nu de Rhys.

Haven queria pular e arrancar os olhos dela.

— Você nunca retorna minhas ligações — a loira continuou.

— Quando um cara não retorna suas ligações, Heidi, geralmente não é um sinal de que ele gostaria de visita.

Haven ficou paralisada. *Ah, Deus.*

A mulher viu Haven e parou. Toda a sensualidade foi drenada de seu rosto.

— Ah, uma mulher nova. Não é uma de suas amigas de cama regulares.

— Heidi, vá embora — Rhys grunhiu.

— E eu que pensei que era especial. — Um lampejo de emoção real cruzou o rosto de Heidi e fez Haven se sentir mal. — Você me trouxe para sua casa. As pessoas me disseram que você nunca faz isso.

Então, ela se sentiu especial. A barriga de Haven se contraiu como uma bola dura.

— Sim, e não significa nada, exceto que você tinha

uma colega de quarto chata que eu queria evitar — Rhys disse. — Estou seriamente arrependido agora.

Haven viu que ele parecia rígido e infeliz.

— Ela está aqui. — Heidi acenou com a mão na direção de Haven.

— Ela mora aqui.

Os olhos de Heidi se arregalaram tanto que Haven esperou que eles pulassem do seu rosto e se estatelassem no chão.

— Certo, bem, acredite em mim — Heidi falou. — Não vai durar. Aproveite enquanto pode.

Rhys grunhiu.

— Heidi, vá. Esqueça meu número e endereço. E vou ter uma conversa com quem te deixou subir.

A mulher balançou a cabeça.

Algo em Haven se encolheu. Ela sabia de tudo isso. Sabia que tudo o que Heidi estava dizendo era verdade. Ela se virou para olhar para Rhys. Ele estava com o rosto inexpressivo e isso a fez ficar quieta. Ele não estava bravo ou fazendo uma piada.

Ele se virou para olhar para ela, seus olhos escuros vazios. Mas Haven pensou que ela podia ver uma sugestão de... Pânico? Súplica?

Ela se lembrou do que ele disse antes, sobre acalmar o barulho.

Criando coragem, ela se levantou do banquinho. Caminhou até ele e quando ela se aproximou, ele rapidamente passou um braço ao redor dela, puxando-a de volta contra seu peito.

O olhar de Heidi se fixou neles.

— Eu entendo — Haven disse. — Você o quer. Quer

mais dele. — A mulher ficou em silêncio. — Bem, mas você não pode tê-lo, porque ele é meu.

O braço de Rhys se agitou.

Heidi fungou.

— Só estou te fazendo um favor. Ele vai se livrar de você. Não vai durar.

Rhys girou Haven e a puxou para perto.

— Não quero deixar você ir. Quero você bem aqui. Eu te desejei aqui desde a primeira vez que olhei em seus olhos.

— Rhys — Haven sussurrou.

— Saia — Rhys disse, sem nem olhar para a loira.

— Ah, estou indo. — Heidi se virou e saiu como se estivesse na passarela. Ela bateu a porta atrás de si.

Haven piscou.

— Você acha que ela ensaia como andar assim?

Rhys abaixou a cabeça, passando o nariz pelo de Haven.

— Sei que não terminamos o café da manhã, mas preciso te comer de novo.

Ela sentiu um pequeno espasmo entre as pernas.

— Tudo bem.

— Vamos tirar o chuveiro da lista.

Outro pequeno espasmo.

— Certo.

CAPÍTULO CATORZE

Rhys estava sentado em frente ao laptop, pesquisando a respeito do colecionador de arte Aleksandr Volkov.

Não conseguiu encontrar muitas informações sobre o homem, e não gostou disso. Todo mundo deixava uma trilha, e quando não deixava, era porque estava escondendo algo de propósito. Ele bateu a caneta contra o bloco de notas.

O cara tinha uma casa grande em Sea Cliff e uma vinícola em Napa. Se estava escondendo o quadro para a família Zakharov, provavelmente era em sua casa.

Ouviu Haven murmurar e olhou para cima. Ela estava sentada de pernas cruzadas no sofá. Estava vestida com calça de ioga e uma blusa rosa. Tudo isso abraçava seu corpo.

Seu pau se contraiu. Merda, ela estava tentando matá-lo. Ele gostava muito de sexo. Era bom e divertido. Mas o que ele e a Haven estavam fazendo era outra coisa. Era intenso, alucinante e muito além de apenas diversão.

Ele a observou se mexer, com as pernas dobradas embaixo do corpo. Estava usando o tablet. Antes, havia ligado para Harry, seu amigo negociante. O homem não sabia de mais nada. No entanto, ele conhecia Volkov. Aparentemente, Harry preferia não fazer negócios com o russo. Ele confirmou que era um grande colecionador.

Nós começaram a se formar no estômago de Rhys. Ele não queria Haven perto do homem.

Ela bufou. Seu cabelo ainda estava preso no topo da cabeça, mas vários fios escaparam, emoldurando seu rosto.

Tão linda. Rhys queria jogá-la no sofá e...

A campainha tocou.

Ele ergueu a cabeça e sentiu a ansiedade dela do outro lado da sala.

— Eu atendo. — Ele se levantou. Pelo olho mágico, viu sua irmã.

— Bom dia. — Gia entrou em uma nuvem de seu perfume favorito.

— Já é boa tarde — Haven disse e Gia deu de ombros com indiferença.

As mulheres se abraçaram.

— Você está bem? — Gia perguntou.

Haven assentiu.

— Sim.

O olhar de Gia foi de Haven para Rhys, então de volta para Haven.

— A pele arranhada pela barba por fazer e o chupão enorme em seu pescoço me dizem que você está *realmente* bem.

Haven jogou uma almofada em Gia.

Sorrindo, Rhys se recostou no banquinho da ilha.

— Cale a boca, G, ou vou lhe dar detalhes passo a passo de como seu irmão é bom com as mãos, a língua e...

Gia fez barulho de engasgo, então seu rosto ficou sério.

— Você está bem mesmo?

— Sim. Não acho que o Leo me machucaria...

Rhys grunhiu. Ele não tinha a mesma confiança em Becker.

— Você *não* vai chegar perto daquele idiota de novo. Se você o vir, fuja.

— Bem — Gia falou —, sei que você terá que esperar um pouco pelo pagamento do seguro, mas precisa de mais do que um vestido de festa e algumas roupas esportivas. Estou aqui para te levar às compras. Vamos ao shopping reabastecer o seu guarda-roupa.

Rhys franziu a testa.

— Gia...

— Isso significa que você está de guarda-costas, querido irmão. E vai às compras.

Ele gemeu. Já tinha visto sua irmã nas lojas.

Mas então ele viu a maneira como o rosto de Haven se iluminou. Ela precisava de coisas, e ele percebeu que era uma boa distração para tudo o que estava acontecendo.

Droga. Parecia que ele ia ter mesmo que ir às compras.

Uma hora depois, Rhys estava seguindo Gia e Haven por uma loja de departamentos. Ele já estava carregando várias sacolas para elas.

O telefone tocou, e ele fez malabarismos para tirá-lo do bolso da calça jeans.

— Oi, Vander.

— Ei. Onde você está?

— No shopping com a Haven e a Gia.

Seu irmão bufou.

— Pode rir. — Rhys viu Haven segurar uma camisa, então rir de algo que Gia havia dito. — Não é tão ruim. A Haven precisa de algumas coisas.

— Ainda assim, já vi a Gia comprando roupas e sapatos, então estou feliz por não ser eu. Olha, ainda estou tentando encontrar uma pista, mas falei com algumas pessoas, e houve mais rumores sobre um leilão. Aparentemente, há compradores de fora da cidade chegando.

— Merda. Precisamos encontrar a pintura.

— Meu instinto diz que este Volkov é a chave.

E valia a pena confiar no instinto de Vander.

— Sim, o amigo negociante de Haven confirmou que ele é um grande colecionador. O tipo de cara que poderia fazer um leilão de uma pintura roubada.

— Vamos ficar de olho nele. Bem, divirta-se olhando sapatos.

Rhys riu.

— Lingerie é a próxima, mano.

— Cara de sorte.

— Você precisa de uma mulher, Vander.

Vander fez um som agudo.

— Não encontrei nenhuma que eu quisesse manter. — Ele fez uma pausa. — Ela é *a* garota?

A garganta de Rhys se apertou e ele engoliu em seco.

— Ela é especial.

— É, sim. Doce, inteligente, merece algo de bom. Trate-a bem, irmão.

— Sim. Tchau. — Ele olhou para as mulheres. — Vocês terminaram?

Gia fungou.

— Não.

Haven encontrou seu olhar e sorriu. Ele retribuiu o sorriso. Sim, ele mataria para protegê-la. Morreria para mantê-la segura.

— Argh, vocês estão trocando olhares bobos. — Gia revirou os olhos.

O telefone de Haven tocou e ela o tirou de sua bolsa.

— É o Harry.

— Coloque no viva-voz — Rhys pediu.

Eles foram para um local mais silencioso e se reuniram ao telefone.

— Ei, Harry.

— Oi, boneca. Ouça, tenho algumas novidades para você e seu valentão.

— Ele está aqui comigo. E a Gia também. Você está no viva-voz.

— Oi, Gia — Harry gritou.

— Oi, Harry — Gia respondeu. — Você ainda está fabuloso?

— Sempre. Bom, perguntei a alguns amigos sobre Alek Volkov.

— E? — Rhys perguntou.

— Ele vai dar uma festa em sua mansão hoje à noite, em Sea Cliff. Black-tie.

Haven ofegou.

— Você acha que é o leilão?

188

— Não — Harry falou. — É uma coisinha pré-leilão. Para avaliar o interesse dos compradores.

Gia bateu a unha contra os lábios.

— Para ver quem está disposto a pagar para comprar uma pintura roubada.

— Dei um passo adiante. — Harry fez uma pausa dramática.

— O quê? — Haven o incitou.

— Tenho um convite para você para a festa!

Rhys ficou tenso.

Haven sorriu.

— Você é incrível.

— Boneca, é só para você. Sem acompanhante. E a segurança será reforçada.

— Não. — A mandíbula de Rhys cerrou. Ele não ia deixar que ela fosse para a casa desse cara sozinha.

Ela se virou e pressionou as mãos no peito de Rhys.

— Rhys, tenho que ir. É a nossa única pista forte para encontrar a pintura.

— Não me importo.

— Rhys. Easton perdeu milhões de dólares.

Ele segurou sua bochecha.

— Ele tem mais. Só me importa mantê-la em segurança.

Seu rosto se suavizou e Gia fez um som.

Rhys olhou e sua irmã acenou com a mão para eles.

— Não se preocupem comigo.

— Ah, nem comigo. — A voz de Harry ecoou pelo telefone. — Esse daí é um protetor, Haven.

— *Tenho* que fazer isso — Haven sussurrou.

— Não — Rhys grunhiu.

— Vou usar uma escuta. Você estará lá fora.

Ela não entendia que as coisas podiam se tornar um inferno em um instante. Ele tinha visto isso acontecer em muitas missões. Visto pessoas morrendo.

Ela poderia morrer antes mesmo que ele a alcançasse.

— Rhys, por favor. — Seus olhos azuis imploravam. — Não se trata apenas de recuperar o dinheiro do Easton. Se trata de preservar uma obra de arte incrível, um pedaço da história. E tem relação também de eu assumir o controle da minha vida. Logicamente, sei que não sou culpada pelo roubo, mas ainda me sinto responsável. Quero resolver essa confusão e recuperar a pintura para que eu possa ficar livre de tudo isso.

Puta merda.

— Você vai usar um microfone. Sem riscos.

Seu sorriso estava radiante.

— Vou entrar, ver o que posso encontrar e depois sair.

— Este Volkov pode saber quem ela é — Gia comentou. — O mundo da arte não é enorme, certo?

— Se ele me confrontar, não vou mentir — Haven disse. — Vou dizer a ele que quero a pintura de volta.

Merda. Puta merda. Isso era muito perigoso, mas Rhys não conseguia ver nenhuma outra maneira de encontrar a pintura. E se ele dissesse não, Haven poderia escapar e ir para a casa de Volkov de qualquer maneira.

Ela tocou sua mandíbula e a acariciou.

— Sei que você não quer isso.

— Isso é um eufemismo.

Ele encostou a testa na dela.

— A que horas é a festa?

— Oito — Harry respondeu.

Ela sorriu.

— Obrigada por me ajudar a fazer o que é preciso.

— Precisamos nos preparar. — Rhys queria a equipe da Norcross fora do prédio. Talvez ele pudesse esgueirar alguém para dentro.

— Haven, você precisa de um vestido *fabuloso* para isso — Gia disse. — Vamos procurar.

HAVEN EXPERIMENTOU outro vestido que Gia havia escolhido. Ela estava em um provador grande e luxuoso na Nordstrom, uma loja de departamentos de luxo.

O vestido longo, preto e justo era bom, mas não era o único.

— Aqui. — Gia enfiou a cabeça pela cortina, segurando outro vestido.

— Ei, estou nua aqui. — Haven estava só de calcinha.

— Já vi tudo isso antes. E também tenho seios.

Com um bufo de diversão, Haven pegou o vestido e Gia desapareceu de novo. Este era um lindo de seda verde escuro. Ela o vestiu.

Aah.

Era longo, fluido, com minúsculas alças finas que se cruzavam em um desenho complicado na parte de trás. A cor era linda. Gia tinha um bom olho.

A cabeça de sua amiga reapareceu e seus olhos se arregalaram.

— Esplêndido. Eu sabia que essa cor ficaria bem em você.

Haven nunca tinha feito isso antes. Sua mãe morreu

quando ela era jovem, e nunca teve alguém com quem se divertir por causa de roupas.

— Obrigada, G.

Gia mandou um beijo para ela.

Um segundo depois, Rhys apareceu através da cortina do provador.

— Ei, você não deveria estar aqui. — Ela encontrou seu olhar no espelho.

Seu grande corpo se moveu atrás dela. As mangas de sua camisa branca estavam enroladas, e aqueles antebraços musculosos e tatuados a faziam querer chorar de necessidade.

Seu olhar quente a percorreu lentamente, provocando arrepios em cada parte dela.

— Rhys — ela murmurou.

Ele parou bem atrás dela e deu um beijo em seu ombro. Ela os observou no espelho.

A mão dele tocou sua coxa e puxou o vestido lentamente para cima. Os lábios de Rhys se moveram para o seu pescoço, tocando com a língua a marca que ele havia deixado lá.

Ah, caramba.

Haven estava pegando fogo em um instante. A mão passou por baixo do vestido e um segundo depois, estava em sua calcinha.

— Não quero que ninguém te veja com este vestido. — Ele encontrou seu clitóris e o acariciou.

Haven se contorceu e mordeu o lábio.

— Vamos levá-lo — ele continuou —, mas ninguém vai te ver assim. Ninguém vai te tocar como eu.

Sua barriga se encheu de calor líquido e suas pernas

pareciam gelatina. Então ele afastou a mão e ela soltou um gritinho.

— Ah-ah. Você está me provocando com todos esses vestidos sensuais, então nada de orgasmo para você.

Ela empurrou a bunda contra a protuberância endurecida em sua calça.

— Rhys.

Ele largou o vestido, que caiu ao seu redor novamente. Rhys segurou seus quadris.

— Seja boazinha, garota safada. Você pode ser travessa mais tarde. O Saxon está aqui para discutir algumas coisas sobre um outro caso. Estarei do lado de fora.

Ele saiu do provador e Haven soltou um suspiro trêmulo. *Caramba.*

Gia reapareceu.

— Você precisa da roupa íntima certa para usar com esse vestido fabuloso e para deixar um certo irmão Norcross louco. — Ela pendurou uma infinidade de pedaços de seda e renda nos ganchos da parede.

— Obrigada. — Haven observou a lingerie e sorriu. Ela ia se vingar de Rhys.

A cortina se abriu novamente.

— Ah não, Rhys, você não vai...

Leo entrou.

Haven ofegou.

— Você *não* pode entrar aqui.

Seu nariz estava inchado e tinha hematomas em um dos olhos.

— Haven, por favor...

— Me deixe em paz, Leo.

Ele respirou fundo, estremecendo.

— Sei que você não quer me ver, mas eu te amo.

— Se o Rhys te vir, ele vai te derrubar. Ele não é um grande fã seu.

O rosto de Leo se contorceu.

— Esse vestido é para ele?

— Não, é para mim. Para que eu possa entrar em uma festa chique e encontrar a pintura que você roubou do meu museu.

O rosto de Leo ficou sombrio.

— Haven, olhe...

A cortina se abriu. Tudo o que Haven viu foi o rosto duro de Rhys e Saxon de pé atrás dele.

Ah, merda.

— Rhys...

Seu grito foi interrompido quando ele agarrou Leo e o puxou para fora do cubículo.

O ex gritou e Rhys o jogou no chão.

— Não me bata — Leo pediu.

— Rhys — Saxon avisou.

Haven correu e viu mulheres seminuas assustadas, todas olhando para fora dos provadores.

— Rhys. — Ela correu para perto dele. — Não vale a pena. Por favor.

Rhys afastou e passou um braço ao redor dela. Saxon deu um passo à frente e pressionou um joelho nas costas de Leo.

— Não se mova.

— Sinto muito por tudo — Leo balbuciou. — Queria resolver as coisas. E dizer que tenho uma pista sobre a pintura. Eles encontraram um cara para autenticá-la. Sei quem é.

— Deus, não posso acreditar nisso! — Haven sentiu a raiva queimar.

Rhys a puxou contra si.

— Se acalme. — Ele olhou para Leo. — Nome.

— Arthur Irvine.

Haven ofegou.

— Mas o sr. Irvine é adorável. Ele está aposentado.

— Ele faz trabalhos não oficiais — Leo respondeu.

— Acho que o Becker precisa de uma visita às nossas salas de espera. — Saxon o puxou.

Gia apareceu.

— O que...? — Ela olhou para a cena. — O ex babaca, presumo? — Gia deu um tapinha no braço de Haven. — Você subiu de nível, amiga.

— Vou levar o Becker para o escritório — Rhys avisou. — Sax, pode levar a Haven de volta para minha casa?

Saxon ergueu o queixo.

— Claro.

Deus, o estômago de Haven deu um nó. Era uma boa ideia deixar Rhys sozinho com Leo?

— Rhys, por que o Saxon não...?

Olhos castanhos zangados se voltaram para ela. Ele estava mais do que chateado.

— Tenho algumas coisas para deixar claro para o Becker — Rhys disse, com um tom mortal.

— Eu a amo — Leo declarou. — E ela me amava...

— Na verdade, eu nunca te amei, Leo. — Tudo o que aconteceu, tudo o que estava acontecendo com Rhys, a fez questionar o que vivenciou.

Algo tensionou o rosto de Leo.

— O passado acabou, Becker — Rhys disse. — Era comigo que ela estava ontem à noite. E está comigo agora.

As palavras cruas fizeram Haven estremecer. Maravilhoso, Rhys acabou de insinuar que eles estavam transando. E muito.

Leo fez uma careta e a fúria queimou em seus olhos.

Rhys girou, puxando o braço dele para trás.

— Vamos. Sinta-se à vontade para causar problemas e me fazer dar um soco em você. — Rhys olhou para Haven. — Vejo você em casa, anjo. Fique com o Saxon.

Ela assentiu.

Gia passou o braço ao seu redor.

— Vamos. Troque de roupa e nós vamos pagar aquele vestido.

Haven respirou fundo.

— É um vestido matador — Saxon disse. — Voto no verde. — Seu olhar mudou para a camisa verde de Gia.

— Xô. — Gia estalou os dedos. — Não precisamos de você por aí, e a Haven precisa se trocar.

Voltando para o provador, Haven colocou suas roupas. Pagou pelo vestido e se despediu de Gia. Sua amiga e Saxon trocaram olhares, então Haven se dirigiu para o SUV com ele.

Foi uma viagem tranquila de volta para a casa de Rhys. Ela estava preocupada com ele.

— Rhys vai resolver a situação — Saxon disse. — O homem é o rei do controle.

Ele não era tão controlado quando estavam na cama juntos. Ela umedeceu os lábios.

— Eu só quero acabar com isso. Finalmente coloquei minha vida nos trilhos, consegui um trabalho que amo...

— O Rhys vai te ajudar a chegar lá.

— Depois disso, não estaremos mais juntos.

Saxon riu. Era profundo e sexy.

— O que é tão engraçado? — ela questionou.

— O Rhys não vai abrir mão de você.

— Ele vai perder o interesse. — Haven olhou pela janela. — Vai seguir em frente. — Ela deu de ombros.

— Conversamos muito nas missões.

Ela olhou e viu que o rosto bonito de Saxon tinha endurecido.

— Algumas delas podem te levar ao limite, até além deles. Uma vez, levei um tiro. Foi grave.

Haven ofegou. Ela não sabia. Se perguntou se Gia sabia.

— Estávamos longe de onde conseguir ajuda. Encontramos um ponto de evacuação, mas ficava a dezesseis quilômetros de distância. Eu mal conseguia andar e tinha vários inimigos entre nós e o helicóptero.

Haven torceu as mãos.

— O Rhys me carregou pelo caminho todo enquanto Vander e os outros em nossa equipe davam cobertura. Ele falou comigo sem parar para me manter consciente. Disse que esperava que tudo o que ele fizesse a serviço de seu país lhe rendesse algo de bom. Que quando encontrasse a mulher certa, ele queimaria o mundo para mantê-la segura e feliz.

Deus. Haven sentiu algo queimar em seu peito.

— Ele também disse que estava feliz por se divertir muito até que encontrasse a garota certa. — Saxon olhou por cima. — Ele é um dos melhores homens que conheço, Haven.

Ela apenas o olhou. Muitas emoções a atingiram.

Em seguida, seu telefone tocou e ela piscou. Olhou para a tela. Era Rhys.

— Oi — ela disse.

— Anjo, só queria dizer que estou com seu ex na sala de espera. Está tudo bem.

Seus dedos apertaram o telefone.

— Certo. Que bom.

— Você está bem? — ele perguntou.

— Sim, baby.

Houve uma longa pausa.

— Baby. Gosto disso. Te vejo em breve.

— Rhys... Obrigada. Por tudo.

— Você não precisa me agradecer nunca, anjo.

CAPÍTULO QUINZE

Haven se olhou no espelho. Sua maquiagem estava perfeita e o vestido verde era lindo. Tinha deixado o cabelo solto e ele caía em ondas sobre os ombros. Estava fantástica.

Só gostaria de poder usá-lo em uma noite com Rhys em vez de em uma festa de criminosos.

Gia lhe emprestou algumas joias e os diamantes cintilaram em suas orelhas.

As dela haviam sumido. Seu estômago se revirou enquanto pensava na pulseira de prata da mãe. Era a única lembrança dela e agora desapareceu para sempre. Suspirou. Sempre teria suas memórias. Isso nunca poderia ser roubado ou destruído.

Haven se endireitou. Como sempre fazia, ergueu a cabeça e enfrentou as coisas. Era tudo que podia fazer.

Saiu do banheiro e encontrou Rhys no quarto, andando de um lado para o outro.

Ele olhou para cima e seu rosto mudou.

— Anjo, você está deslumbrante.

Ela corou e absorveu a sensação de prazer.

— Obrigada.

Ele estava todo de preto – calça jeans preta e camiseta justa de mangas compridas. Podia ver os gominhos de seu abdômen delineados por baixo do tecido. Ele parecia sombrio e perigoso.

Era um lembrete de que esta noite seria perigosa.

As mãos dele seguraram seus braços.

— Você consegue fazer isso.

Ela sorriu. Sabia que ele não queria que ela fosse até lá, mas ainda assim, a estava incentivando para tentar acalmar seu nervosismo.

— Ajuda saber que você vai estar lá fora — ela disse.

Ele acariciou sua bochecha com a ponta dos dedos.

— Depois, vou te trazer para casa e fazer amor com você a noite toda.

Um arrepio percorreu seu corpo.

— Parece um bom negócio para mim.

— Tenho uma coisa para você.

Ele pegou uma caixa preta longa e estreita da mesa de cabeceira.

Seu peito se apertou.

Ele a abriu. Dentro, havia um colar. Tinha uma corrente delicada de prata, com um pingente de diamante em forma de lágrima.

— Rhys — ela sussurrou.

— Nunca comprei joias antes, mas sei que você perdeu as suas. Eu o vi e o imaginei na sua pele linda.

Ela se virou e ergueu o cabelo para que ele pudesse colocar o colar nela.

— É tão lindo — murmurou, tocando o diamante.

Ele a virou para ficar de frente e a beijou. Seus lábios firmes se moveram sobre os dela, que sentiu o gosto dele.

— Não estrague a maquiagem — ela murmurou contra seus lábios.

Rhys sorriu. Ele era tão sexy. Então a beijou de novo. Ela estava completamente atordoada e queria ficar ali em seus braços a noite toda.

Ele ergueu a cabeça.

— Acho que você precisa retocar o batom, baby.

Ela assentiu.

— Tenho outra coisa para você. — Ele ergueu uma pequena caixa metálica e a abriu. — Um microfone.

Ela olhou para dentro e viu o menor e mais fino microfone que já tinha visto.

— É minúsculo.

— Vander paga pela melhor e mais recente tecnologia. Parte ainda é experimental e não está disponível no mercado aberto.

O minúsculo *microdot* era de cor creme e combinaria com o tom da sua pele.

— Ele adere à sua pele — disse. — Ninguém vai ver.

Ela assentiu. Rhys colocou o equipamento na ponta do dedo e, com a outra mão, puxou o decote em V do vestido para baixo. Ela não estava usando sutiã e quando o olhar dele pousou em seus seios, o fogo acendeu em seus olhos. Ele passou as costas da mão em sua pele. Ela mordeu o lábio e seus mamilos endureceram.

— Rhys.

Ele colou o pequeno microfone entre seus seios.

— Pronto.

Como ela deveria se concentrar no que precisava

fazer quando tudo em que conseguia pensar era no quanto precisava de Rhys?

— Está na hora de ir — ele disse.

Seu tom sério fez o desejo de Haven diminuir enquanto seu estômago se enroscava em nós. Ela rapidamente entrou no banheiro e retocou o batom, em seguida foi para a cozinha. Parou abruptamente.

Puta merda. O ouro da gostosura masculina estava na cozinha de Rhys.

Vander, Rhys e Saxon estavam vestidos com roupas pretas quase idênticas. Só precisavam de armas presas a eles, e ela podia imaginá-los saindo de forma furtiva de algum helicóptero.

Ela deu mais alguns passos e avistou mais dois homens grandes de ombros largos. Um era Rome – o galã negro e olhos verdes que ela viu na Norcross. Ele encontrou seu olhar e acenou com a cabeça.

Definitivamente, o tipo forte e silencioso.

Ela olhou para o último homem e piscou. Demorou um segundo para perceber que era Easton.

Às vezes, ela se esquecia de que seu chefe era ex-militar. Ele vestia o manto de empresário de sucesso muito bem. Esta noite, não havia terno de grife. Em vez disso, ele também usava preto e parecia tão durão quanto os outros.

Rhys se aproximou e segurou sua mão.

— Haven, aquele vestido valeu cada centavo — Saxon disse com um sorriso sexy.

Rhys fez uma careta para o amigo, mas Haven retribuiu o sorriso.

— Vamos testar o microfone no carro — Rhys avisou.
— Está com o convite?

Ela ergueu o envelope de cor creme que Harry entregou a ela. Haven o enfiou em sua bolsinha e ergueu o queixo.

— Estou pronta.

Algo cintilou no rosto de Rhys e ela achou que poderia ser orgulho. Se deleitou com essa ideia enquanto eles deixavam o apartamento.

Entraram no elevador.

— Rhys vai atuar como seu motorista — Vander explicou. — O resto de nós tomará posição fora da mansão de Volkov.

Certo, era bom saber que todos eles estariam lá.

— Não corra riscos desnecessários. — O olhar azul escuro de Vander se fixou nela.

Seu tom sombrio e autoritário a fez engolir em seco e assentir. Não havia como ela ousar discordar dele.

— Quero a pintura de volta — Easton disse. — Mas mais que isso, quero você viva e segura.

Ela olhou para a parede de músculos que a rodeava. Cada um deles estava fazendo muito para cuidar dela. A mão de Rhys tocou a parte inferior de suas costas.

— Obrigada a todos novamente...

— Não é necessário agradecer — Vander a interrompeu. — Mais uma coisa. Consegui colocar alguém para dentro. Rhys vai te atualizar no caminho.

Ela assentiu. Do lado de fora do prédio de Rhys, ele a levou em direção a uma limusine preta. O belo homem a ajudou a entrar. Haven passou a mão pelo assento de couro com nervosismo. *Poderia fazer isso. Ela ia conseguir.*

A limusine entrou no tráfego.

— Ouviremos tudo o que você disser e tudo em um raio próximo a você — Rhys avisou do banco do motorista.

— Certo — ela respondeu.

— Mas você não vai nos ouvir. Não podemos arriscar colocar um fone em você.

— Entendi. — Ela brincou com a bolsinha.

— Vander, está ouvindo? — Rhys perguntou.

— Sim. Perfeitamente. — A voz de Vander veio do console do carro.

— Bom, o Vander mexeu alguns pauzinhos e conseguiu que um amigo, na verdade um cliente muito bom da Norcross fosse para a festa. Ele não vai se aproximar, a menos que você precise de ajuda.

Haven engoliu em seco.

— Tudo bem.

— O nome dele é Zane Roth, ele é...

Ela ofegou.

— Um bilionário. O Rei de Wall Street. Um dos solteirões de Nova York. Eleito o homem mais sexy do ano no ano passado.

Rhys rosnou.

— Terminou?

Ops. Alguém parecia chateado.

— Bom, eu já o vi e a seus amigos na internet. — A imprensa amava os três homens, e Haven não podia culpá-los. Três homens gostosos que se conheceram na faculdade, se tornaram bilionários bem-sucedidos e eram incrivelmente atraentes. Como poderiam não gostar?

Talvez seu homem não quisesse ouvir isso.

— Aff. Quem quer bilhões afinal de contas? Que dor de cabeça.

No espelho retrovisor, viu os lábios de Rhys se contorcerem.

— Prefiro durões gostosos, com tatuagens sensuais e cabelo bagunçado e espesso como astros de rock.

Rhys balançou a cabeça, mas estava sorrindo.

Os subúrbios foram mudando à medida que se dirigiam para Sea Cliff. Era um bairro rico, com mansões aninhadas nas falésias, oferecendo vistas deslumbrantes do Oceano Pacífico e da Ponte Golden Gate.

Logo ela estava olhando as casas grandes e elegantes que sabia serem todas propriedades de vários milhões de dólares. Adiante, uma fila de carros estava parando em frente a uma mansão imponente em estilo toscano, pintada de verde-acinzentado com detalhes em preto. O jardim da frente tinha um paisagismo imaculado. Mais mansões a flanqueavam, mas ela notou que tinha um grande jardim lateral, provavelmente porque a parte de trás da casa tinha vista para o mar e uma entrada de automóveis do outro lado estava bloqueada por seguranças.

Seu nervosismo voltou, provocando um frio em sua barriga.

Rhys parou na frente e ela respirou fundo. A casa gritava "tenho dinheiro". Era um pouco arrogante demais para seu gosto.

Rhys se virou no banco do motorista.

— Tenha cuidado, Haven. Esse corpo sexy é meu. Tenho muitos planos para ele mais tarde.

Ela sentiu uma nó no estômago.

— Te vejo em breve.

— Conte com isso.

Ele saiu e deu a volta no carro. Abriu a porta e a ajudou a sair.

Seguranças flanqueavam as portas da casa. Outros convidados – também vestidos com esmero – subiam as escadas.

Ela prendeu a respiração. Tinha participado de eventos sofisticados de caridade como parte de seu trabalho. Ela sabia como agir e se integrar aos convidados.

Sentiu o toque da mão de Rhys e em seguida, ele se foi. Ela não podia correr o risco de olhar para trás. Subiu os degraus com os ombros esticados, se certificando de mostrar uma boa parte da perna pela fenda do vestido.

Ela sorriu.

Hora do show.

HAVEN CAMINHOU pelas salas lotadas da mansão de Volkov. Havia muitas pessoas lá, todas usando vestidos de festa, ternos e smokings de grife.

Argh. Todas essas pessoas sabiam que a pintura era roubada? Todos estavam interessados em comprá-la?

Provavelmente, não. Harry disse que esse baile era para avaliar o interesse. Talvez seria onde Volkov poderia soltar alguma isca e ver quem mordia.

Ela pegou uma taça de champanhe de um garçom que estava usando terno branco. A casa era decorada no estilo "coroa rico e solteiro", que envolvia muitas cores escuras, madeira e móveis pesados. Como ela imaginou, os fundos da casa era todo de janelas de vidro, oferecendo uma vista deslumbrante da Ponte Golden Gate. Notou que muitos membros da elite de São Francisco estavam aqui. Alguns convidados estavam no terraço, enquanto outros se misturavam lá dentro. Caminhou pela sala e seu olhar se fixou em uma pintura na parede.

Ela ofegou. Um Rembrandt. Era lindo. Se virou e viu uma escultura de bronze de Giambologna apoiada em uma mesa lateral. Tinha linhas muito bonitas. Este Volkov podia ser um criminoso, mas tinha bom gosto.

Ela seguiu para uma sala adjacente que estava menos lotada. Passou por um homem de terno que lhe lançou um olhar avaliador e interessado. Manteve o sorriso ameno e seguiu em frente.

A próxima sala era uma grande biblioteca.

Ótimo. Enormes paredes com prateleiras estavam cobertas de livros. Cadeiras de couro estavam espalhadas ao redor, convidando as pessoas a pegar um livro e se sentar e ler.

Do outro lado da sala, avistou uma paisagem de Cézanne em uma linda moldura dourada sobre uma lareira ornamentada. Deveria estar em um museu, onde muitas pessoas pudessem desfrutar, não apenas uma.

Conteve seu surto de aborrecimento e parou na frente do Cézanne. Era ainda mais bonito de perto.

— Gosta?

A voz era profunda e baixa, com um toque de sotaque russo.

Ela virou a cabeça e viu Aleksandr Volkov parado ao seu lado. Ele usava um terno escuro de três peças.

— É impressionante. Eu amo o trabalho de Cézanne. Seu senso de substância sólida e uso de cores é brilhantes.

— Ah, uma linda mulher que conhece arte.

Ela observou seus olhos castanhos. Ele tinha um sorriso largo e jovial em um rosto robusto, mas seus olhos eram frios como pedra. Ela não conseguia lê-lo de jeito nenhum. Ele sabia quem ela era?

— Você tem uma coleção de arte impressionante, sr. Volkov.

Seu olhar se moveu sobre ela, fazendo sua nuca formigar.

— Gosto de colecionar coisas bonitas, srta. McKinney.

Argh, alerta de homem nojento. Ela manteve o sorriso.

— Você também gosta de colecionar coisas que pertencem a outras pessoas?

Com essa declaração ousada, ela pôde praticamente ouvir Rhys xingando.

Volkov sorriu.

— Garanto a você que tudo o que vê aqui foi adquirido legalmente.

Sim, mas e o que ela não podia ver?

— Eu visitei o Hutton — Volkov continuou. — Seu museu tem algumas coleções e exposições excelentes. Especialmente desde que você assumiu como curadora.

— Eu amo o meu trabalho. — Ela inclinou a cabeça. — Fiquei emocionada ao adquirir o *Lírios D'água* de Monet.

O rosto do homem mudou para linhas solenes.

— Ouvi sobre o roubo. Uma coisa terrível.

— Sim, terrível. Eu realmente odiei a parte em que os

ladrões atiraram em dois seguranças inocentes e me espancaram.

Seu rosto permaneceu inalterado.

— Lamento ouvir isso.

Ela respirou fundo.

— Quero o *Lírios D'água* de volta ao seu devido lugar.

Volkov olhou para ela.

— Pessoas desesperadas fazem coisas desesperadas, srta. McKinney. — Ele se aproximou. — Você realmente é muito bonita, Haven. Posso chamá-la assim?

Como se ela pudesse dizer não. Ela deu um aceno mínimo.

— Acho que é melhor você ficar fora de situações perigosas — ele disse.

— E não preocupar minha linda cabecinha?

Ele sorriu.

— Você tem um fogo interno. Gosto disso. — Sua voz baixou e seu olhar vagou para o decote dela. — Muito.

Ela olhou de volta para a pintura, tentando não parecer enojada. Um dedo tocou seu ombro nu, e ela lutou para não estremecer.

— Você também tem uma pele muito macia.

Merda, como ela se livrava disso?

— Gostaria de ver algumas das minhas peças de arte que não estão em exibição aqui nas salas principais? — ele perguntou.

Ir a algum lugar sozinha com ele? Não, não, não. Ela tomou um gole de champanhe.

— Isso inclui o *Lírios D'Água*?

Volkov apenas sorriu.

Haven decidiu ir em frente.

— Quando é o leilão?

Não houve surpresa em seu rosto.

— Vamos discutir um pouco mais sobre obras de arte depois da festa.

— Não posso...

— Eu insisto. — Ele manteve o sorriso. — Estou muito acostumado a conseguir tudo o que quero, Haven. Farei com que o Ivan fique aqui com você para garantir que não vá embora antes que tenhamos a chance de conversar.

Ivan era um homem musculoso que parecia não saber sorrir. Ele estava parado na porta da biblioteca.

Volkov correu o olhar sobre ela novamente, então se virou e caminhou de volta para a festa principal.

Ah. *Merda.* Os ombros de Haven cederam, mas a tensão reverberou através de seu corpo. O champanhe que ela bebeu se transformou em frio na barriga.

— Hum, Ivan, preciso ir ao toalete, então...

— Você fica até o sr. Volkov voltar.

Excelente. Estava presa. Vagou pela biblioteca, virando as costas para Ivan e fingiu observar os livros.

— Socorro — sussurrou.

Merda. Rhys ficaria muito, muito aborrecido.

Olhou para a janela. Poderia tentar pular, mas era uma queda de dois andares para o jardim, então não gostou de suas chances.

Ela se virou para olhar Ivan. Tinha certeza de que não poderia derrubá-lo. Ele parecia um ex-lutador.

Rhys viria. Ele a tiraria de lá.

De repente, a porta se abriu.

— Querida, aí está você. Estive te procurando em todos os lugares.

Haven imediatamente reconheceu o homem bonito que estava usando um smoking Armani impecável.

Certo. Ela havia se esquecido de seu salvador interno. Zane Roth. Proprietário da Roth Enterprises. Bilionário das finanças.

O corpo sob o traje era magro e firme. Não era o de um homem que apenas se sentava atrás de uma mesa. Seu cabelo castanho era bem cortado e o sorriso era sexy pra caramba.

Ela sorriu.

— Zane.

— Ei... — Ivan deu um passo à frente.

Zane ignorou o guarda-costas e segurou a mão de Haven. Ele piscou para ela.

— Eu só precisava da minha adorável acompanhante.

— O sr. Volkov quer falar com ela — Ivan resmungou.

— Acho que temos outros planos. — Zane a acomodou a seu lado e se dirigiu para a porta.

Ivan se esquivou e tentou bloqueá-los.

O rosto bonito de Zane endureceu.

— Você sabe quem sou?

Ivan grunhiu.

— Sim.

— Acho que o seu chefe não quer que você me irrite. Então, sugiro que saia do meu caminho.

Corajosamente, Zane passou pelo homem e a arrastou para o corredor.

Enquanto caminhavam, ele inclinou a cabeça para perto da dela e falou com a voz baixa.

— Eu sou o Zane. Sinto muito conhecê-la nessas circunstâncias, Haven.

— Oi. Obrigada pelo resgate.

— Normalmente, não tenho muita chance de bancar o cavaleiro de armadura brilhante. — Ele deu um tapinha no seu braço. — O Vander enviou o layout da casa para o meu telefone. Devemos sair rapidamente por uma porta lateral e entrar no jardim. Provavelmente, Volkov vai mandar seus capangas para te encontrar.

— Não é possível — ela murmurou. — Como é possível eu ter tanto azar assim?

— Bem, você tem os irmãos Norcross te apoiando, então eu diria que sua sorte está mudando. Agora, sorria e finja que sou o homem mais bonito e charmoso que você já conheceu.

Apesar de tudo, Haven riu.

CAPÍTULO DEZESSEIS

Ouvir Volkov falar com Haven, dar em cima dela, foi uma das coisas mais difíceis que Rhys teve que enfrentar.

O que era pior, não podia fazer nada a respeito.

Ele fechou as mãos e os nós dos dedos ficaram brancos. Saber que ela estava lá, sozinha e com medo...

Vander colocou a mão no ombro de Rhys.

— Ela está bem. Sua garota é durona.

Rhys assentiu. Ela era. Só queria que ela não tivesse que ser. Ela já tinha passado por muita coisa.

Estavam parados nas sombras, a uma casa de distância da mansão de Volkov. De alguma forma, Vander garantiu que os proprietários estivessem fora durante a noite. Rhys ouviu a música e murmúrios de pessoas no terraço.

O resto da equipe da Norcross estava espalhada pela área. Eram todos bons – a Ghost Ops os havia aperfeiçoado para serem os melhores do mundo. Easton não foi da equipe deles, mas era um Ranger muito bom. Eles não deixaram suas habilidades enferrujarem, nem mesmo o irmão mais velho.

O amigo de Vander, Zane Roth, também estava lá. Ainda assim, o homem era um empresário muito rico, não um soldado. Se as coisas dessem errado...

Então Rhys ouviu o tom de Volkov se transformar em aço.

— Vamos discutir um pouco mais sobre obras de arte depois da festa.

O corpo de Rhys estava travado. Ele ouviu Vander praguejar baixinho.

— Eu insisto — Volkov disse. — Estou muito acostumado a conseguir o que quero, Haven.

Puta merda. A raiva explodiu em Rhys. Ele deu dois passos.

Vander o segurou.

— Você não pode entrar lá. Tem segurança em todos os lugares.

— Aquele idiota quer a minha mulher. Ele a *ameaçou.*

Ele podia ouvir sua respiração rápida através da linha. Ela estava com medo. Ele a ouviu tentando sair da biblioteca usando a desculpa de ir ao banheiro. *Garota esperta.*

Mas o bandido de Volkov não caiu.

— Socorro — ela murmurou.

Com um grunhido, Rhys empurrou Vander. Rome apareceu da escuridão. Os dois homens o seguraram contra a parede da casa vizinha.

— Se você for lá, vai piorar as coisas. — O tom de

Vander foi o mesmo que usava como comandante da unidade da Ghost Ops. — Ela precisa de você lúcido.

Merda. Os ombros de Rhys caíram.

— Vander...

— Vamos tirá-la de lá. — Seu irmão ergueu o telefone. — Zane, pode ir. Ela está sendo mantida na biblioteca. Saia pela lateral. Os esquemas estão no seu telefone.

Segundos depois, Rhys ouviu a encantadora, mas autoritária voz de um homem na linha. Cada músculo do corpo de Rhys ficou rígido, vibrando com a tensão. Rhys ouviu Zane Roth tirar Haven da biblioteca.

O barulho feio dentro dele aumentou para níveis ensurdecedores, o incitando a se mover, correr, lutar e agir. Aquela queimadura horrível com a qual ele lidou desde que deixou o exército. Os pesadelos e flashbacks haviam desaparecido, graças a terapia que Vander havia imposto. Mas o barulho nunca foi embora.

Rhys percebeu, e o nervosismo, a necessidade de se mover, era um pequeno preço a pagar. Ele poderia lidar com essas coisas normalmente. Agora, ele queria Haven em segurança.

— É isso. — Rhys se soltou. Ele desceu o caminho estreito ao lado da casa vizinha. Uma cerca de estuque a separava da casa de Volkov. Ele chegou a um portão de metal. Ele abria no jardim lateral imaculadamente paisagístico de Volkov.

Então, do outro lado da linha, ouviu Haven rir de algo que Roth disse, e seu estômago se acalmou.

Ela estava bem. Puta merda, ela estava rindo. Como a mulher podia ser tão resistente?

Um segundo depois, Roth e Haven apareceram.

Eles estavam correndo pelo caminho, de mãos dadas, e pareciam um belo casal. Roth estava de smoking e o vestido verde de Haven brilhava na iluminação do jardim.

Então ela ergueu a cabeça e o viu. Um sorriso apareceu em seu rosto e o alívio inundou seus olhos.

— Ei...

Rhys cruzou a distância entre eles em duas passadas e a ergueu do chão. Sua boca cobriu a dela com um beijo duro e punitivo. Ela fez um som abafado, mas retribuiu o beijo, se derretendo nele.

Droga, ele percebeu o quanto estava com medo.

Finalmente, ele interrompeu o beijo e ergueu a cabeça. Ela parecia atordoada, e ele apoiou a testa contra a dela.

Sem olhar para o homem, Rhys disse:

— Obrigado, Roth.

— O prazer foi meu — o empresário respondeu.

Rhys olhou para o homem.

— Te devo uma.

Zane inclinou a cabeça.

— Vamos embora — Vander falou. — Zane, você deveria ir também.

— A festa estava chata mesmo.

Todos saíram pelo portão, passaram pelo quintal vizinho e foram para a rua. Rome e Zane se despediram e desceram a calçada.

— Vou levar a Haven para casa — Rhys avisou a Vander.

Seu irmão assentiu.

— Faremos um balanço amanhã.

— Ei, pode levar seu microfone mágico — Haven disse.

— O Vander não vai retirá-lo. — Rhys passou a mão pelo decote de seu vestido, tirando o equipamento de sua pele. Ela estremeceu um pouco, e ele olhou para seu rosto. Suas bochechas estavam vermelhas.

Vander estendeu uma caixinha e Rhys colocou o microfone dentro.

— Boa noite, Haven — Vander murmurou. — Bom trabalho.

— Boa noite, Vander.

Rhys puxou Haven por outra rua até o SUV da Norcross. Ele havia encontrado um local silencioso e escuro em uma rua a alguns quarteirões de distância.

— Bem, Volkov está com o *Lírios D'Água* — Haven disse em tom sombrio.

— Meu palpite é que ele o está armazenando e administrando o leilão como um favor para a família Zakharov — Rhys comentou. — Sem dúvida, ele terá uma boa comissão.

— Não descobri muito. Não sou uma espiã muito boa.

A adrenalina ainda se agitava dentro de Rhys.

— Sua carreira de espiã acabou. Você está oficialmente aposentada.

Ela deu um suspiro forte.

— Que pena, gostei da roupa.

Sua mão apertou a dela.

— Vou comprar todos os vestidos que você quiser e levá-la a um lugar chique.

O rosto dela suavizou.

O estômago de Rhys ainda estava tenso, e ele não conseguia relaxar. Ele ficava imaginando o que Volkov poderia ter feito com ela. Apertou os dedos de Haven.

— Rhys, você está bem? — ela perguntou.

— Não.

— Fale comi...

Ele a girou. Rhys a empurrou para as sombras mais escuras e a pressionou contra uma cerca alta de tijolos debaixo de uma árvore.

Ela ofegou.

— Sem falar — ele grunhiu.

Dentro dele, seu homem das cavernas havia assumido. Rhys sentiu uma necessidade premente de saber que sua mulher estava segura.

— Rhys — ela murmurou e a excitação fez sua voz falhar.

Ele a levantou. Suas mãos deslizaram por baixo do vestido e ele encontrou a calcinha. Com um movimento, ele a arrancou.

Haven ofegou e se esfregou contra ele. Sua boca tomou a dela de forma dura, profunda e úmida. O perfume feminino encheu seus sentidos – doce, assim como Haven. Seus dedos encontraram a boceta dela e a acariciou.

Ela gemeu contra sua boca, e ele engoliu os ruídos que ela fez. Estava molhada e pronta para ele.

Enfiou um dedo em seu calor e o polegar encontrou seu clitóris.

— Isso vai ser rápido, Haven. E intenso. — Sua voz era gutural.

Ela soltou um gemido baixo.

— Sim.

Ele se atrapalhou com o cinto e depois com o zíper. Passou uma mão debaixo de sua bunda. Em seguida, encaixou seu pau nela e a penetrou profundamente.

Haven gemeu seu nome. Suas pernas agarraram os quadris dele e Rhys estocou dentro dela.

— Puta merda, sinto você apertar meu pau. Me tome, baby.

Ela o fez, se agarrando nele enquanto Rhys entrava nela.

— Isso é tudo para você, Haven.

— Sim. — Ela moveu a boca e tocou seu pescoço. Ele sentiu o arranhar de seus dentes.

Ele continuou estocando sem sutileza ou sem cuidado, apenas a necessidade primitiva de reivindicar sua companheira.

Haven deu um grito rouco e começou a gozar. Ela mordeu o seu pescoço.

Rhys se moveu mais rápido, estocando profundamente. Haven. *Sua*. Doce demais. Com um último impulso, ele se alojou profundamente e gozou dentro dela.

Eles ficaram lá, encostados na parede, ambos ofegantes.

Merda. Ele foi selvagem e rude.

— Eu te machuquei? — Ele ergueu a cabeça.

Ela piscou e deu a ele um sorriso largo e preguiçoso que Rhys mal podia distinguir na penumbra.

— Nem um pouco. Isso foi... *incrível*.

Tudo nele relaxou.

— Acho que deveríamos fazer sexo selvagem contra paredes de tijolo pelo menos uma vez por semana — ela falou.

Seus lábios se contraíram. Droga, ela era terrível.

— Acho que vou ficar com arranhões nas costas.

Ele franziu a testa.

— Você disse que não estava machucada.

— Não estou. São medalhas de honra.

Ele balançou a cabeça e saiu de dentro dela. Haven gemeu e foi quando ele percebeu.

— Merda. — Ele encontrou seu olhar na luz fraca. — Não usei camisinha.

Ela tocou sua bochecha.

— Tudo bem. Eu tomo injeção anticoncepcional e me certifiquei de fazer exames depois do Leo. — Ela umedeceu os lábios. — Não houve ninguém desde que estive com ele. Hum, você...?

— Não estive com ninguém desde que te conheci.

Ela arregalou os olhos.

— O quê?

— E sempre usei preservativos antes. Mas vou fazer exames, só para ter certeza. — Ele a manteria segura de todas as maneiras.

Rhys acariciou seus lábios inchados, então percebeu que havia apenas silêncio em sua cabeça. Sem barulho. Seus demônios estavam calmos.

— Vamos para casa — ela murmurou.

Casa. Com Haven.

— Sim, vamos para casa.

NA MANHÃ SEGUINTE, Haven estava em uma cafe-
teria com Rhys, esperando por seu café com leite. A loja
fofa e aconchegante ficava na esquina do condomínio em
que ele morava.

Ele entregou a bebida a ela, que tomou um gole e
gemeu. Quando abriu os olhos, Rhys a estava olhando
com um sorriso e malícia.

Ela fingiu lamber a espuma da tampa.

Seus olhos castanhos escureceram.

— Provocadora.

Ele se virou para pegar seu café com o barista. Foi
quando Haven viu duas mulheres sentadas em uma mesa
próxima, olhando para ele.

Não podia culpá-las. Ela levantou uma sobrancelha.

As duas sorriram e uma delas fez um sinal de positivo
com o polegar.

Assim que Rhys pegou seu café, saíram de lá. Ele a
manteve aninhada ao seu lado.

O coração de Haven se apertou. Estava começando a
acreditar. Rhys disse que não esteve com ninguém desde
que se conheceram. Era inacreditável, mas ela percebeu
que não o tinha visto com ninguém. Ela o estava evitando,
mas com certeza prestou muita atenção nele.

Este homem incrível estava a fim dela. Cuidando e
protegendo-a.

— Vamos — ele disse. — É uma curta caminhada até o
Hutton.

Ela queria pegar seu laptop e algumas coisas para que

pudesse trabalhar na casa de Rhys. O museu fechava aos domingos, mas os seguranças os deixavam entrar.

Rhys estava armado. Ela sabia que ele estava usando um coldre de ombro por baixo da jaqueta de camurça. Quando ele o vestiu esta manhã, ela teve vontade de pular nele. O que havia de tão sexy em um cara com um coldre de ombro?

Ela tomou um gole de café.

— Você não perguntou sobre o Becker — Rhys comentou.

Ela olhou para ele.

— Porque não pensei sobre isso. Ele ainda está na Norcross?

— Não. Saxon o questionou. Ele não tinha nada de novo para nós, então o liberei. Se ele sobreviver a Zakharov, terá sorte.

Haven não queria Leo morto, mas não sentiu... nada. Ela deu de ombros.

— Só quero que ele vá embora e fique longe.

Rhys passou a mão por suas costas.

Ela estava se sentindo muito mais segura, mas ainda não tinha notícias *do Lírios D'Água*. Ela o queria de volta.

Estava muito irritada por Volkov e a família Zakharov acharem que poderiam se servir das coisas que outras pessoas conseguiam com tanto esforço.

Finalmente, eles alcançaram a elegante fachada do Hutton. Cumprimentaram os seguranças e entraram no prédio. Estava silencioso lá dentro, e seus passos ecoaram pelo espaço.

Haven parou no corredor principal, olhando para a

parede onde a pintura deveria estar. Ela odiava aquele vazio.

— Você está bem? — Rhys perguntou.

— Quero a pintura de volta. O Easton pagou muito dinheiro por ela. Muitas pessoas estavam gostando de vê-la. — Ela suspirou. — Ainda sinto que isso é tudo minha culpa. Se eu não tivesse namorado com Leo, se eu...

— Ei. — Rhys colocou um dedo debaixo de seu queixo. — Nós vamos recuperá-la. Isso não é culpa sua. Vou fazer você repetir até acreditar.

— E como vai fazer isso?

Ele sorriu.

— Vou te amarrar à minha cama, atormentá-la com minhas mãos e língua, conter seu orgasmo até que você concorde que não é culpa sua.

Seus mamilos enrijeceram, e ela baixou o olhar. Ele lhe deu um sorriso sexy.

— Sádico — ela falou.

— Um pouco. Prometo que você vai aproveitar cada segundo.

Eles subiram as escadas e quando chegou em seu escritório, Haven jogou o copo de café vazio no lixo. Ela pegou o laptop e alguns arquivos.

— Quero vir trabalhar amanhã — falou. — Preciso checar minha equipe e revisar alguns projetos de restauração.

— Tudo bem.

Bem assim. Ele ficaria com ela, a manteria segura. Ela caminhou até ele e o beijou.

Ele levantou uma sobrancelha.

— Isso é para...?

223

Ela respirou fundo.

— Só queria que soubesse que eu gosto mesmo de você.

Algo cintilou em seus olhos.

— Também gosto de você.

— Estou começando a entender isso.

— Finalmente.

Ela golpeou seu braço.

— Só precisamos encontrar o *Lírios D'Água*. O que faremos a seguir?

— Bem, meu plano é questionar o avaliador. Irvine.

Haven ofegou.

— Meu Deus, com tudo que está acontecendo, eu tinha me esquecido completamente dele! — Era por isso que Rhys era o investigador e não ela.

— Vou pedir ao Vander para ficar com você...

— Não. — Ela agarrou seu braço. — Vou te acompanhar.

Rhys fez uma careta.

— Haven.

— Ele é um homem de setenta anos, Rhys. Eu o conheço, e ele gosta de mim. — Ela franziu o cenho. — Ainda estou chocada por ele fazer avaliações ilegais, mas não há risco.

— Merda, espero que você não viva me convencendo a fazer coisas.

Ela lhe deu um sorriso doce.

No SUV, eles se dirigiram ao endereço do sr. Irvine.

O homem morava em uma casinha bem arrumada em Glen Park. Ele os encontrou na porta, vestindo calça, camisa e um colete. Parecia uma versão menor e mais fofa do Papai Noel.

— Sr. Irvine, sou Rhys Norcross. Falamos ao telefone.

— É claro, é claro. — O homem notou a presença de Haven. — Haven! Que surpresa agradável.

— Olá, sr. Irvine.

— Entrem. Acabei de fazer chá.

A casa gritava "decorada por uma avó". Havia algumas gravuras na parede, principalmente do interior da Inglaterra. Havia também muitas fotos emolduradas do sr. Irvine e uma mulher de cabelos grisalhos e rosto doce. Também havia muitos filhos e netos.

Era tudo muito normal. Haven queria isso. Amor. Família. Queria porta-retratos por todo o lugar, cheias de fotos de sua vida. As coisas que ela perdeu depois que sua mãe morreu.

Eles se sentaram à mesa da cozinha e o sr. Irvine trouxe um bule de chá.

— Para mim, não — Rhys falou.

Não, Haven tinha certeza de que homens durões não bebiam chá.

O sr. Irvine serviu duas xícaras.

— Você avaliou o *Lírios D'Água* aqui? — Haven perguntou.

— Ah, você sabe. — O idoso sorriu. — São apenas negócios, Haven. Lamento que a pintura tenha sido roubada do Hutton.

— Meus guardas foram baleados. Eu fui espancada.

O arrependimento passou pelo rosto do homem.

— Lamento *muito* ouvir isso. Eu só avalio. Sem perguntas.

— Por uma taxa muito alta — Rhys comentou.

— Sim. Preciso do dinheiro para manter a casa e ajudar minha família. — O homem sorriu. — Meu neto mais velho está de partida para Berkeley este ano. Minha Jean morreu no ano passado. — A tristeza ficou refletida em seu rosto. — Esta casa significava tudo para ela. Era a casa de seus pais e ela cresceu aqui. Não cometo nenhum crime, mas faço algumas avaliações por fora.

Haven suspirou.

— Foi meu ex quem instigou o roubo dos *Lírios D'Água* e deu início a isso. Queremos a pintura de volta ao local onde ela pertence, não vendida a um criminoso e trancada em uma coleção particular.

O sr. Irvine tomou um gole de chá e assentiu.

— Você tem alguma informação que possa nos ajudar? — ela implorou. — Faça a coisa certa, sr. Irvine. Pela memória de Jean, pelo neto que vai para Berkeley, pela sua família.

— Todos tiveram o cuidado de não falar muito para mim. Eles me levaram para um armazém em Potrero Hill. Parecia que já tinha sido uma fábrica.

Haven olhou para Rhys. A pintura *esteve* naquele armazém em algum momento.

— É realmente uma obra-prima. Enfim, sou um homem velho. Alguns dos seguranças falaram como se eu nem estivesse lá.

Rhys se inclinou para frente.

— O que você ouviu?

— Eles estão planejando transportar a pintura em breve. Para uma venda privada.

Haven franziu a testa.

— Não, vai haver um leilão.

O sr. Irvine balançou a cabeça.

— Um comprador fez uma grande oferta. Acho que foi algum príncipe do Oriente Médio. — Ele franziu a testa e coçou a cabeça. — Ou era um bilionário de tecnologia do Vale do Silício?

Haven ofegou.

— Quando? Você sabe quando a venda vai acontecer?

— Vamos ver, hoje é domingo, então é amanhã de manhã. Às seis da manhã, um caminhão preto sem identificação vai deixar a mansão do sr. Volkov.

Ela olhou para Rhys. *Era isso.*

— Obrigada, sr. Irvine — ela falou.

— Algo mais? — Rhys perguntou. — Você ouviu onde a venda ia acontecer?

— Só ouvi isso. Boa sorte. Espero que vocês recuperem a pintura. Ela deve ficar em um museu. Talvez eu passe no Hutton em breve.

Era difícil guardar rancor. Haven estendeu a mão e apertou a dele.

— Se você for, vou te levar a um tour privado.

Rhys se levantou da cadeira e segurou a mão dela. Eles se despediram e foram embora.

Os pneus do SUV cantaram quando Rhys arrancou. Ele dirigia rápido, mas com uma facilidade tranquila e confiante que ela achava sexy.

— Preciso ligar para o Vander e planejar a missão de recuperação — Rhys disse. — Não temos muito tempo para organizar tudo.

Haven assentiu.

— Eu vou...

— Você *não* vai participar disso. E não vai me convencer dessa vez. — Sua voz era dura como aço.

— Eu não ia. — Tudo bem, talvez ela fosse. — Eu ia dizer que vou deixar isso para os especialistas, já que não tenho a característica de ser durona em meu DNA.

Rhys lhe lançou um olhar que dizia que não acreditava nela nem por um segundo.

CAPÍTULO DEZESSETE

Ainda estava escuro quando Rhys acordou Haven.
Ele acariciou seu cabelo. Ela finalmente ador-
meceu nas primeiras horas depois de ficar inquieta a
maior parte da noite, preocupada com a missão desta
manhã.

No dia anterior, ele, Vander e o resto da equipe da
Norcross passaram a tarde inteira planejando. Não
deixaram nada ao acaso e Vander sempre tinha mais de
um plano engatilhado.

Rhys finalmente levou Haven para jantar em casa.
Ela estava nervosa e inquieta, brincando com a comida.
Ele acabou caindo sobre ela no sofá antes de carregá-la
para a cama e deixá-la exausta de outras maneiras.

Mas ela ainda estava inquieta.

Agora, na luz turva do início da manhã, ele beijou sua
nuca. Ela se mexeu, ainda nua, e se apertou contra ele.

Seu pênis ficou duro e o desejo atingiu suas veias. Ele
beijou seu ombro e ela fez um barulho sexy.

Louco de desejo, Rhys a virou de bruços e montou

nela. Segurou sua bunda, massageando a pele macia. Em seguida se moveu, vestiu uma camisinha e a penetrou.

Ela gemeu seu nome.

— Me tome, baby. — Ele começou um ritmo de estocadas constantes, e o corpo dela estremeceu com cada uma.

Suas mãos apertaram as cobertas.

— Rhys.

Ele puxou seus quadris para cima e se inclinou sobre ela. Ele a cobriu, a protegeu. Ela era dele, e Rhys cuidaria dela e a manteria em segurança.

Ele mordeu o lóbulo da sua orelha.

— Estou me apaixonando por você, Haven.

Ela fez um barulho e sussurrou seu nome. Empurrou o traseiro contra ele.

Ele passou a mão por baixo dela.

— Está sentindo como você me toma? Como você está esticada em volta do meu pau? — Ele encontrou seu clitóris e o acariciou. Ela soltou um grito rouco e sua boceta apertou a ereção dele. — Goze para mim, baby.

Suas costas arquearam e ela inclinou a cabeça para trás. Quando ela gozou, ele continuou estocando. Com um gemido, ele gozou forte dentro da sua Haven.

Rhys caiu de lado na cama e a puxou para perto. Ela se agarrou a ele. Uma vez que sua respiração se estabilizou, ele deu um beijo em sua têmpora.

— Tenho que ir, anjo. — Ele precisava tomar banho, se preparar e então encontrar Vander e os outros. Eles queriam estar prontos bem antes das seis da manhã.

— Tudo bem — ela sussurrou.

Ele a beijou novamente, então saiu da cama. Talvez

quando isso acabasse, ele a levasse para viajar. Talvez para a praia ou uma cabana nas montanhas. Eles podiam ficar na cama o dia todo.

Rhys tomou um banho rápido e se vestiu.

Quando saiu do banheiro, encontrou Haven na cozinha. Seu cabelo ainda estava bagunçado, e ela usava uma de suas camisetas. Ficava muito sexy nela.

— Café. — Ela empurrou uma caneca de viagem sobre a bancada. — O Bagel está na torradeira.

— Obrigado, baby. — Ele deu um gole no café.

Ela circulou a ilha e se aproximou.

— Seja cuidadoso. — As mãos dela desceram por seu peito. — Volte para mim inteiro, Rhys Norcross.

Ele tomou sua boca e ela o beijou com ansiedade. Rhys sentiu um toque de desespero por trás do gesto. Tudo o que ele podia fazer para tranquilizá-la era acabar com isso assim que pudesse.

Rhys estava derrubando os muros que Becker e a vida a forçou a construir. Ela não se assustou quando ele disse que estava se apaixonando por ela.

Não demoraria muito, e Haven McKinney seria toda sua.

— Fique aqui — ele falou. — Portas trancadas, alarme ligado. Não saia por nenhum motivo. O Ace está em contato conosco do escritório da Norcross. Se ficar assustada, ligue para ele. Se ele não atender, é porque está ocupado com a missão, então deixe uma mensagem.

— Tudo bem.

Ele colocou o cabelo dela atrás da orelha e brincou com o diamante que ela não tirava mais do pescoço.

— Está quase acabando.

Ela aninhou o rosto contra seu peito e o abraçou com força.

Depois de mais um beijo, Rhys pegou o bagel, o café e saiu. No corredor, ele esperou que ela fechasse a porta antes de seguir para o estacionamento.

Com algumas mordidas, ele terminou o bagel e deu um gole no café. Deixou o copo perto do Mercedes GTS e deu partida na moto. Ele colocou a bota no apoio para os pés, colocou o capacete e saiu rugindo do estacionamento.

Encontrou Vander, Saxon, Rome e Easton a alguns quarteirões da mansão de Volkov.

Vander parou ao lado de sua moto enquanto Saxon e Easton estavam em um SUV. Rome estava em um segundo SUV.

Vander entregou a Rhys um fone de ouvido.

Rhys o conectou.

— Checando.

— Estou te ouvindo. — A voz de Ace soou pelo fone de ouvido.

Vander ergueu um braço, verificando seu relógio Breitling Aerospace.

— Muito bem, hora de irmos.

Rhys passou uma perna por cima da moto, verificou a Glock 22 presa com segurança no coldre debaixo do braço e colocou o capacete.

— Vamos acabar com isso.

Vander acelerou sua moto.

— Isso aí.

Eles baixaram as viseiras. Rhys e Vander lideraram o caminho, os dois SUVs se movendo atrás deles. Rhys dobrou a esquina, se inclinando na curva enquanto a luz da manhã se intensificava.

Eles pararam na saída da casa de Volkov.

— Seis horas — Vander murmurou.

Como um relógio, um caminhão de entrega preto saiu da garagem de Volkov. Ele desceu lentamente a rua e virou.

— Sigam —Vander ordenou. — Vamos ficar para trás e escolher o local certo para abordar.

Rhys realmente gostaria de saber a rota, mas esperava que houvesse um bom local para parar o caminhão e o abordar. Ele passou zunindo pelo tráfego leve e virou para seguir o caminhão.

Eles seguiram o caminhão para fora de Sea Cliff, e logo ele estava indo em direção a Presidio.

Para onde estavam indo? Por que dirigir pelo grande parque? Eles estavam indo para a ponte Golden Gate?

O veículo entrou em uma estrada lateral arborizada. Não havia prédios ou carros à vista.

— Vá — Vander ordenou.

A X6s desviou, acelerando à frente e ultrapassando o caminhão.

Rhys acelerou. Vander, curvado sobre sua moto, também. Ele observou as luzes de freio do caminhão acenderem.

Perfeito.

Eles se separaram, entrando rapidamente nas laterais do caminhão.

De repente, os dois SUVs pararam, bloqueando a estrada.

O caminhão freou bruscamente, balançando de leve.

Rhys parou no lado e desceu da moto. Puxou sua Glock. Será que isso seria fácil?

A porta do passageiro do caminhão se abriu. Um cara grande saiu, levantando um rifle.

Pelo jeito, não.

Rhys disparou. O cara se virou e lançou uma saraivada de balas.

Correndo, Rhys deu a volta na traseira do caminhão.

Vander apareceu ao lado dele.

— Peguei um cara — Rhys avisou. — Armado com um AR-15.

— O mesmo com o motorista.

— Estamos chegando perto. — A voz profunda de Rome veio pelo fone de ouvido. O cara nunca perdia a calma.

Tiros soaram da frente do caminhão. Rome, Saxon e Easton haviam chegado.

Então Rhys ouviu um grito. Ele espiou rapidamente.

O cara do seu lado estava ajoelhado.

Rhys saiu da cobertura e começou a correr. Apontou a Glock na nuca do homem.

— Largue.

O homem fez um barulho zangado, mas jogou o rifle no chão.

Saxon e Easton apareceram com as armas apontadas para o homem.

Rhys deu um tapinha no cara e tirou uma arma de sua cintura e uma faca de seu cinto.

Saxon ergueu algumas abraçadeiras, e rapidamente prenderam o homem.

Um grito cortou o ar e Rhys se virou para olhar pela porta aberta do caminhão de entregas.

Do outro lado do veículo, viu Vander desferir um chute forte no motorista. O homem cambaleou e Vander chutou a arma de suas mãos. Em seguida, seu irmão lhe deu um chute poderoso, seguido por um soco no rosto e uma cotovelada no queixo. O motorista caiu.

Rome se moveu para ajudar Vander a proteger o homem.

— Ace — Vander chamou. — Ligue para o Hunt. Diga a ele que temos alguns amigos para ele vir buscar.

— Ah, o detetive Morgan ficará emocionado — Ace falou.

— Bem, isso foi fácil — Easton comentou.

Essas palavras provocaram um arrepio na espinha de Rhys. Um pouco fácil demais.

Ele caminhou até a traseira do caminhão e escutou.

— Não consigo ouvir ninguém.

Enquanto Rome e Saxon arrastavam os dois homens subjugados em direção aos SUVs, Vander, Easton e Rhys se prepararam para abrir a traseira do caminhão.

OS irmãos Norcross mais velhos ficaram de lado, com as armas em punho.

Rhys levantou a trava e abriu as portas. Ele girou sua Glock e olhou para dentro.

Então ele xingou.

Ouviu Easton murmurar algumas palavras muito desagradáveis.

A traseira do caminhão estava vazia.

Não havia bandidos. Nem pintura. Nada.

— Alguém armou para nós — Vander retrucou. A fúria emanava dele.

Rhys sentiu um nó no estômago. Pegou o celular e ligou para Haven.

Tocou sem parar.

Atenda, Haven.

O medo se solidificou quando a ligação foi interrompida. Os outros estavam olhando para ele. Rhys cerrou os dentes e ligou novamente. Ainda sem resposta.

— A Haven não está atendendo ao telefone.

— Puta merda — Easton murmurou.

Rhys respirou fundo. Ele não tinha provas, mas tinha certeza de que Volkov estava com Haven.

HAVEN CAMINHOU pela sala de estar, se virou e voltou para o outro lado. Ela já estava assim há um tempo.

Isso era uma tortura.

A espera. O questionamento sobre o que estava acontecendo. Rhys e os outros estavam bem?

Foi até as janelas com saída para a varanda. O sol havia nascido, cobrindo a baía e a ponte com uma luz dourada. Ela passou os braços ao redor de si mesma.

Ele ficaria bem. Ele sabia o que estava fazendo. Os homens da Norcross eram bons.

Não podia perder Rhys. Sua garganta ficou apertada, seu coração se apertou no peito. Ah, Deus. Ela estava *apaixonada* por ele.

Apoiou a palma da mão contra o peito. Por um

tempo, achou que tinha se apaixonado por Leo. Quando as coisas entre eles eram boas e divertidas.

Mas isso nunca aconteceu. O que ela sentia por Rhys era maior, mais ousado e mais verdadeiro.

Rhys não fez nada além de cuidar dela. Claro, ele podia ser mandão e às vezes a deixava brava, mas ela percebeu que isso era real. Essa era a vida. O verdadeiro amor era dar e receber. Não estava se tornando menos para que alguém se sentisse bem o tempo todo. Estava presente independentemente das circunstâncias.

Ela cambaleou até o sofá e se sentou. Estava apaixonada por Rhys.

A vibração começou em sua barriga e ela sentiu uma pontada de pânico. Não, aquela era a antiga Haven.

Ele disse que estava se apaixonando por ela. Tinha que confiar nele, confiar *neles*.

Agora, ele só precisava voltar para ela.

Com esse pensamento, começou a andar novamente. Foi até o sofisticado sistema de som e colocou uma música. Em seguida, desligou. Precisava fazer algo. Foi pisando firme até a cozinha e lavou os pratos na pia.

De repente, seu celular tocou, e ela estremeceu. Eram quase seis horas. Não poderia ter acabado ainda, não é?

Viu o nome de Harry em seu telefone.

— Oi, Harry. Achei que você não saísse da cama antes das sete.

— Haven.

O tom de voz sério despertou calafrios nela.

— O que há de errado?

— Acordei cedo. Uma entrega não foi feita na galeria

ontem, então tive que que ir até o depósito da empresa de entrega para recolhê-la.

— Certo.

Harry respirou fundo.

— Eu vi um caminhão. Estavam transportando algo. Acabei dando uma olhada. Boneca, tenho certeza de que era o *Lírios D'Água*. Reconheci a moldura. Eles o carregaram no caminhão.

Não poderia ser. O *Lírios D'Água* estava em um caminhão saindo da mansão de Volkov, do outro lado da cidade. Ela paralisou. Será que era um estratagema? Uma isca?

Sua mente se agitou. O sr. Irvine mentiu para eles? Não. Mas provavelmente, os seguranças que falaram como se ele não estivesse ali, estavam bem cientes do que estavam fazendo.

— Harry, onde você está?

— Escondido no meu carro, espiando pela janela.

— O caminhão ainda está aí?

— Sim. Por enquanto. Parece que estão se preparando para partir em breve.

— Certo. Não tire os olhos dele. Vou ligar para o Rhys e os outros.

— Onde está o seu cara durão?

— Ocupado, mas vou mandar uma mensagem para ele. Aguente aí.

Ela desligou e ligou para o número de Ace que Rhys havia deixado.

Tocou sem parar.

— Vamos.

Deus, havia dado algo errado com a missão? Fez um

bip. Não havia mensagem, mas ela sabia que estava gravando.

— Ah, oi, é a Haven. Meu amigo Harry ligou. — Ela retransmitiu a informação que Harry havia compartilhado. — Já que não consigo entrar em contato com vocês, vou para lá. Vou seguir o caminhão até que Rhys e os outros possam chegar lá. Tchau.

Haven correu para o quarto, arrancou a camiseta de Rhys, vestiu uma legging, camiseta e calçou um tênis de corrida. Prendeu o cabelo em um rabo de cavalo. Manteve o diamante, enfiando-o debaixo da camisa. Em seguida, vestiu uma jaqueta esportiva leve.

Pegou as chaves do carro de Rhys, seu telefone e saiu pela porta. Teria que pegar o GTS emprestado e torcer para que ele não ficasse bravo.

No elevador, enviou uma mensagem a Harry dizendo que não conseguia falar com Rhys, mas que estava a caminho.

As portas do elevador se abriram. O estacionamento estava vazio e seus sapatos rangeram no concreto. Apertou o controle da Mercedes de Rhys. Caramba, era sexy. Rebaixado e parecia veloz.

Ela ouviu um barulho e se virou.

A garagem estava vazia. Observou a área e sentiu seu pulso acelerado. Argh, estacionamentos eram sempre assustadores quando se estava sozinha.

Ao cruzar o espaço, ela moveu as chaves para a mão esquerda, colocando-a por entre os dedos como uma arma improvisada. Ainda não viu ninguém.

Acelerou o passo, meio correndo em direção ao carro.

Ouviu o baque surdo de passos atrás de si. Antes que

pudesse se virar, braços musculosos a envolveram e a levantaram. *Não!* Ela girou o corpo e o golpeou com a mão. As chaves encontraram a pele, e um grunhido masculino encheu seus ouvidos.

Seu agressor a largou, e ela atingiu o grande homem com três cortes na bochecha.

— Ivan.

— O sr. Volkov quer você.

— Bem, ele não pode me ter. — Ela recuou. — Ninguém pode simplesmente decidir que quer uma pessoa e pegá-la. Não sou um objeto.

Ela balançou a cabeça. Por que atraía caras malucos? Excluindo Rhys, é claro.

Ah, Deus. Quando Rhys soubesse que ela havia saído do apartamento e isso tinha acontecido...

Ela teria que amolecê-lo e distraí-lo.

— Você vem comigo — Ivan rugiu. — Não quero te machucar.

— Vá embora. Meu namorado vai ficar irritado.

— Zane Roth?

— Hum, não. Na verdade, ele não é meu namorado.

Ivan parecia confuso, então seu rosto endureceu. Ele avançou para ela.

Haven ergueu as mãos.

— Por favor...

Ela disparou para a esquerda e correu entre dois carros.

Ela o ouviu atrás dela, deu a volta em um Chevy SUV e saiu em disparada. Precisava chegar às escadas.

Saindo de trás de um carro, ela tentou ganhar velocidade e sentiu seu peito arfar. Droga, precisava ir mais à academia.

Infelizmente, Ivan era mais rápido do que parecia. Ele a alcançou e os dois se chocaram contra o concreto. Uau. Haven perdeu o ar e seus ossos chocalharam.

Antes que ela pudesse recuperar o fôlego, Ivan se levantou e a puxou.

Haven lutou. Tentou arranhá-lo e o chutar, e se contorceu como uma louca.

Nada funcionou. O homem estava imóvel.

Ele a conduziu em direção a um sedã prateado simples. Abriu a porta traseira e a empurrou para o banco de trás. Apesar de sua luta, ele conseguiu colocar uma fita adesiva em seus pulsos e depois em seus tornozelos.

Merda. Droga. Porcaria.

Seus olhos se encheram de lágrimas, mas ela as controlou. Não podia se dar ao luxo de perder a cabeça.

Ivan a empurrou novamente, e ela caiu no assento. Haven olhou para ele quando fechou a porta e, em seguida, subiu no banco do motorista.

— Meu namorado vai ficar irritado pra caramba. E vou dizer a ele que você é um idiota.

— Ele não vai te encontrar. O sr. Volkov tem planos para você.

Essas palavras sinistras lhe provocaram uma onda de náusea. Isso não era bom.

Rhys iria encontrá-la... certo?

— Veremos. — Haven desenterrou todas as bravatas que pôde. — O Rhys vai...

— Quieta. Não quero ouvir sua tagarelice.

Ela caiu para trás contra o assento.

— Não gosto de você, Ivan.

Isso o fez grunhir.

Então ele se virou e se inclinou pelo vão entre os bancos da frente.

— Temos uma viagem pela frente e o sr. Volkov quer que você saia para passear.

Ivan segurava uma seringa na mão.

— Não! — Haven protestou.

Ela tentou lutar, mas ele era muito forte. Sentiu uma picada breve e aguda em seu pescoço.

Enquanto ela piscava, Ivan se sentou no banco do motorista. Um segundo depois, o carro saiu da garagem. Haven mordeu o lábio quando sua visão turvou. *Ah, merda.*

Então, não havia nada além de escuridão.

CAPÍTULO DEZOITO

H aven gemeu.
    Sua cabeça latejava e sua boca estava seca. Ela abriu os olhos. Estava deitada em um sofá de couro. Piscou mais algumas vezes e a sala ficou visível.

Era um escritório espaçoso e bem iluminado, com piso de madeira claro, brilhante e com uma mesa grande localizada na frente de portas francesas. A luz do sol entrava. Havia muita madeira ao redor da sala e tudo era decorado em tons de marrom e castanho. As portas francesas ofereciam uma vista deslumbrante de... ela se apoiou no cotovelo. Videiras. Fileiras e mais fileiras de videiras.

Haven se sentou, olhou em volta e estremeceu.

O *Lírios D'Água* estava encostados na parede oposta.

Seu pulso disparou. Estava intacto. *Graças a Deus*.

Ela esfregou as mãos. A fita adesiva havia sumido, mas ainda havia resíduos em seus pulsos. Percebeu um movimento com o canto do olho e virou a cabeça. Aleksandr Volkov saiu de uma porta adjacente.

— Ah, você está acordada — ele comentou.

Ela o olhou, mas por dentro estava tremendo.

— Precisa de um pouco de água? — ele perguntou. — Pelo que me disseram, as drogas podem deixar sua boca seca.

— Não quero nada. Você não pode simplesmente me sequestrar!

Ele foi até a mesa e encostou o quadril nela.

— Posso fazer o que eu quiser, Haven. Sempre fiz e sempre vou fazer.

— Você vai se arrepender disso.

— Eu não tenho medo de Zane Roth.

— O Zane é amigo do meu namorado. Não estou com ele.

Volkov inclinou a cabeça e uma ruga se formou em sua testa.

— Não importa, você é minha agora.

Irritada, Haven se recostou no sofá.

— Sério, o que há em mim que atrai homens obsessivos e assustadores?

Os olhos de Volkov brilharam.

— Cuidado. Não permito desobediência ou insolência.

O tom de voz dele provocou um tremor de medo em seu estômago.

— Eu posso te dar muitas coisas, Haven. — Ele abriu as mãos. — Vestidos, sapatos, joias... o melhor de tudo.

— Acha mesmo que eu me importo com isso?

Ele inclinou a cabeça.

— Eu deveria saber que você teria mais classe. Tenho obras de arte que você vai adorar ver. Assim que o comprador chegar... — ele acenou com a cabeça para o Monet — e eu concluir a venda da pintura, meu bom amigo, Sergei Zakharov, vai transferir a minha parte.

Escória. Ela cravou as unhas nas palmas das mãos.

— Depois vamos para minha propriedade à beira-mar no México. Você vai amar. Minha coleção de arte é incrível.

Ela sentiu o gosto de bile na boca.

— Não vou a lugar nenhum com você. Rhys virá me buscar.

Volkov não parecia impressionado.

— O namorado?

— Sim, Rhys Norcross.

O homem mais velho se endireitou como se tivesse sido picado por algo.

— Norcross?

Ela ergueu o queixo.

— Sim.

Ele murmurou um xingamento.

— Tem relação com o Easton e o Vander?

— É o irmão deles.

A expressão no rosto de Volkov se tornou infeliz e perturbada. Em seguida, ele balançou a cabeça.

— Ninguém vai te encontrar aqui, nem mesmo os irmãos Norcross. Depois que o comprador do Vale do Silício chegar, vamos embora. Estaremos muito longe antes que qualquer um deles possam te rastrear.

Haven olhou para ele.

— Quero que você vá para o banheiro. Tem uma roupa lá que quero que você coloque. — Ele deu um sorriso de escárnio.

Ela cruzou os braços.

— Não.

Volkov sorriu com frieza.

— Se você não reconsiderar, eu mesmo vou despi-la.

Argh. Não queria as mãos deste homem perto dela.

Olhando para ele, Haven seguiu em direção a porta que ele indicou pisando firme. O banheiro era pequeno, mas bem decorado, com bancadas de granito marrom salpicadas de dourado.

Pendurado em um gancho na parede, havia um vestido vermelho e um par de sandálias de tiras prateadas com saltos de dez centímetros. Normalmente, ela babaria nos sapatos, mas como foi quem Volkov os comprou, ela não o fez. No entanto, o vestido não era legal. Era muito curto, justo e decotado, coisa que ela nunca usaria.

Irritada, tirou suas roupas e colocou o vestido. Ótimo, parecia uma acompanhante de luxo. Calçou os sapatos e decidiu deixar o rabo de cavalo. Não ia agradá-lo mais do que o necessário. Ela saiu, olhando para ele.

Os olhos do homem brilharam.

— Bom. Sairemos em breve. — Ele saiu.

Haven levou as mãos ao rosto. *Merda*, esperava que não fosse verdade. Rhys ia chegar.

Respirou fundo, trêmula.

Droga, ela gostaria muito de ter dito a ele que o amava.

Bem, não ia ficar sentada esperando ser resgatada como uma pobre donzela em perigo. Não ia mesmo se deixar ser levada para a outro lugar, não importava quantas obras de arte ele tivesse.

Primeiro, verificou as portas francesas. Trancadas e

sem chave à vista. Imaginou que quebrar o vidro faria muito barulho.

Voltou ao banheiro e olhou ao redor. Encontrou um pequeno spray de ambiente no armário embaixo da pia. Não era um taco, mas serviria.

De volta ao escritório, olhou para a mesa. Será que havia um telefone? Uma onda de adrenalina a atingiu, e ela correu para lá. Verificou tudo. Uma gaveta estava trancada, outra não tinha nada além de um bloco de notas e uma caneta, e as demais estavam vazias. Nada mais, nem mesmo um grampeador.

Ela bufou. *Droga.*

Foi até a porta principal, esperando que estivesse trancada. A maçaneta girou e ela engoliu em seco.

Haven olhou para o corredor.

Não havia seguranças musculosos esperando. Imaginou que eles estavam por aí em algum lugar, ou Volkov não teria deixado a porta destrancada.

Em silêncio, ela seguiu para o corredor. A casa era linda e muito mais agradável do que a mansão de Volkov em San Francisco. O piso de madeira era muito bonito e o lugar tinha um toque rústico e descontraído.

Andou na ponta dos pés para não fazer barulho com os saltos e chegou ao final do corredor. Viu uma grande sala de estar de plano aberto. Sofás de camurça macios e confortáveis dominavam o espaço. Havia uma TV de tela plana monstruosa na parede ao lado de uma grande lareira forrada de pedra.

Havia muitas outras portas francesas, todas se abrindo para um grande terraço. Além disso, ela viu uma piscina, um mirante, e um vinhedo enorme mais adiante.

Certo. Vá para as vinhas, corra e se esconda. Talvez ela pudesse encontrar uma estrada e fazer sinal para um carro ou algo assim.

Haven atravessou depressa a sala de estar. A primeira porta francesa estava trancada, mas na segunda ela teve sorte.

Ela a abriu, sorrindo enquanto saía. Respirou o ar fresco.

Amava Napa. Talvez, depois que tudo isso acabasse, ela convencesse Rhys a ir com ela até ali para um longo fim de semana.

Sexo, vinho e Rhys. *Humm.*

Ela correu pelo terraço, seus saltos estalando. Primeiro, ela precisava sair dali.

Mas ouviu vozes. *Porcaria.* Se agachou atrás de alguns sofás ao ar livre. Seu coração batia tão forte que ela tinha certeza de que as pessoas ouviriam.

— Tudo limpo — disse uma voz profunda. Houve uma pausa. — Veículo em aproximação. Reconhecido. — Outra pausa. — Sim, o Citation está abastecido e esperando na pista de pouso.

Ah, merda.

Silêncio. Haven esperou mais alguns segundos e rezou para que o segurança tivesse se afastado.

Hora de ir.

Deu um pulo e correu. Contornou a estrutura do gazebo à beira da piscina e deu de cara com um peito duro.

— Opa. — Ela se afastou.

Um guarda alto e loiro usando um terno escuro fez uma careta para ela.

— Ei, você não é...

Ela ergueu o purificador de ar e borrifou nos olhos dele.

O homem jogou as mãos para cima e praguejou. Haven jogou o recipiente nele e acertou sua cabeça.

Haven correu. *Vá para as vinhas. Vá para as vinhas.*

Porcaria de saltos altos idiotas. Eles continuavam a afundar na grama. Ela deveria tê-los tirado antes, mas não estava pensando direito. Não tinha ido muito longe quando uma mão agarrou seu rabo de cavalo e o puxou.

Ela gritou. *Ah, isso dói.* Parecia que seu couro cabeludo estava pegando fogo.

Foi virada para enfrentar o carrancudo Ivan.

— Você de novo — ela resmungou.

Ele puxou seu braço para trás e marchou de volta para a casa. O guarda loiro os encontrou, seus olhos estavam vermelhos e marejados.

— Vadia — ele retrucou.

— Fui sequestrada e estou sendo mantida aqui contra minha vontade, o que você esperava? — Ela ouviu um barulho vindo de Ivan e olhou para ele. — Você está rindo?

— Não.

Ela franziu o cenho para ele.

— Parecia uma risada.

— Lipinski, lave os olhos — Ivan ordenou. Ele empurrou Haven para dentro de casa.

O homem marchou de volta para o escritório e Volkov os encontrou na porta.

— Sorte sua eu gostar de uma mulher espirituosa, Haven.

Ela revirou os olhos. Estava muito chateada para sentir medo.

— Mas não espirituosa demais. Ivan, amarre-a na cadeira.

Ivan a empurrou para uma cadeira em frente à escrivaninha. Ele puxou seu rolo de fita adesiva.

— Isso faz parte do kit de ferramentas essencial de capangas? — ela perguntou com sarcasmo.

Ivan a ignorou e prendeu seus braços e pernas na cadeira.

Ótimo. Rhys, por favor, seja o investigador excepcional que você é e me encontre.

O medo aumentou novamente, fazendo sua garganta se apertar. Ela testou as amarras, mas estava bem presa.

Outro segurança apareceu na porta e acenou com a cabeça para Volkov.

O homem mais velho sorriu.

— Bom, o comprador está aqui. Assim que a transação for concluída, podemos seguir nosso caminho, Haven.

Seu estômago embrulhou com náusea.

Rhys, por favor, se apresse.

PUTA MERDA.

Rhys nunca se sentiu tão frenético. Pegou o telefone quebrado de Haven do concreto e as chaves do seu Mercedes GTS.

Examinou a garagem, sentindo a mandíbula ranger sob a pressão de cerrar os dentes. Ele não tinha ideia de onde ela estava.

Vander o observou como uma ave de rapina, claramente pronto para subjugá-lo se Rhys perdesse o
controle.

O telefone do Norcross mais velho tocou, e ele o
pegou.

— Ace, o que você conseguiu?

— Dê uma olhada. — A voz de Ace soou no viva-voz.

Rhys olhou para o telefone de Vander, e eles viram as
imagens das câmeras de segurança na tela. Um homem
grande como um pugilista perseguiu Haven pela garagem, antes de pegá-la e colocá-la em um sedan prateado.

— Ela o chamou de Ivan — Ace disse.

Rhys praguejou.

— O capanga do Volkov. Aquele que tentou detê-la
na biblioteca.

— Vou entrar em contato com o Hunt — Ace avisou.
— Pedir que o Departamento de Polícia de São Francisco
procure o carro. — Ace respirou fundo. — Sinto muito,
Rhys. Perdi a ligação dela quando vocês estavam abor-
dando o caminhão. O amigo dela, Harry, viu a pintura
sendo carregada em um caminhão.

Rhys reprimiu sua frustração. Ele sabia que não era
culpa de Ace, mas desejava que o homem tivesse aten-
dido a porcaria da ligação.

— Tudo bem. Vamos nos concentrar em encontrá-la.

Ela nunca deveria ter saído do apartamento. Quando
ele a tivesse de volta, daria um sermão nela.

Se ele a encontrasse a tempo.

Respirou fundo.

— Dei um colar a ela. Tem um rastreador nele. Ace,
você pode ativá-lo?

Saxon levantou uma sobrancelha.

— Você colocou um rastreador na sua namorada? Cara, você tem coragem.

— Eu estava garantindo a segurança da minha mulher.

— Contou para ela? — Saxon perguntou.

— De jeito nenhum.

Vander balançou a cabeça.

— Consegui — Ace disse. — Está mostrando que ela está em... Napa.

— Napa — Rhys murmurou.

— Volkov tem uma propriedade lá — Vander disse.

— Sim — Ace acrescentou. — Confirmado. Ela está na propriedade de Volkov.

As mãos de Rhys se fecharam. O filho da puta ia ser pego.

— Vou matá-lo.

Levariam bem mais de uma hora para chegarem é Napa. Muito tempo.

— Ace, prepare o helicóptero — Vander ordenou. Ele olhou os homens com o olhar frio. — Vamos voltar para o escritório para nos preparar e depois entrar em ação.

— Ótimo — Rome murmurou. Seus dentes brancos brilharam quando ele sorriu.

Rhys subiu na moto. Logo, eles estavam de volta ao escritório da Norcross, se preparando para partir.

Não demorou muito para ficarem prontos, pois já haviam se arrumado para a abordagem do caminhão. Rhys vestiu um colete Kevlar e o prendeu. Em seguida, pegou um rifle M4 do armário de armas. Era o que eles usavam no exército.

Ele se virou, encontrando Vander, Saxon, Rome e Easton todos prontos.

Os homens se dirigiram ao telhado, onde um helicóptero – um Sikorsky preto e lustroso – os esperava.

Vander acenou para Magdalena "Maggie" Lopez pela janela da cabine. Ele havia atraído a jovem piloto da Marinha. A mulher estava sempre sorrindo, xingava muito e era brilhante nos comandos de um helicóptero.

Todos embarcaram e, um momento depois, decolaram, sobrevoando a cidade, depois a baía, rumo ao nordeste.

Era como nos velhos tempos, sair em missão. Por um segundo, Rhys viu o deserto abaixo deles. Então ele piscou e a Ilha de Alcatraz apareceu.

Esta não era uma missão da Ghost Ops. Esta era muito mais importante – salvar Haven e trazê-la para casa.

Rhys tentou não se inquietar durante o voo. Mas, à medida que a baía de São Francisco deu lugar à de San Pablo, a pressão aumentou dentro dele – o barulho, o medo – tudo se misturou. Ele bateu com a bota no chão.

Fique bem, Haven. Fique bem, caramba.

Vander tocou seu joelho. Rhys ergueu os olhos para o irmão, depois para Easton e em seguida para os outros. Todos o olhavam fixamente. Eles o protegeriam. Trariam Haven de volta.

Não estava sozinho e sua mulher era inteligente, resistente e engenhosa.

Ele assentiu.

— Aguente firme, baby — murmurou.

Logo, as videiras apareceram. Elas se espalhavam pelas colinas em longas fileiras.

Maggie os levou mais para baixo. Ele viu a boca de Vander se mover e soube que ele estava falando com a piloto.

Circundaram a propriedade de Volkov e Vander apontou. Rhys observou a casa ampla.

Seu foco se solidificou, ampliando o objetivo da missão. *Resgatar Haven.*

Maggie os levou para longe de casa. Não queriam alertar Volkov e seus capangas. Um helicóptero voando em Napa era bastante comum. O helicóptero pousou em uma área plana de grama perto de alguns galpões. Eles saíram e entraram em formação, com as armas levantadas.

— Atirem para incapacitar — Vander falou.

Eles se moveram silenciosa e rapidamente, cobrindo a distância até a casa de Volkov. Se aproximaram da casa, circulando uma grande piscina.

Um segurança apareceu, levantando sua arma, e Vander o derrubou com um tiro na perna. Saxon levou segundos para desarmar e proteger o homem.

A equipe se separou. Vander e Rhys foram para a esquerda enquanto os outros foram para a direita.

Rhys correu na direção de mais dois guardas e sentiu uma satisfação selvagem em derrubá-los com vários golpes e socos fortes.

Ele e Vander deixaram os homens amarrados.

Os dois se aproximaram de uma longa fileira de portas francesas. Rhys olhou para uma grande sala de estar, mas não havia ninguém à vista.

Apontou mais adiante e Vander assentiu. Eles continuaram se movendo ao longo da construção.

Mais à frente havia outro conjunto de portas de vidro. À medida que se aproximavam, Rhys ouviu o murmúrio de vozes e ergueu a mão. Ele e Vander pararam.

Com cuidado, Rhys olhou para dentro.

Viu Volkov conversando com dois seguranças. Eles estavam em um escritório e os homens posicionados perto da porta mais distante.

Ele olhou ao redor da sala e viu Haven. Seu peito se apertou.

— Ela está viva — murmurou. Estava amarrada a uma cadeira, parecendo bem irritada.

O Lírios D'Água estava encostado na parede. Enquanto observava, Volkov pegou a pintura e saiu da sala.

— Volkov saiu com a pintura.

Vander assentiu.

— Vou entrar pela sala de estar e derrubá-lo. Você pode lidar com os seguranças?

Rhys olhou para o irmão.

— Certo — Vander respondeu. — Tente não matar ninguém.

Rhys ouviu Haven falar. Parecia zangada. Ela puxou as amarras que a seguravam na cadeira.

Os seguranças franziram a testa para ela.

Rhys decidiu entrar rápido. Deu alguns passos para trás e correu. Ergueu o braço e fechou os olhos ao bater nas portas francesas e o vidro se estilhaçou.

Haven gritou.

Rhys mirou e atirou. O primeiro segurança estremeceu e desabou. O segundo estava se movendo, mas Rhys girou e o derrubou também.

Ele seguiu e chutou as armas dos guardas. Os dois estavam gemendo.

— Tentem qualquer coisa e eu os mato.

Eles ficaram parados e em silêncio.

Então Rhys caminhou até Haven.

— Rhys!

— Está tudo bem, linda. — Ele puxou a faca e cortou a fita, libertando-a. — Vou tirar você daqui.

De repente, a porta do escritório se abriu. Volkov entrou com dois seguranças.

Puta merda. Vander ainda não o havia encontrado. Os homens ergueram as armas.

— Atirem nele! — Volkov gritou.

Rhys saltou para longe de Haven. Se atirassem, não queria correr o risco de ela ser atingida. Se jogou atrás da mesa e as balas atingiram a madeira. Puta merda.

— Parem! — Haven gritou.

Rhys apareceu e atirou em um segurança, depois se agachou novamente.

Houve outra saraivada de balas.

Ele apareceu novamente e viu Volkov correndo em direção a Haven, que estava pressionada contra a parede oposta. O homem tinha uma arma na mão.

O medo atingiu Rhys. Sem pensar, ele se moveu em direção a ela.

Pow.

A bala atingiu o peito de Rhys. Quando seu corpo estremeceu, ele deu um tiro. O segurança gritou e caiu.

— Rhys! — Haven gritou.

Ele se ajoelhou atrás da mesa e grunhiu. Que merda de dor. Ele tocou o colete e tentou respirar. Foi uma agonia.

— Rhys, não — Haven gritou do outro lado da sala.

Ele agarrou a borda da mesa e se levantou. A dor era terrível e fez sua cabeça girar. *Aguente firme, Norcross.*

Volkov segurou Haven na sua frente, com a arma pressionada contra a cabeça dela.

O olhar de Rhys encontrou o dela. Seu rosto estava pálido, os olhos arregalados e brilhantes de lágrimas.

— Largue a arma — Volkov grunhiu.

CAPÍTULO DEZENOVE

O terror tinha garras, e estava rasgando o estômago de Haven.

Rhys foi baleado. Não. *Não*.

Volkov a agarrou, pressionando a arma contra sua cabeça. Mas ela não se importou. Olhou para a mesa onde Rhys havia se abaixado. *Rhys*. O nome era um grito dentro dela. Ela não conseguia respirar.

Então, ele se levantou, trêmulo. Ela piscou. Não havia sangue sobre ele e foi quando percebeu que ele estava usando colete.

Rhys e Volkov se entreolharam. Ele apontou a arma para a cabeça do russo.

— Abaixe a arma. — Volkov empurrou o cano contra sua bochecha, e ela estremeceu. — Faça isso ou vou machucá-la. Abaixe e chute-a para mim.

Rhys se moveu, circulando a mesa e abaixando a arma.

— Rhys, não. — Ele ficaria indefeso.

Ele largou o rifle e o chutou no chão de madeira.

— Eu farei qualquer coisa para mantê-la segura.

Seus pulmões se comprimiram.

— O revólver também — Volkov acrescentou.

Rhys puxou uma pistola do coldre preso à coxa e a jogou no chão.

Eu farei qualquer coisa para mantê-la segura.

Quaisquer dúvidas remanescentes que ela tivesse sobre como Rhys se sentia por ela, ou como ela se sentia por ele, evaporaram. Por um instante, eram apenas os dois na sala, olhando um para o outro. Ele morreria por ela, faria qualquer coisa ao seu alcance para mantê-la segura.

Ela o amava. Ah, Deus. E ela faria o mesmo por ele.

Não ia deixá-lo morrer aqui.

Se virando lentamente, ela pisou no pé de Volkov.

Ele gritou. Ela o empurrou e, agitando os braços, ele se chocou contra a parede. Ela se abaixou e arrancou um dos sapatos. Aquele que ele a forçou usar.

Foi para cima dele e bateu em seu peito com o salto. Sentiu a ponta penetrar nele. Repetiu o movimento.

— Seu idiota! Você atirou no meu namorado. Me fez usar esse vestido vulgar.

Volkov cambaleou. Ela o acertou no braço e sua arma saiu voando. Ela o atingiu com o sapato novamente, com força suficiente para que o salto rompesse a pele.

Com um grito, ele caiu para trás, e Haven saltou sobre ele, batendo em seu rosto.

Rhys chutou a arma de Volkov para fora do caminho.

— Pronto, Mulher Maravilha. — Ele a levantou.

Volkov se enrolou como uma bola no chão.

— Eu não terminei — ela retrucou.

Um barulho soou na porta e Vander entrou.

— Você está atrasado — Rhys reclamou.

— Desculpe, tive um probleminha. — Ele olhou para Volkov e arqueou as sobrancelhas. — O que aconteceu?

— A Haven deu uma surra nele.

Ela inclinou a cabeça para trás.

— E eu não terminei.

Os lábios de Vander se contraíram, e ele se agachou, amarrando as mãos de Volkov.

— Machucado por um salto alto?

— Espancado por uma bela mulher — Rhys acrescentou.

Vander assentiu, levantou Volkov e empurrou o homem na cadeira em que Haven esteve amarrada. Com algumas abraçadeiras, Vander o imobilizou.

— Se mexa e eu atiro em você.

Volkov engoliu em seco e ficou em silêncio.

— Estou feliz que vocês dois achem isso tão divertido — Haven falou. — Ele atirou no peito do Rhys!

O rosto de Vander ficou sério, e ele se levantou.

— Você está bem?

— O colete pegou o impacto.

— Ainda dói pra car... — Vander olhou para Haven — muito?

— Vou lidar com isso mais tarde, mas primeiro... — Rhys segurou os braços de Haven. — O que é que você estava pensando atacando-o daquele jeito?

Os olhos dela se arregalaram.

— Você está bravo comigo?

— Ele apontou uma *arma* para sua cabeça — Rhys grunhiu. — Ele poderia ter te matado.

— E ele poderia ter te matado também! Ele já tinha

atirado em você, e eu não ia deixar que ele atirasse novamente no homem que eu amo.

Ela paralisou. *Ah, Deus, ela tinha acabado de dizer isso em voz alta.*

Rhys a olhou e algo cintilou em seus olhos. Então ele a puxou para seus braços e a beijou.

Haven ficou paralisada por um segundo, então retribuiu o beijo. A língua dele mergulhou em sua boca, e ela entrelaçou as mãos em seus cabelos. *Mais.* Ela precisava de mais.

Quando ele finalmente interrompeu o beijo, ela estava ofegante. Rhys encostou o rosto em seu cabelo e manteve os braços apertados e seguros ao seu redor.

— Pelo menos, você não vai reclamar dos meus sapatos — ela disse baixinho.

Ele balançou a cabeça e sorriu.

— Onde está o *Lírios D'Água?* — Vander perguntou.

Haven enrijeceu.

— Volkov o tirou daqui. Você não o viu?

Vander balançou a cabeça e tocou sua orelha.

— Saxon, algum de vocês está vendo a pintura? — Ele deve ter obtido uma resposta, porque um segundo depois, balançou a cabeça.

Ah, Deus.

— Volkov disse que o comprador tinha chegado. Por favor, não me diga que o idiota já o pegou.

— Nenhum veículo saiu desde que chegamos. — Vander cutucou Volkov. — Onde está a pintura?

— Vá se foder — o homem respondeu.

Vander se agachou e murmurou algo muito baixo só para ele ouvir.

Os olhos de Volkov se arregalaram e seus lábios tremeram.

— Nível da adega. O comprador foi buscá-lo e concluímos o negócio.

— Vamos embora — Vander falou.

Haven tirou o outro sapato e seguiu os homens para fora. Rhys a manteve por perto.

Eles correram pelo corredor.

— Ace, preciso de acesso rápido ao nível da adega — Vander pediu.

Na sala de estar, Saxon, Rome e Easton se juntaram a eles.

— Haven. — Easton a abraçou.

— Estou bem.

— Por aqui. — Vander os conduziu por uma enorme cozinha. Todos os aparelhos e bancadas brilhavam. Ele abriu uma porta e viram escadas largas que levavam para o subsolo quando as luzes se acenderam automaticamente ao longo das lindas paredes de pedra.

Uma longa parede estava coberta por estantes impressionantes cheias de garrafas de vinho. Havia também várias pilhas de barris e, à medida que prosseguiam, passaram por uma sala de degustação com uma longa mesa e cadeiras.

No final do corredor, Vander empurrou uma porta. Um pouco além dela havia uma área de entrega, com portas abertas, revelando uma entrada para carros. Uma van estava estacionada lá, com as portas traseiras totalmente abertas.

Dois homens se viraram e viram a equipe da Norcross. Instantaneamente ergueram as mãos.

— O comprador é algum bilionário da tecnologia — Haven explicou.

— Onde está o seu chefe? — Rhys perguntou.

Os homens deram de ombros.

— A pintura? — Rhys perguntou.

— O Sr. Allcroft ainda não voltou com ela.

Vander praguejou, enfiou a mão no bolso e tirou as chaves da van.

— Se espalhem — disse à sua equipe. — Encontrem-no.

Rhys se virou para Haven.

— Quero que você encontre um lugar lá em cima e fique...

— Não. — Ela se virou, voltando para as escadas. — Vou encontrar aquela porcaria de pintura, Rhys.

Ele olhou para o teto e parecia estar lutando contra o desejo de algemá-la em alguma coisa.

— Vamos — ela falou. — Não temos tempo a perder.

Haven ouviu Rhys murmurar baixinho. Ela tinha certeza de que era algo sobre ela sempre conseguir o que queria.

RHYS SUBIU as escadas na frente de Haven. Ele parou no topo. Não havia som na cozinha. Tinham matado muitos dos seguranças de Volkov, mas o mafioso parecia o tipo de homem que teria seu próprio exército particular.

Ele acenou para Haven segui-lo pela cozinha enorme.

De repente, um grande corpo saiu pela porta. O segurança se chocou contra Rhys.

Haven gritou.

— Rhys!

Sua Glock voou e atingiu o chão de ladrilhos. O guarda ergueu o cotovelo, e Rhys o bloqueou. Eles se chocaram e caíram no chão.

Rhys se levantou e rolou pelo chão da cozinha, grunhindo enquanto cada um tentava obter a vantagem.

Eles rolaram novamente, batendo em um armário. Pratos voaram, se espatifando no chão.

O Norcross mais novo acertou um soco no estômago do homem e o segurança fez um barulho de dor. Segurando as pernas do homem com as suas, Rhys girou, dando um mata leão no homem.

Ele fez um barulho enfurecido, mas resistiu, quase desalojando Rhys.

Com um grito, Haven apareceu. Estava segurando uma vassoura. Bateu com o cabo na lateral do corpo do segurança. Ele grunhiu e estremeceu.

Rhys lutou para subjugar o homem e quando Haven atacou novamente, desta vez a vassoura acertou as costas de Rhys.

— Merda, Haven.

— Desculpe. Estou tentando ajudar.

Ele apertou seu controle sobre o segurança até que o homem ficou inconsciente. Assim que ele apagou, Rhys sacudiu a cabeça.

— Pegue algumas abraçadeiras do meu bolso.

Ela fez o que ele pediu e começou a prender as mãos do guarda.

— Baby. — Rhys se levantou. — Você vai cortar o fluxo sanguíneo dele.

— Minha tolerância para idiotas é baixa, Rhys. Muito baixa.

Ele segurou sua bochecha.

— Vamos encontrar o *Lírios D'Água*.

Rhys pegou sua Glock, e eles se dirigiram para a sala de estar. Não havia sinal de ninguém, nem uma pintura multimilionária.

— Rhys, olhe — Haven sibilou.

Ele seguiu seu olhar. Uma das portas francesas que davam para fora estava aberta.

Em silêncio, eles se moviam naquela direção. Assim que se aproximaram, viu um homem magro de terno segurando o *Lírios D'Água*, passando pela piscina.

— Ah, não, ele não vai — Haven murmurou.

Eles correram para fora.

— Pare! — ela gritou.

O homem estremeceu e, por um segundo, Rhys pensou que ele fosse cair na piscina.

Ele os encarou e engoliu em seco, fazendo seu pomo de adão se mover.

Rhys reconheceu o homem. Mark Allcroft. Ele o tinha visto no noticiário. Possuía algumas empresas de mídia social que os adolescentes adoravam. Era jovem, tinha uma constituição esguia e o rosto coberto de sardas.

— Não se mexa — Rhys advertiu.

Allcroft engoliu em seco novamente, olhando a arma de Rhys com nervosismo.

— Por favor...

— Cale a boca — Haven ordenou. — Essa pintura foi roubada.

— Foi? — O homem mentiu de forma nada convincente.

— Ah, por favor. Você sabe disso. — Ela caminhou até ele.

Rhys ficou parado, com a arma apontada para o homem.

Haven arrancou a pintura das mãos de Allcroft.

— Graças a Deus. Vou devolver isso para o lugar a que pertence.

— Mas... mas... eu paguei por ela.

— Ah, você pagou em dinheiro vivo por uma pintura roubada? Coitadinho.

Rhys se aproximou.

— Você pode explicar para a polícia.

— Polícia? — A voz de Allcroft ficou alta e estridente, e seu rosto totalmente branco.

Haven fungou e antes que Rhys percebesse o que ela havia planejado, ela empurrou o empresário.

Com um grito e os braços balançando, Allcroft caiu na piscina com um grande estrondo.

Rhys balançou a cabeça. Haven jogou o rabo de cavalo para trás.

— Isso foi bom.

Ele enfiou a arma no coldre, pegou a pintura e a colocou em uma espreguiçadeira.

As sobrancelhas dela se ergueram.

— O que...?

Ele a segurou e a beijou. Com um ruído rouco, ela envolveu as pernas ao redor da cintura dele e retribuiu o beijo.

Abraçá-la e beijá-la parecia certo. Ele continuou

beijando-a enquanto ela se contorcia contra ele. Haven estava segura, e isso era tudo que importava.

Foi quando Rhys ouviu um pigarro. Ergueu a cabeça e viu Vander e os outros parados no terraço.

— Você vai ficar feliz em saber que limpamos a casa. — Vander olhou para o homem se debatendo na piscina. — Esse é nosso comprador?

— Sim. — Rhys colocou Haven no chão, mas a manteve por perto.

— A polícia está a caminho — o irmão de Rhys avisou.

— Como ele foi parar na piscina? — Rome perguntou.

— A Haven o empurrou — Rhys respondeu.

Ela ergueu o queixo.

— Eu não sinto muito.

— Tire-o daí — Vander ordenou.

Saxon e Rome seguiram ao redor da piscina.

Haven se inclinou para Rhys.

— Obrigada por vir me salvar.

Ele ergueu o rosto dela.

— Você achou que eu não viria? — Puta merda, ele achou que estava conseguindo chegar até ela.

— Eu sabia que você viria, só não tinha certeza se me encontraria antes que Volkov me levasse para o México. — Ela fez uma careta.

O estômago de Rhys endureceu. Ele queria machucar Volkov de novo.

— Sou o melhor investigador de São Francisco, se lembra?

Saxon, passando por ele com o bilionário da tecnologia encharcado, bufou.

— Não vai contar a ela sobre o rastreador?

— Rastreador? — Os olhos de Haven se arregalaram, e ela segurou o diamante que estava pendurado contra seu peito. — Você colocou um rastreador em mim?

— Haven...

Ela sorriu.

— Considerando o que aconteceu, tudo bem. — Ela deu um beijo em seus lábios.

Ele entrelaçou os dedos em seu cabelo e sentiu um aperto dentro de si. Droga, ela o virou do avesso.

— A polícia está a dois minutos daqui — Ace disse pelo fone de ouvido.

— Acabou — Haven murmurou. Ela olhou para a pintura, então examinou a casa de Volkov. — Não há mais perigo.

— Sim, baby.

Ela começou a tremer.

— Ah, Deus. Me mantive firme por tanto tempo, por que estou surtando agora?

— Queda de adrenalina. É normal.

— Você não está tremendo.

— Fui treinado para lidar com isso. — Ele a puxou para perto, apoiando a mão em sua nuca e massageando suavemente. — Apenas respire, Haven.

— Estou cansada de surtar. Definitivamente, estou cansada de ser sequestrada.

A boca de Rhys se apertou em uma linha reta.

— Também estou cansado. — Ele a pegou no colo. — Mas não precisa mais se preocupar com isso. — Entrou na casa. Iria até o porão de Volkov e encontraria algo para ela beber.

Haven precisaria prestar seu depoimento aos policiais, mas ela poderia fazer isso enquanto ele a abraçava.

— Espere — ela falou —, a pintura.

Que se dane a pintura.

— Nós a veremos mais tarde.

Pareceu que ela ia discutir, mas então relaxou e se aconchegou contra seu peito.

— Está bem.

20

CAPÍTULO VINTE

Haven gemeu, montando em Rhys e se esfregando nele com força. Os dedos do homem cravaram em seus quadris.

Ela olhou para baixo e encontrou o olhar quente em seu rosto. A mão dele acariciou seu queixo e deslizou o dedo em sua boca. Ela sugou com força.

Estava perdida nele. O prazer foi tão intenso que ela o sentiu em todos os lugares. Ele praguejou, arqueando os quadris embaixo dela.

— Tão linda, Haven. *Minha.*

As mãos de Rhys deixaram seus quadris, se movendo para encontrar seu clitóris.

Ela se inclinou sobre ele, se movendo mais rápido. Seu orgasmo estava crescendo. Ela estava bem no limite e queria se jogar.

Se moveu contra ele, sentindo seu pau grosso esticá-la e seu polegar acariciar o clitóris. E então ela alcançou o clímax.

— *Rhys.* — Seu grito rouco ecoou pelas paredes.

— Sim, Haven. Estou aqui. Observando o quanto você está linda com meu pau dentro de você, gozando nele.

Tudo dentro dela estremeceu. Com um grunhido, ele se levantou.

Em um piscar de olhos, ela estava de costas com Rhys sobre ela, se movendo com estocadas rápidas e fortes.

Caramba, ele era lindo. Magnífico.

Com um gemido, ele gozou. Seus músculos estavam tensionados e o rosto contorcido.

Ficaram caídos na cama enquanto a pele esfriava. Haven acariciou uma das tatuagens em seu braço.

— Preciso me arrumar. Estão me esperando no museu.

Rhys grunhiu, a beijou e saiu de dentro dela.

Enquanto se dirigia para o chuveiro, ela olhou para trás. A emoção a atingiu.

Todos aqueles músculos lindos e rígidos esticados na cama. Havia se passado quatro dias desde que recuperaram o *Lírios D'Água* na propriedade de Volkov, em Napa.

Os primeiros dois dias, eles passaram na cama. Transaram uma quantidade insana de vezes e com muita criatividade, comeram, dormiram, assistiram à filmes. Descobriram que os dois amavam sci-fi. Ela tinha certeza de que ele preferia filmes de ação, mas as imprecisões o deixavam louco. E ele tinha certeza de que ela amava filmes femininos, mas as situações exageradas e embaraçosas das comédias românticas a faziam estremecer.

Agora, os dois estavam de volta ao trabalho. Ela estava

segura e o Monet estava pendurado na parede do Hutton, onde pertencia. A vida tinha voltado ao normal.

Olhou para o homem sexy na cama. Seu corpo estava relaxado, mas nos últimos dias, ele parecia... preocupado. Mesmo agora, ela viu a pequena ruga em sua testa.

Um nó se formou em sua garganta, e ela entrou no banheiro. Ligou o chuveiro.

Haven se olhou no espelho. Seu cabelo estava uma bagunça. Ela parecia ter acabado de fazer sexo selvagem. Suas bochechas estavam vermelhas e os olhos brilhando. Tinha um chupão no pescoço. Sempre que a marca desaparecia, Rhys a mordia novamente.

Ela estremeceu, sentindo-o entre as pernas. Ela disse que o amava, mas ele não retribuiu as palavras.

Seu sorriso desvaneceu.

Será que ele queria que ela fosse embora? Estava praticamente morando com ele, e as circunstâncias perigosas que forçaram a situação tinham acabado. Será que ele estava cansado dela?

Tocou a marca em seu pescoço. Não. A Haven desconfiada e insegura se foi. Ela passou pelo inferno e sobreviveu. Estava mais forte.

Rhys gostava dela. Tinha sentimentos. Ela ofereceu seu amor a ele, e não exigiria nada em troca.

Estava segura. Tinha um homem quente em sua cama. Estava de volta ao trabalho que amava.

A vida era boa.

Já estava na hora de procurar um novo apartamento. O pagamento do seguro seria feito em breve. Mais cedo, ela pegou o laptop de Rhys emprestado, acessou alguns sites e pesquisou apartamentos em sua faixa de preço.

A ideia de deixar a casa de Rhys fez sua barriga se apertar. Olhou para seus produtos de higiene pessoal alinhados na pia. Gostava de cozinhar com ele e acordar ao seu lado todos os dias.

Mas tinha que recuperar o controle de sua vida, e não queria perder seu acolhimento.

Entrou no chuveiro e se preparou para o trabalho. Finalmente, com a maquiagem feita, o cabelo preso em um coque e vestindo saia preta e camisa branca e impecável, ela entrou na cozinha.

Ela encontrou Rhys sem camisa tomando café na ilha. Hum.

— Café da manhã? — O olhar dele permaneceu em sua saia.

— Preciso correr. A exposição interativa está quase pronta para ser inaugurada e preciso verificar algumas coisas novamente.

— Humm.

Rhys estava distraído por sua saia. O homem tinha uma queda pelas roupas que ela usava.

— Também temos que finalizar o planejamento do baile de caridade. Vai ser neste fim de semana. Com toda a empolgação e interesse após o roubo... — Ela fez uma careta. Não foi tão empolgante para ela. — A Gia disse que deveríamos capitalizar. Fazer com que os doadores abram os bolsos para nossa instituição de caridade. — Ela havia selecionado uma instituição que fornecia recursos artísticos para escolas.

— Isso é algo que Gia faria. — Rhys deu um beijo nos lábios de Haven. — Tenha um bom dia, anjo.

— Não leve tiros.

Ele sorriu.

— Nem entre em perseguições de carro.

Ele balançou a cabeça, achando graça.

— Também não resgate alguma bela donzela em perigo que vai se apaixonar por você, me forçando a arrancar os olhos dela.

O sorriso dele desvaneceu.

— Só você, baby.

Aquilo foi legal. Ela deu outro beijo rápido nele e acenou enquanto saía pela porta.

Foi caminhando até o museu. Tinha que admitir, ainda estava se acostumando a se sentir segura sozinha, sabendo que poderia andar para qualquer lugar que quisesse. Nenhum bandido iria tentar agarrá-la.

Quando chegou ao trabalho, deixou a bolsa em seu escritório. Desde então, foi sugada por um turbilhão de tarefas.

Verificou a exposição interativa. As telas sensíveis ao toque estavam prontas para começar funcionar. Seria maravilhoso e permitiria aos convidados, principalmente às crianças, interagir e entender mais a arte. Em vez ser algo intocável ou caro na parede, seria algo que eles poderiam experimentar e desfrutar.

— Haven.

Ela se virou e viu Gia caminhando em sua direção. A amiga usava um vestido justo azul-escuro e o cabelo preso em um coque francês. Mas, apesar da aparência normal, havia linhas de tensão ao redor de sua boca e olheiras.

— Oi. — Haven a abraçou. — Você parece cansada.

Gia desviou o olhar.

— Ocupada. Muito ocupada.

— Com o trabalho?

— Sim. O trabalho me deixa sempre ocupada.

Não era próprio de Gia ser evasiva.

— G?

Sua amiga suspirou.

— Você conhece a Willow.

Haven manteve o rosto impassível. Willow era amiga de Gia da época do colégio. Elas foram melhores amigas desde jovens, sonhavam com a faculdade e que abririam uma empresa de relações públicas juntas.

Mas Willow foi pega transando com um professor, foi reprovada na faculdade e, mais tarde, se viciou em drogas. Esporadicamente conseguia se livrar do vício e se reaproximava de Gia.

O contato aleatório sempre deixava sua amiga infeliz.

— Ela está com um problema — Gia falou.

Haven apertou o braço da amiga.

— Sinto muito. Especialmente por você ter precisado lidar com os meus problemas há pouco tempo.

— O que não foi sua culpa. — Gia se endireitou e respirou fundo. — Farei o que puder para ajudar a Willow, mas vou tentar me manter afastada ao mesmo tempo.

Haven assentiu. Admirava a lealdade da amiga.

— Ei, quer visitar alguns apartamentos comigo, mais tarde?

Gia franziu a testa.

— Apartamentos?

— Sim. O meu explodiu, se lembra?

— Mas você está morando com o Rhys.

— Porque eu estava em perigo. Agora não estou mais.

A carranca de Gia se aprofundou.

— Você contou isso a ele?

— Ainda não.

— Humm. Bem, tenho que correr. Preciso que você aprove os anúncios do baile de caridade.

— Me mande por e-mail.

Elas se despediram com um beijo na bochecha.

— Vai precisar de um vestido incrível — Gia avisou. — Faltam poucos dias.

— O que me lembra que preciso falar com o bufê. — A cabeça de Haven girava enquanto ela fazia uma lista mental de tarefas. — E falar com a minha equipe sobre a decoração. Vá, vou trabalhar.

Com um aceno, Gia saiu.

Haven verificou sua equipe, que estava trabalhando em uma nova exposição de esculturas. Em seguida, verificou o local da festa – um grande salão de exposições com uma parede de janelas e longa varanda externa. Iam decorar o lugar com luzes de fadas e lanternas. Ficaria incrível.

Seus saltos soaram contra o piso quando ela voltou para o corredor principal e parou na frente do *Lírios D'Água*.

Uma sensação de acerto a percorreu. As coisas estavam no ar com Rhys, mas estava feliz. Admirou pintura e, por um segundo, tudo estava certo em seu mundo.

— Haven.

Ela enrijeceu e se virou. Leo estava a alguns metros de distância. Ele usava calça e camisa escuras, e estava com as mãos nos bolsos.

Isso não podia estar acontecendo.

— Não chame a segurança — ele pediu. — Não vou ficar por muito tempo.

Ela apenas o olhou. Por um breve momento, pôde ver por que ele a atraiu. Ele era um homem bonito.

— Eu só queria dizer...— Ele soltou um suspiro. — Sinto muito. Por tudo.

Ela assentiu, mas percebeu que não se importava. Leo era seu passado.

Ele olhou para o seu rosto.

— Puta merda, você me esqueceu mesmo.

— Sim, Leo.

— Ele te faz feliz?

— Sim. Sei que posso confiar nele, que ele será leal e vai me manter em segurança.

Leo assentiu.

— Quero que você seja feliz. — Ele se virou e começou a se afastar.

— Leo?

Ele olhou para trás

— Você está seguro? — ela perguntou.

Ele assentiu.

— O comprador, aquele empresário de tecnologia, já tinha pagado antes que seu namorado recuperasse a pintura. O dinheiro tirou Zakharov da minha cola.

Argh. Parecia errado que os criminosos ainda tivessem lucrado algo com tudo isso.

— Mas algum hacker misterioso levou a maior parte do dinheiro. Tudo o que a família Zakharov conseguiu foi uma pequena fração. Ainda assim, era mais do que eu devia a eles, então estou a salvo.

Um hacker misterioso? Ela franziu o cenho. Rhys mencionou que Ace era um bom hacker.

Leo a observou.

— Encontre a sua felicidade, Leo. De preferência sem a ajuda da máfia russa.

Seu ex-namorado sorriu.

— Adeus, Haven.

Ele foi embora. E Haven esperava nunca mais vê-lo.

— Haven. — Uma assistente entrou apressada. — Precisamos da sua ajuda com certas decisões de restauração.

— Estou indo.

RHYS ENCERROU a ligação e olhou para a mesa. Tinha dois novos casos esperando por ele. Já havia testado alguns contatos para um deles.

— Ei. — Vander apareceu na porta.

Rhys fez sinal com o dedo para o irmão entrar.

— Tem falado com a Gia nos últimos dias? — Vander perguntou.

— Não.

— Falei com ela esta manhã. A Willow a está arrastando para alguma merda novamente.

Rhys fez uma careta. Ninguém na família Norcross, exceto Gia, suportava a mulher. Mesmo quando adolescente, ela era selvagem. A garota deu em cima de Rhys e seus irmãos tantas vezes que tinham perdido as contas. Uma vez, ela foi dormir em sua casa e ele a pegou nua tentando se esgueirar para sua cama.

A mulher era carente e egoísta, e Gia se recusava a desistir dela.

— Precisamos monitorar isso — Rhys comentou. — A Gia gosta de fingir que é durona, mas ela tem um coração de marshmallow.

— Sim, vou fazer isso, já que você está ocupado com a felicidade doméstica.

Rhys sorriu.

— Sim.

Haven estava livre da confusão provocada por Becker e em segurança. O *Lírios D'Água* estava de volta ao museu de Easton. Volkov, na prisão. E Haven estava em sua cama todas as noites. O melhor de tudo, ela o amava.

Seu peito se apertou. Agora que ela o amava, ele só precisava continuar a convencê-la de que os dois eram bons juntos. Queria que ela ficasse e, quando chegasse a hora certa, desejava se casar.

— Você acha que a nossa mãe gostaria de me ajudar a escolher uma aliança? — Rhys perguntou.

Vander ergueu uma sobrancelha.

— Vai dar uma aliança para a Haven?

— Sim. — Em breve. Porque ele não queria demorar para ter filhor. Queria ver Haven grávida.

Vander balançou a cabeça.

— Se levar nossa mãe com você, a escolha da aliança não vai ser sua.

Era verdade que Clara Norcross era opinativa com O maiúsculo.

— Acho que vou passar no Hutton e levar a Haven para almoçar.

— Você quer dizer levá-la para dar uma rapidinha na hora do almoço.

Rhys sorriu.

— Você devia arrumar uma mulher, Vander.

Seu irmão balançou a cabeça e saiu depressa. Covarde.

Rhys abriu o laptop. Respondeu alguns e-mails, então se preparou para ir encontrar sua mulher.

Saxon apareceu com uma grande carranca no rosto.

— O que está te incomodando? — Rhys perguntou.

— O Vander comentou que a Willow está incomodando a Gia novamente. Eu odeio essa mulher.

Sax parecia muito agitado.

— Bem, vamos impedi-la de envolver a Gia em seus problemas.

— Ela precisa se afastar daquela vadia.

— A Gia não fez isso em todos esses anos, então não tenho certeza se ela consegue.

Um músculo pulsou na mandíbula de Saxon, e ele saiu pisando duro.

Rhys abriu o navegador e encontrou uma guia aberta. Franziu a testa. Era um site de imobiliárias, com pesquisas de anúncios de aluguel.

Que merda é essa?

Rhys analisou a página. Haven estava procurando apartamentos? Ela *favoritou* vários anúncios. Estava planejando se mudar? *De jeito nenhum.*

Ele pegou as chaves, o telefone e saiu. Se sentiu ansioso por todo o caminho até o Hutton. Estacionou na frente do museu e acenou para os segurança enquanto caminhava para dentro.

Encontrou Haven em uma galeria lateral, conversando com dois assistentes. Eles estavam pendurando algumas pinturas. Haven estava sorrindo enquanto os orientava. Rhys a observou dar algumas sugestões, sorrir novamente e depois parar para arrumar uma pequena estátua que estava sobre um pedestal.

Puta merda, poderia vê-la trabalhar o dia todo. Ela era iluminada.

Finalmente, ela o notou.

— Rhys. — Ela sorriu e ele percebeu que ela o olhava da mesma maneira.

Ele cruzou o espaço entre eles e viu os olhos dela se arregalarem.

— Você *não* vai se mudar.

Ela piscou.

— O quê?

— Vi sua pesquisa por apartamentos. Você não vai se mudar.

A expressão dela tinha linhas suaves e indecifráveis.

— Estou em segurança agora. Não há mais perigo. Não posso ficar com você para sempre.

Ele notou que os assistentes os observavam com atenção extasiada, mas não se importou.

— Por que não? — questionou.

A boca de Haven se apertou.

— Porque não.

— Por quê?

— Porque você não me pediu para morar lá! — As palavras explodiram dela. — Nem me disse que me ama.

Rhys piscou.

— Achei que eu tinha demonstrado o quanto preciso de você, o quanto quero que você fique.

Seu peito subia e descia rapidamente.

— Preciso das palavras, Rhys. Desde que a minha mãe morreu, ninguém as disse para mim. — Ela franziu o nariz. — Exceto o Leo, e ele não conta.

— Não diga o nome daquele idiota. — Rhys passou um braço ao redor dela, puxando-a para bem perto. Haven soltou um gritinho.

— Haven Amelia McKinney, estou total e completamente apaixonado por você.

O rosto de Haven suavizou, e ele teve um vislumbre de lágrimas em seus olhos.

— Está?

— Sim. — Ele roçou seus lábios nos dela. — Você não vai se mudar, porque não vou deixar você ir.

— Você é um pouco mandão.

— E você gosta. — Ele a beijou de forma apropriada: profundamente e com todo o amor que sentia.

Atrás deles, os assistentes começaram a aplaudir. Haven riu, abraçando-o.

— Eu te amo, Rhys. Obrigada por estar ao meu lado quando precisei de você.

— Esse é o meu trabalho agora. Sempre estarei ao seu lado, anjo.

———

OS COPOS TILINTARAM, a conversa estava animada e a festa, incrível. Haven esperava que isso inspirasse todos a doar. Muito.

Estava muito animada para que o fundo de caridade artística conseguisse dinheiro suficiente para ajudar todas as escolas na área de São Francisco.

Ela abriu caminho através do baile, cumprimentando os convidados, verificando se os garçons estavam bem, examinando as obras de arte nas paredes e pedestais espalhados pelo salão. Tudo parecia perfeito.

Haven ergueu os olhos. O teto estava cheio de lanternas vermelhas e as paredes cintilavam com luzes de fada. Parecia mágico.

Embora estivesse bem ciente de que a festa estava lotada por causa da notoriedade do roubo do *Lírios D'Água*. Ela tinha certeza de que todos esperavam que algo chocante acontecesse.

Estava vestida de preto esta noite. O vestido tinha um decote elegante na frente e abraçava o corpo até os joelhos antes de se alargar na parte inferior, no estilo sereia. Ele brilhava com fios de prata.

Acenou para alguns convidados e viu Easton conversando. Ele estava elegante em seu smoking.

Ali perto, Vander estava com seus pais. O sr. e a sra. Norcross pareciam estar se divertindo. A mãe de Vander era uma versão mais velha de Gia e estava linda em seu vestido cinza. Enquanto todos os irmãos se pareciam mais com a mãe, o sr. Norcross havia passado seu corpo alto e em forma para os filhos. Ele também deu a Vander e Easton os olhos azuis.

A sra. Norcross não escondeu sua alegria quando descobriu que Haven e Rhys estavam juntos. Na verdade, ela tinha passado pelo museu no dia anterior e deixado para Haven uma pilha de revistas de casamento.

Ela olhou ao redor e se perguntou onde estava o irmão Norcross mais gostoso.

Quando Haven observou o salão, viu Gia conversar com um grupo de homens, acenando com um braço e segurando uma taça de champanhe com a outra mão.

Esta noite, Gia usava um vestido azul escuro de um ombro só. Ele flutuava até o chão e ela parecia uma deusa grega. Uma grande fenda mostrava sua perna.

Sua amiga estava estimulando os velhos e ricos a doarem muito dinheiro para a causa.

Sorrindo, Haven caminhou olhando ao longo da parede, verificando as obras de arte. O *Lírios D'Água* estava pendurado em lugar de destaques na parede. Ela sorriu para a pintura. Depois de subornar Rhys com vários favores sexuais, ele admitiu que Ace havia hackeado a conta da família Zakharov e recuperado o máximo de dinheiro que pôde. Tudo foi entregue à polícia e corria o boato de que seria doado.

Um braço a envolveu e a puxou para um canto sombreado.

Não se preocupou, nem entrou em pânico por outro possível sequestro. Em vez disso, se aconchegou no corpo rígido de seu captor.

—Você está deliciosa —Rhys murmurou em seu ouvido.

Apesar de eles terem tido uma transa rápida e gostosa na bancada do banheiro antes de virem para a festa, ela passou muito tempo admirando-o essa noite. Ele estava incrível de smoking e com o cabelo escuro bagunçado. Ele era lindo e todo dela.

Haven inclinou a cabeça para trás e o beijou.

— Quanto tempo até podermos ir embora? — Ele passou a mão pelo seu corpo.

— Algumas horas, infelizmente.

Rhys soltou um grunhido frustrado.

— Quero te levar para casa e tirar esse seu vestido sexy. — Ele mordiscou o lóbulo de sua orelha.

Haven gemeu. Casa. A casa *deles*. O apartamento de Rhys agora era oficialmente o lar deles.

— Eu te amo — ela murmurou.

— Também te amo, anjo. Estou muito, muito feliz por ter conseguido escalar essas suas paredes.

Ela sorriu. Ele não as escalou, as derrubou.

Haven tinha ligado para o pai e contado a ele sobre Rhys. Ele ficou feliz por ela, mas de uma maneira distante. Sua mãe o teria adorado.

— Acho que poderíamos fugir para o meu escritório. — Ela olhou para ele. — Ninguém sentiria nossa falta por um tempo.

O sorriso dele era mordaz e predatório.

De repente, houve uma agitação na festa. Franzindo o cenho, Haven se virou.

A multidão estava olhando para a varanda. Alguns dos convidados estavam lá fora, aproveitando o ar da noite. Haven tentou espiar pela multidão.

— O que está acontecendo? — ela perguntou.

Rhys franziu a testa e a puxou.

— Não sei.

As pessoas ofegaram e a multidão se separou.

Haven arregalou os olhos. *O que estava havendo?*

Um homem de smoking caminhava pela varanda.

Através do vidro, ela o viu sacar uma arma. O ar ficou preso no peito de Haven, e ela sentiu Rhys enrijecer.

Alguns gritos de alarme soaram.

O homem tinha uma aparência normal. Ele tinha um rosto comum – nem bonito, nem feio, apenas sem graça. Sua constituição física também era normal – nem alto, nem baixo.

Haven balançou a cabeça.

Ele estava apontando a arma para Gia.

O peito de Haven se apertou. Sua melhor amiga caminhou pela varanda, na outra direção, fazendo o vestido azul resplandecer atrás dela. Gia enfiou a mão na fenda e puxou sua própria arma.

Ah, meu Deus. A mão de Rhys apertou a de Haven.

O homem atirou, e Gia nem se mexeu. Então, com frieza, Gia atirou. O homem se esquivou.

Gia se virou e correu, com o vestido se arrastando atrás dela como uma bandeira.

O homem saltou, disparou e a perseguiu. Ele e Gia desapareceram de vista.

Haven viu Saxon se mover. Ele correu no meio da multidão, irrompeu pelas portas que davam acesso a varanda e correu atrás deles.

Vander passou por eles, com Easton um passo atrás.

— Rhys, fique aqui. Controle a multidão e cuide da Haven e dos nossos pais.

— Pode deixar — Rhys respondeu.

— Tenham cuidado — Haven pediu.

Ela observou Vander e Easton saírem pela porta e correrem atrás da irmã. Rhys passou um braço ao seu redor.

— A Gia vai ficar bem — ele garantiu.

Haven assentiu. Deus, eles tinham acabado de colocar as coisas em equilíbrio e agora isso. Respirou fundo, lutando contra uma onda de medo. Ergueu a mão, sinalizando para os seguranças uniformizados fecharem as portas da varanda.

— Srta. McKinney. — A chefe da segurança a alcançou. A mulher usava um terninho elegante cinza escuro e o cabelo grisalho em um corte curto. — Queremos que todos fiquem aqui dentro até que saibamos com o que estamos lidando.

— Claro, Rachel.

A mulher assentiu.

— Vamos cuidar de tudo, então não se preocupe. — Rachel olhou para Rhys. — E os seus irmãos podem cuidar de si mesmos.

Rhys ergueu o queixo e a mulher se afastou, dando ordens aos seguranças.

Agora, Haven estava mais preocupada com Gia.

— Bem, uma coisa é certa, nossa vida não é entediante.

Ele deu um beijo no topo de sua cabeça.

Escondendo a preocupação, Haven pigarreou para se dirigir aos convidados.

— Bem, nunca temos um momento de tédio no Hutton.

Uma gargalhada explodiu.

— Por favor, comam, bebam e continuem a se divertir. Nossa equipe de segurança tem tudo sob controle. — *Por favor, tome cuidado e fique segura, Gia.*

Haven pegou uma bebida para si e a tomou de uma vez.

Rhys tirou o copo de sua mão.

— Não se preocupe.

— Vou me preocupar, Rhys. Um homem atirou na Gia e ela atirou de volta.

Ele abaixou a cabeça e mordiscou os lábios de Haven.

— Acho que vou ter que encontrar uma forma de te distrair.

Ela se derreteu nele. Sabia agora que poderia se apoiar em Rhys, que ele a manteria de pé. Não tinha que aguentar tudo sozinha.

— Eu te amo.

— Também te amo.

Haven sabia que poderia contar com seu investigador gostoso e seu amor todos os dias, para o resto de suas vidas.

ESPERO que tenham gostado da história de Rhys e Haven!

A série Norcross Security continuará em *O Mediador*, com a história de Saxon e Gia. Em breve!

Não perca! Para mais romances cheios de ação em inglês, confira minhas outras séries. Para atualizações sobre novos lançamentos, livros gratuitos e outras coisas divertidas, se inscreva na minha lista VIP de discussão e ganhe seu box gratuito (em inglês) contendo três romances cheios de ação.

Visite aqui para começar: www.annahackett.com

Would you like
a FREE BOX SET
of my books?

TRECHO DE O MEDIADOR

A noite *não* saiu do jeito que ela planejou.

Gia Norcross correu pela varanda, fazendo os saltos Aquazzura baterem no chão e o vestido Alberta Ferretti esvoaçar atrás de si.

Sem mencionar a Ruger na mão e o bandido que a perseguia.

Sim, a noite *não* ocorreu de acordo com o planejado.

Ela chegou às escadas de pedra e desceu correndo até um pequeno pátio sombreado nos fundos do Museu Hutton, em São Francisco. O local era cercado por árvores que começavam a perder as folhas, e havia uma fonte no meio.

Normalmente, era um local tranquilo. Gia almoçou ali algumas vezes com sua melhor amiga, Haven McKinney. A moça era curadora do Hutton, e o irmão mais velho de Gia, Easton, era o dono do museu.

Ela correu através das árvores e afundou nas sombras. Segurou a Ruger com firmeza. A arma era pequena e leve, o que a tornava fácil de esconder e usar.

Gia era uma Norcross. Sabia atirar. Os três irmãos eram ex-militares. Dois deles pertenceram a alguma equipe secreta das forças especiais. Eles não lhe deram muita escolha sobre ser capaz de atirar e se defender.

Respirou fundo para se acalmar e conter a adrenalina que corria por seu corpo. Essa noite deveria ter sido calma e agradável no museu.

Tudo começou bem. Ela ficou muito feliz ao ver Haven e o seu irmão mais novo, Rhys. Os dois estavam tão apaixonados que praticamente tinham pequenos corações de desenho animado flutuando ao redor de suas cabeças. Haven esteve em perigo recentemente, quando uma pintura multimilionária foi roubada do museu. Some-se a isso um péssimo ex-namorado e a máfia russa, e as coisas ficaram complicadas.

Era desnecessário dizer que quando Haven ficou em perigo, Rhys se aproximou para mantê-la em segurança. Sua amiga não pôde mais ignorar a forte atração entre ela e o Norcross mais novo.

Gia ouviu um som de arranhão e paralisou.

Uma grande sombra se moveu em sua visão periférica. *Merda*. Ele já estava aqui embaixo. Ela nem tinha ouvido.

O homem se movia de forma furtiva pelo pátio.

Caçando-a.

O pulso de Gia disparou, seguido pelo medo. Ela afastou o sentimento. Não tinha tempo para isso.

Este idiota havia ameaçado uma amiga de infância de Gia. Willow tinha errado, mas não a deixaria se machucar.

A moça a procurou em busca de um lugar para ficar. Gia suspirou. Não conseguia dizer não para sua melhor amiga do ensino médio. Claro, Willow se esqueceu de mencionar que que havia roubado algo de um cara que não era *muito* legal. E ele enviou alguém que também não era muito legal para recuperá-lo.

Ele a encontrou e a ameaçou, mas Gia interveio com sua Ruger e o mandou embora.

Mas os olhos do homem prometeram retribuição.

E isso os trouxe ao momento atual.

Infelizmente, o bandido a encontrou no baile de gala. Ela o viu na multidão e sabia que precisava tirá-lo de lá antes que machucasse alguém.

Antes de seus irmãos se envolverem.

Seu estômago se agitou. Ela não esperava que o idiota apontasse uma arma para ela na varanda para que todos os convidados vissem.

Seus irmãos estariam aqui em minutos. Precisava cuidar disso.

Era isso o que Gia fazia. Dava um jeito nos problemas, ajudava as pessoas, acertava tudo. Sua empresa de relações públicas era a melhor de São Francisco, e havia gente e confusão mais do que suficiente para mantê-la ocupada.

O homem se virou.

Gia se lançou e o chutou. Ela sentiu o salto alto cravar em sua perna. Ele cambaleou e grunhiu.

Acertou outro chute, e ele caiu de joelhos.

Pressionou a arma em sua têmpora, e ele paralisou.

— Não se mova — ela avisou.

— Você não vai atirar em mim. — Ele tinha uma voz normal, não havia nada de distinta nela. Sua aparência era igual. Comum. Provavelmente tornava mais fácil fazer o trabalho sujo do seu chefe quando se misturava à multidão.

— Você não me conhece — ela disse. — Não tem ideia de que sou capaz — falou com confiança e autoridade. Era sua voz profissional. — Deixe Willow e eu em paz.

— Meu chefe quer as joias de volta.

— Joias?

— Sim. Sua amiga pegou um saco de pedras preciosas. Safiras, esmeraldas e rubis.

Willow estúpida, estúpida. Ela só comentou com Gia que estava saindo com esse cara e que as coisas ficaram ruins. *Mas roubar pedras preciosas* dele? *Deus, Willow.*

— Vou conversar com ela.

— Isso não é o suficiente. O sr. Dennett precisa de mais.

— Vou *conversar* com ela. — Gia enfatizou as palavras. — Ele vai receber suas joias de volta.

— Acho que é melhor se você vier comigo. Te ver em risco pode convencer sua amiga.

O homem se levantou de repente. Arrancou a arma da mão de Gia, e ela caiu no pavimento de pedra.

Porcaria.

Ele correu em sua direção. Gia se esquivou, ciente de que o homem era maior e mais forte.

Mas ela era mais inteligente.

O homem estendeu a mão, empurrando seu ombro. Ela se deixou cambalear e soltou um suspiro.

Ele agarrou seu vestido. *Melhor não estragá-lo, idiota.*

— Por favor... por favor, não me machuque. — Ela se encolheu.

— Venha sem resistir e...

Gia bateu com a palma da mão em sua garganta. Ele a soltou e se engasgou.

Enfiou os polegares nos olhos do homem, que grunhiu e se inclinou. Em seguida, segurou sua cabeça e bateu com o joelho, acertando o nariz dele.

Ela ouviu um barulho, e ele xingou.

Tinha que admitir que sentiu um pouco de satisfação. Sempre odiou valentões que a intimidavam por seu tamanho.

Procurou sua arma. *Onde foi parar?* Localizando o brilho na luz fraca, correu até lá.

Ouviu um grito e o homem a atacou. Ele a agarrou e os dois caíram no chão com força.

O ar escapou de Gia, e ela sentiu a dor refletir em uma dúzia de lugares. *Ai.*

— Vadia, você vai pagar por isso.

Ela lutou, chutando-o. Ele a prendia embaixo de si. Seu vestido atrapalhou os movimentos.

— Você veio atrás de mim e está chateado por eu estar me defendendo? Cresça.

Ele se levantou e a pegou como uma bola de futebol, prendendo-a ao seu lado e soltou um grunhido irritado.

O homem caminhou pelo pátio, contornando algumas obras onde um muro baixo de pedra estava sendo reconstruído.

— Você não quer fazer isso — Gia afirmou. — Não vai querer conhecer os meus irmãos. — Onde é que eles estavam?

O bandido grunhiu.

— Não diga que não avisei — ela disse com tranquilidade.

— Cale a boca — o homem retrucou.

Ela tentou lhe dar uma cotovelada.

Seu golpe foi retribuído com um tapa no rosto. *Ai.* Ela levou a mão à bochecha. *Idiota.*

O ataque veio do nada.

Houve um pequeno lampejo de movimento e, de repente, Gia estava livre. E caiu de quatro no chão.

Seu agressor cambaleou enquanto uma sombra alta, escura e esguia o atacou.

O coração de Gia saltou na garganta. Ela observou os chutes violentos e socos metódicos. Seu salvador era quase elegante na maneira como se movia enquanto destruía o oponente.

Mas havia muito poder brutal nos golpes para ser elegante.

Mesmo na escuridão, ela sabia quem era.

Engoliu um gemido. Claro, tinha que ser *ele*. A ruína de sua existência.

Um raio de luz atingiu o rosto dele.

Aquela porcaria de rosto. Saxon Buchanan não era um de seus irmãos. Era o melhor amigo de Vander, e Gia o conhecia por quase toda sua vida.

Ele era alto, com um corpo musculoso que quase escondia sua força. Sua coleção de ternos bem cortados – que incluía o smoking de grife que estava usando – disfarçava o quanto ele era forte e musculoso. De alguma forma, minimizava seus ombros largos e pernas poderosas. O olhar de Gia se voltou para o rosto dele.

Saxon tinha servido o exército com Vander. Ele era de uma família rica de San Francisco, que remetia a gerações anteriores, e eles o proibiram de se juntar ao Exército. Mesmo assim, ele foi.

Saxon fazia suas próprias regras.

Ele terminou de acertar o bandido, que se enrolou em uma bola no chão.

O melhor amigo de seu irmão ergueu a cabeça e a encarou. A luz atingiu seu cabelo, e ela não conseguia decidir se era loiro escuro ou castanho claro.

— Você tem algumas explicações a dar — ele determinou.

Ela fungou.

Sua boa linhagem transparecia no rosto mais bonito que ela já tinha visto – queixo forte, nariz reto, feições aristocráticas e olhos verdes. Esses olhos brilharam. Ele caminhou em sua direção e segurou seus antebraços.

Os longos dedos provocaram uma eletricidade em seus braços. Ela ofegou.

— Eu só precisava de um pouco de ar.

Um músculo pulsou na mandíbula forte.

— Agora não é hora para jogos e palavras espertinhas, Gia.

— Está tudo bem. Eu tinha tudo sob controle.

Saxon fez um som rouco.

— Sob controle? Ele estava prestes a te carregar para fora daqui.

Uau, Saxon estava mesmo chateado. Ele geralmente era o sr. Tranquilidade, por isso foi interessante ver a tensão em seu rosto e corpo.

— Estava tudo *certo*. — Droga, ele tinha o hábito de vê-la em seus piores momentos.

Ele bufou.

— No que você se meteu?

— Não é da sua conta. — Ficou cara a cara com ele. Gia odiava que ele se elevasse sobre seus míseros um metro e meio. — Você sempre tenta meter o nariz na minha vida. Já tenho três irmãos. Não preciso de outro.

Saxon a fulminou com o olhar.

— Acredite em mim, não me considero seu irmão.

Eles se encararam, com os olhares travados. Ele estendeu uma mão e segurou sua bochecha. Seu corpo traidor estremeceu.

— Acabei de te salvar e esse é o agradecimento que recebo?

— *Obrigada*. — Gia estava bem ciente de que não parecia muito grata. Ela lutou para se controlar. — Eu estava cuidando da situação.

Ele olhou para o homem, em seguida de volta para Gia.

— A Willow te arrastou para alguma coisa.

Gia ergueu o queixo.

— Como eu disse, não é da sua conta.

Saxon se inclinou mais perto.

— *Contessa*, depois de ver esse idiota atirar em você, isso se tornou da minha conta.

O quê?

— Não use esse nome ridículo.

— Que merda está acontecendo?

A voz profunda, com um tom letal, fez os braços de Gia se arrepiarem.

Virou a cabeça e viu Easton primeiro. Seu irmão mais velho usava um smoking e estava lindo. Sua herança ítalo-americana transparecia no cabelo escuro e na boa aparência de Easton. Ele tinha um ar de autoridade, cada centímetro de irmão mais velho e empresário de sucesso. Ele franziu a testa para o agressor, em seguida a examinou, e o alívio transpareceu em seu rosto.

Mas foi Vander quem falou. Ele ficou nas sombras, como se a escuridão quisesse se agarrar a ele.

Ele deu um passo à frente. Vander tinha a aparência de valentão profundamente enraizado em seu DNA, e estava lá desde quando era criança. Apesar de amá-lo demais, havia momentos em que ele a assustava.

Seu irmão era intenso e prosperava no controle, e ela estava bem ciente de que ele era perigoso.

Seu smoking não escondia nada disso.

Saxon lhe deu uma pequena sacudida. Ela o olhou e se assustou.

Percebeu que ele tinha o mesmo brilho perigoso em

seus olhos verdes. Ele apenas o escondia melhor do que Vander.

Gia pigarreou. Estava na hora de encarar *as consequências*.

Saxon Buchanan estava puto da vida.

Ele viu o homem no chão se mover e lhe lançou um olhar furioso. O cara ficou quieto. O idiota havia atirado em Gia. Tentado sequestrá-la. Colocou-a em perigo.

Os dedos de Saxon flexionaram no braço dela. *Grande erro.*

Olhou para Gia. Como sempre, seu queixo teimoso estava levantado quando enfrentou Vander. E, como de costume, Saxon sentiu a necessidade de acertar aquele queixo ou mordê-lo.

A ideia de morder Gia Norcross – em muitos locais – disparou seu sangue.

Puta merda

Afastou o pensamento. Tinha anos de prática. Tentou se lembrar dela como a garota de doze anos de quando a conheceu. Aos dezesseis, depois de ser expulso de sua cara escola particular, Saxon foi enviado para uma escola secundária local. Apesar de suas diferenças, ele e Vander se deram bem. Passou o máximo de tempo que pôde na casa da família Norcross. Tinha sido muito melhor do que o mausoléu sufocante que seus pais chamavam de lar.

Viu Gia se transformar de irmã chata de seu melhor amigo em uma mulher linda, corajosa e inteligente.

Foi desconfortável no início – os flashes de luxúria que sentiu quando os seios dela cresceram. Não tinha sido *nada* apropriado.

Mas, como sempre, ela estava fora dos limites – muito jovem e a irmã mais nova de Vander.

O irmão dela não era parente de sangue de Saxon, mas eram irmãos em todos os outros sentidos. Havia jurado que nunca, jamais cruzaria a fronteira com a irmã de seu melhor amigo.

Não ajudava que ele e Gia parecessem irritar um ao outro sem nem se esforçar. Porcaria, Saxon adorava ver aqueles olhos castanhos cor de chocolate arderem.

Ela não era mais menor de idade, mas depois de dez anos no exército, e muitos daqueles na Ghost Ops fazendo os trabalhos mais sujos, cruéis e difíceis que o governo precisava fazer...

Saxon soltou um suspiro. Sem mencionar sua família. Ele tinha uma bagagem que nunca, jamais descarregaria em uma mulher. Gostava de ter relacionamentos breves, descomplicados e simples.

E Gia sempre seria a irmã mais nova de Vander.

Mas ver aquele idiota apontar uma arma para ela...

Vê-la em perigo.

Algo dentro do Saxon se abriu. Ele faria de tudo para manter Gia segura.

— A Willow está com um problema — ela comentou.

Vander praguejou, e Easton olhou para o céu noturno, com a mandíbula tensionada.

Saxon *sabia* disso. Essa mulher era um problema.

Vander inclinou a cabeça.

— A Willow te arrastou para essa confusão, que

acabou com você sendo alvejada e quase sequestrada.

— Sim. — O queixo de Gia se ergueu mais um centímetro.

— Se afaste dela — Vander grunhiu. — Vou avisar a quem quer que esteja atrás dessa garota que você não está envolvida.

O homem no chão finalmente se afastou de seu torpor e ergueu a cabeça. Ele olhou para Vander e ficou imóvel.

— Você é Vander Norcross.

Vander apenas olhou para o bandido.

— E ela é a irmã dele — Saxon acrescentou.

— Puta merda — o homem murmurou. Em seguida, ele se recompôs. — Isso não vai impedir meu chefe. Ele quer as joias de volta.

— Joias? — Saxon lançou um olhar para Gia.

Ela suspirou.

— A Willow estava saindo com um cara. Eles brigaram...

— Ele largou aquela viciada — o homem falou.

— Ela pegou um saco de pedras preciosas dele — Gia explicou.

— Jesus — Vander fez uma careta. — Se afaste dela.

— Vander, não. — Gia agarrou o braço do irmão. — Você sabe que ela teve uma infância difícil. Ela...

— É adulta — Saxon retrucou, interrompendo-a. — Ela não pode continuar usando isso como desculpa para ferrar com tudo.

Gia semicerrou os olhos.

— Você pode ter crescido com colheres de prata enfiadas na boca, mas ela, não.

— Ela é um problema, Gia — Easton disse. — Sempre foi, embora você não conseguisse ver. Sua lealdade é admirável...

— Não, não é — Saxon falou. — É estúpida.

Aqueles olhos castanhos – rodeados por cílios ridiculamente longos – brilharam acalorados.

— Você nunca perde a chance de me dizer que sou estúpida.

— *Contessa*...

— Não. — Ela balançou a mão. — A Willow não tem ninguém. De toda forma, ela já foi embora. Se ela ligar, direi para devolver o que roubou.

Merda. Saxon admirava a lealdade de Gia, mas ainda estava irado. Sabia que quem quer que Gia amasse, ela protegia ferozmente.

Vander se agachou ao lado do homem.

— Quem é o seu chefe?

O homem não hesitou.

— Kyle Dennett.

Saxon mal controlou o sorriso de escárnio. Um oportunista tentando fazer seu nome no tráfico de drogas de San Francisco. O cara tinha alguns negócios legítimos – bares, um clube. Mas não era preciso cavar muito abaixo do verniz de homem de negócios para encontrar sujeira.

— Avise a ele para deixar a Gia em paz. Caso contrário, ele vai lidar comigo — Vander falou.

O homem assentiu.

Saxon se aproximou, então percebeu algo. Segurou o queixo de Gia e o ergueu.

— Ei, tire as mãos... — Ela tentou se desvencilhar de seu aperto.

— Sua bochecha está inchando.

Três pares de olhos masculinos se voltaram para o bandido. Ele parecia estar esperando que o chão se abrisse e o engolisse.

— Você bateu nela? — Saxon perguntou em voz baixa.

Gia pigarreou.

— Rapazes...

Ele agarrou a camisa do homem e começou a arrastá-lo pelo pátio.

— Saxon! — Ela se moveu para segui-lo, mas ele a ouviu fazer um som.

— Me solta, Easton!

Saxon deu um soco forte no rosto do homem. Ele gemeu. Saxon sentiu uma calma gélida e mortal se espalhar sobre si.

De repente, o homem saltou e o atacou. Chutou o joelho de Saxon, que cambaleou, mas recuperou o equilíbrio.

O homem se lançou contra Saxon. Claramente, o cara estava fingindo e não estava tão machucado quanto parecia.

— Faça alguma coisa! — Gia pediu.

— O Sax está com ele — Easton murmurou.

O homem de Dennett avançou, e Saxon o deixou acertá-lo no estômago. Mas isso o aproximou, e ele o seguiu com um soco forte no rosto e um golpe na nuca do bandido. Saxon colocou todas as suas forças nisso.

Com um gemido, ele caiu de joelhos. Havia sangue escorrendo pelo rosto e encharcando sua camisa.

— Machuque-a novamente, e isso vai parecer apenas

um pouco de diversão — Saxon o advertiu.

Em seguida se virou, puxando a bainha do paletó e limpando-o.

Gia o estava encarando. Seu olhar percorrendo o corpo forte como se estivesse procurando por ferimentos. Então ela olhou para além de Saxon. Seu olhar mudou, e ele ficou tenso.

De repente, ela se libertou de Easton. Estava bem perto da obra, então pegou uma pedra e a jogou.

Por um segundo, Saxon pensou que ela estava jogando aquilo contra ele.

A rocha passou direto por ele e quando ele se virou, viu a pedra atingir o bandido entre os olhos.

Ele uivou e largou a arma que tinha puxado de algum lugar.

Os irmãos Norcross correram e logo colocaram o homem de barriga para baixo, com as mãos presas.

Saxon olhou para Gia. Ele viu o medo em seu rosto antes que ela o escondesse.

— *Bastardo* — ela grunhiu em italiano para o homem no chão.

Ele contraiu os lábios. A sra. Norcross era ítalo-americana e claramente havia ensinado alguns xingamentos a Gia.

Deus, ela era linda. Uma pequena deusa italiana.

— Gia. — Saxon queria desesperadamente tocá-la, mas não podia arriscar.

Ele queria mais.

Tinha certeza de que os irmãos dela não iam gostar se ele a beijasse na frente deles.

— Sorte que você era muito boa no *softball*, Gia —

Easton comentou.

Vander e Easton levantaram o homem.

— Eu vou cuidar disso. — Vander lançou a Gia um olhar aborrecido. — Chega de proteger a Willow, Gia. Tire-a da sua vida.

Com uma mão segurando o braço do bandido grogue, Vander arrastou o homem para longe.

— Vou ver como o Rhys está — Easton comentou. — Ele está com a Haven e nossos pais de olho nas coisas lá dentro. Vou avisar a todos que você está bem. — Easton se virou e subiu os degraus de volta ao baile.

— Vou te levar para casa —Saxon falou.

Gia passou os braços em volta de si mesma. Seu rosto estava pálido.

— Estou com o motorista.

— Eu vou te levar para casa — ele repetiu.

— Não. — Ela balançou a cabeça. — Tive o suficiente por esta noite. Quero ficar sozinha.

— Você precisa se afastar da Willow, Gia.

— Não comece, Saxon.

Ele segurou o seu braço.

— Os problemas dela poderiam ter te matado. Esta noite poderia ter tido um fim muito diferente.

Gia parecia triste e cansada.

— Ela é minha amiga.

— Mas não é muito boa.

— Chega. *Deus.* Você está sempre questionando meu julgamento. Me deixe em paz, Saxon. Não sou uma boneca sem cérebro.

Não, ela era uma das pessoas mais inteligentes e espertas que ele conhecia. Mas não queria que ela se machucasse. Willow iria tirar vantagem dela, como sempre fazia.

— Eu nunca disse que você era burra, mas você faz escolhas ruins quando se trata de quem gosta.

— E você nunca me deixa esquecer. — Ela fechou as mãos em punhos. — Pare de pegar no meu pé!

Ele estendeu a mão e puxou um de seus cachos. Saxon amava sua espessa massa de cabelo escuro e cacheado.

— *Contessa*, se eu não pegasse no seu pé, você se sentiria carente.

Ela fez um som irritado e bateu no braço dele.

— Me deixe em paz, Saxon Buchanan!

Ele esperou um pouco. Ela geralmente era criativa quando começava a reclamar.

— Isso é tudo que você tem a dizer? — Droga, discutir com ela fazia seu sangue ferver.

Ela franziu o nariz.

— Eu esperava algo mais dramático, mas é o melhor que tenho. Estou cansada e dolorida. — Saiu furiosa, com o vestido flamejando atrás de si.

Saxon balançou a cabeça. Estava ficando cada vez mais difícil ignorar o que sentia por Gia. Vinha tentando deixá-la em paz há anos. Ele flexionou as mãos.

Gia esteve fora dos limites por muito tempo.

Mas esta noite, isso mudou.

Norcross Security

O Investigador
O Mediador
O Especialista

OUTRAS OBRAS

The Protector

Billionaire Heists

Stealing from Mr. Rich

Blackmailing Mr. Bossman

Hacking Mr. CEO

Team 52

Mission: Her Protection

Mission: Her Rescue

Mission: Her Security

Mission: Her Defense

Mission: Her Safety

Mission: Her Freedom

Mission: Her Shield

Mission: Her Justice

Also Available as Audiobooks!

Treasure Hunter Security

Undiscovered

Uncharted

Unexplored

Unfathomed

Untraveled

Unmapped

Unidentified

Undetected

Also Available as Audiobooks!

Galactic Kings

Overlord

Emperor

Captain of the Guard

Eon Warriors

Edge of Eon

Touch of Eon

Heart of Eon

Kiss of Eon

Mark of Eon

Claim of Eon

Storm of Eon

Soul of Eon

King of Eon

Also Available as Audiobooks!

Galactic Gladiators: House of Rone

Sentinel

Defender

Centurion

Paladin

Guard

Weapons Master

Also Available as Audiobooks!

Galactic Gladiators

Gladiator

Warrior

Hero

Protector

Champion

Barbarian

Beast

Rogue

Guardian

Cyborg

Imperator

Hunter

Also Available as Audiobooks!

Hell Squad

Marcus

Cruz

Gabe

Reed

Roth

Noah

Shaw

Holmes

Niko

Finn

Devlin

Theron

Hemi

Ash

Levi

Manu

Griff

Dom

Survivors

Tane

Also Available as Audiobooks!

The Anomaly Series

Time Thief

Mind Raider

Soul Stealer

Salvation

Anomaly Series Box Set

The Phoenix Adventures

Among Galactic Ruins

At Star's End

In the Devil's Nebula

On a Rogue Planet

Beneath a Trojan Moon

Beyond Galaxy's Edge

On a Cyborg Planet

Return to Dark Earth

On a Barbarian World

Lost in Barbarian Space

Through Uncharted Space

Crashed on an Ice World

Perma Series

Winter Fusion

A Galactic Holiday

Warriors of the Wind

Tempest

Storm & Seduction

Fury & Darkness

Standalone Titles

Savage Dragon

Hunter's Surrender

One Night with the Wolf

For more information visit www.annahackett.com

SOBRE A AUTOR

Sou autora bestseller do USA Today, apaixonada por romances contemporâneos e de ficção científica *agitados e cheio de emoções*. Adoro escrever sobre pessoas superando probabilidades imbatíveis e alcançando objetivos aparentemente impossíveis. Gosto de acreditar que é possível que todos nós façamos o mesmo.

Moro na Austrália com meu mocinho da vida real e dois filhos jovens muito ocupados.

Para datas de lançamento, informações de bastidores, livros gratuitos e outras coisas divertidas, se inscreva para receber novidades aqui:

Site oficial: www.annahackett.com